KB236804

한국 현대 서정 소설의 이해

김 해 옥 지음

새미

머리말

　이 글은 1930년대 소설사의 중요한 흐름으로 등장하는 소설 속의 서정성'의 요소를 분석한 글이다. 특히 장르 통합의 관점에서 서사성과 서정성이 혼합된 서사를 『서정 소설』이라는 소설의 하위 양식으로 설정하여 한국 현대 서정 소설의 발생론적, 이념적 배경을 밝히고자 하였다.

　서정 소설은 흔히 이해하고 있는 것처럼 시적 언어나 감각적인 문체의 소설로 정의되지는 않는다. 서정 소설은 서사의 관점이 인물의 행동을 보고하거나 관찰하기 보다는 내면세계(서정)의 움직임을 포착하는데 집중되는 특징이 있다. 이런 측면에서 서정 소설은 심리주의 소설이나 의식 흐름 류의 소설과 밀접한 연관성이 있다. 또한 서정 소설의 화자는 서정시의 화자처럼 자연의 객관적 상관물에 주관적인 감정을 투사하는 경향이 있어서 자연 대상물을 통한 상징, 은유, 이미지의 언어적 스타일을 갖는다.

　서정성과 서사성이 혼합된 서정 소설의 플롯은 언어의 계열적 관계와 선택적 관계처럼 계기적 구성과 은유, 환유의 구성이 혼합된다. 이효석의 소설에서 등장인물과 동물의 운명이 병치되는 것은 은유적 구성에 의해 가능한 것이다. 이처럼 서정 소설은 기존의 소설 플롯에 일정한 변형을 가져오기 때문에 서사성이 약화된 '반 소설'로 분류하기도 한다.

　서정 소설은 서구 문학사에서도 근대의 이성 중심주의와 합리주

4

의를 비판하는 대안으로서 등장하였다. 그래서 서정 소설에는 인간의 감성과 무의식에 대한 점묘적 관찰이 많아지고 합리적 질서로 짜여진 플롯이 해체되기도 한다. 한국 현대 서정 소설도 반근대성의 이념을 담고 있으며 근대 소설의 형식을 해체한다는 점에서 모더니즘 문학의 한 분파를 이루고 있다.

1930년대 후반처럼 세계와의 분열이 심화될수록 역설적으로 사회적 통합과 화합에 대한 열망이 더욱 강력해지는 반어적인 현상이 당대의 서정 소설 속에 포착되고 있다. 암울한 현실 속에서 삶의 이상을 펼칠 수 없었던 자아가 내면 속에 화합에 대한 열망을 펼쳐 보인 것이 당대의 서정 소설이라 할 수 있다. 그 열망은 자연이나 과거의 원초적 삶에 대한 동경이나 보편적인 인간애에 바탕을 둔 타자와의 소통, 화합으로 표현되었다. 당대 현실에서 찾아 볼 수 없는 '가상의 유토피아'를 그려본 흔적은 유토피아를 상실한 현실을 환기하는 모더니즘 문학의 한 특성으로 주목할 수 있다.

이 책은 이미 출간된 『한국 현대 서정소설론』의 자료를 좀 더 이론적으로 정리한 것이다. 이 연구 과제를 가지고 함께 고민해준 선행 연구자들에게 감사드리며 이 연구를 지원해준 여러 교수님들께 감사드린다. 연구의 긴 여정동안 지원을 아끼지 않은 가족들에게 감사의 마음을 전한다. 이 책의 출판을 위해 수고해주신 편집부 여러분과 국학자료원의 사장님께 진심으로 감사드린다.

2005. 2. 10 행당 동산에서

김해옥

차 례

제 1 부

I. 서 론

II. 서사 문학의 서정성에 대한 원론적 고찰

III. 현대 서정 소설의 미학적 성격

IV. 1930년대 소설의 서정적 인식

제 2 부

IV. 반근대성과 주체의 소외

V. 욕망의 억압과 서정적 투시

VI. 박태원 소설의 모더니티와 서정적 특성

VII. 1950년대 소설의 서정적 인식

제 1 부

I. 서 론

1. 문제 제기

그 동안 문학 연구의 주요 방법은 문학 작품과 그것이 생산된 역사적 현실과의 동일성 내지는 유사성을 찾아내는 방식이었다. 이것은 문학에 나타난 여러 가지 현상들을 사회, 역사적 요인들과 연관지어 해석하는 환원주의적 연구 방법이다. 그러나 문학의 자율성을 주장하는 현대 이론가들은 문학적 자아의 경우, 그 특성은 실제 사회에서 행동하는 사회적 자아의 특성과 동일하지 않다고 주장한다. 문학적 자아는 사회적 상황에 바탕을 두고 있지만 문학적이고 수사학적인 형상화를 통해 굴절되고 변형됨으로써 사회적 자아로 환원될 수 없는 문학내적 자아임을 강조한다. 이것은 문학과 사회간의 동일성 속에서 문학 작품의 고유한 열림과 닫힘을 분석하려는 것이다[1].

이런 입장은 문학 작품이 단순히 역사적 현실의 반영물로 환원될 수 있는 것이 아니라 사회적 토대와 거리를 가지고 있는 자율적 실체라는 것을 인정한다는 점에서 기존의 연구 방법과 차이점을 갖는

---

[1] 칼 하인츠 보러, 최문규 옮김, 『절대적 현존』, (문학동네, 1998), pp.310-311 참조.

다. 이들은 문학 작품이 오히려 사회적 현실과 독립된 거리를 유지하여 부정의 현실에서 포착할 수 없는 유토피아를 그려낼 수 있다는 것을 예술의 가능성으로 주목하고 있다. 모더니즘 문학이 자본주의의 부패한 현실에 비판적 거리를 유지하고 사회 변혁의 실천적 기능을 할 수 있다는 아도르노의 미학이론2)에 비추어 볼 때 이러한 입장은 타당하다.

한국 근대 문학사를 통해 문학 작품의 미학적 현상과 역사적 현실이 가장 괴리감을 보인 것은 1930년대 소설사에 등장한 '서정 소설'이다. 1930년대 중반은 만주 사변이 발발하여 세계대전의 전운이 감도는 살벌한 정치적 상황 속에서 카프의 1,2차 검거 사건이 벌어져 많은 문인들이 창작을 포기한 상황이었다. 이러한 시대적 격랑 속에서 어떻게 이효석 소설과 같은 심미적인 감성 소설이 쓰일 수 있는지 그 배경을 살펴보고자 한다.

이 시기에 발표된 일련의 서정 소설은 그 동안 현실과 작품 사이의 괴리감 때문에 1930년대 문학사에서 순수 문학으로 분류되거나, '예술파, 기교주의'라는 이름으로 리얼리즘과 모더니즘으로 양분되어 분출된 1930년대 문학사속에서 존재하였다.

한국 서정 소설은 식민 자본주의의 도시화, 근대화를 비판하는 반근대성의 이념을 구현하고 있기 때문에 형식적으로 근대 서사를 해체하는 미적 모더니티를 보여 주고 있다. 서정 소설에서 자연 기호가 많이 등장하는 것은 문명화을 비판하는 반근대성의 이념을 자연의 원초성으로 반어적으로 표현하는 비판 미학의 형태를 갖기 때문이다. 세계와의 화합이 불가능한 시대에 서정시처럼 주체와 객체의 합일을 그려내는 문학은 세계와의 화합이 불가능한 현실과의 간

---

2) TW. 아도르노/홍승용 역, 『미학 이론』, (문학과 지성사, 1984)

극을 표현하게 된다.

1930년대 서정 소설은 자아와 세계의 화합을 미적 가상으로 그려 내어 대립이 존재하는 현실을 반어적이며 역설적인 방법으로 환유하고 있다. 서정 소설의 역설과 반어의 미학은 1930년대 현실과 예술이 조화를 이루지 못한 상태에서 발생되었다. 임화는 당대의 문단 상황을 '말하려는 것과 그리려는 것'의 극단적인 부조화로 특징지었으며 이것은 '무력한 주체와 억압적인 현실'의 관계에서 나온 것이다. 이 시기에 발표된 세태 소설, 내성 소설, 풍자 소설, 역사 소설 등은 서사적 형상화가 어려웠던 시기에 현실의 위기에 대응하는 서사 양식으로 등장했으며 서정 소설 또한 이 부류에 속한다.

서정 소설은 특히 삶과 예술을 분리시키고 현실에서 가능하지 않은 자아와 세계의 합일(미메시스)을 유토피아로 그려낸다. 서정 소설에서 만들어진 순간의 총체성은 작품의 현실이 실제 현실과 부조화한 것을 보여주는 것이다. 이러한 대립은 서정 소설을 통해 아이러니의 인식에 이르도록 한다. 모더니즘 특성으로서 "낯설게 하기"는 기존의 이데올로기에 의해 자동화된 인식을 깨뜨리면서 부정의 현실에 대한 새로운 인식의 계기를 제공한다. 이것은 작품의 현실과 삶의 현실이 유비적인 관계로 설정하고 있는 리얼리즘의 미학과 다른 모더니즘의 특징으로 나타나고 있다.

서정 소설은 '소설을 배반한 소설'이나 '반서사'로 불릴 만큼 근대의 거대 서사가 해체되는 양상을 보여주고 있다. 서정 소설에서는 서사성이 서정성의 은유적 관점에 의해 변형된다. 이때 시간의 연속성과 인과율에 기초한 근대 소설의 유기적 구성은 '반소설(anti-novel)'[3]로 불릴 만큼 공간적 구성으로 해체되어 소설 미학의

---

3) Ralph, Freedman, ≪*The Lyrical Novel*≫, (Princeton University Press, 1971)

변화를 보여 주었다. 특히 서정 소설의 짧은 문장과 시적인 감각 언어들은 선형적이며 개념적인 산문 언어를 해체하기도 하였다.

서구 문학사에서도 근대를 부정하는 비판 미학의 한 형태로서 현대 서정 소설이 등장하였다. 헤세는 근대의 인간 소외를 비판하는 대안으로서 시적 상상력을 통한 자아와 세계의 융합을 시도하였다. 그는 자연과 원초적 삶에 대한 동경으로 도시 문명을 비판하기도 하였다. 울프나 죠이스의 모더니즘적 서정 소설은 세계와 분열을 겪고 있는 자아가 내면 의식 속에 심상화된 현실과 화합하여 역으로 현실과의 갈등을 표출하는 감성 소설의 형태로 존재하고 있다.[4]

서정 소설의 미학과 현실과의 괴리감은 바로 미적 모더니티와 사회적 모더니티가 대립하는 모더니즘 문학[5]의 특성이다. 이것은 문학과 사회가 대립하는 시대에 예술이 정치적 현실과 독립된 자율성을 통해 부정의 현실에 대응하는 방식이다. 1930년대 서정 소설이 식민지의 왜곡된 현실 속에서 서정적 화합이 가능한 것처럼 예술의 가상을 통해 제시하는 것 자체가 현실과 예술의 부조화를 드러낸 것이다. 한국 서정 소설에 나타난 심미성과 현실의 부조화는 정상적으로 근대화가 진행된 서구 자본주의 국가와는 다른 양상을 보여 준다. 이효석, 김유정, 이태준으로 분류되는 일련의 작품에서 드러난 서사 언어의 해체와 심미성은 제국주의 식민지로 파행적인 근대화과정을 겪어야 했던 한국 근대 문학사의 특수성을 보여 주고 있다. 이 시기의 서정 소설은 현실의 악화로 삶의 이상을 펼칠 수 없는 시대에 예술의 가상을 통해 유토피아를 그려냄으로써 현실에 대한 부정적 인식을 반어의 양식으로 표현하였다.

---

4) Ralph Freedman, ≪*The Lyrical Novel*≫, 앞의 책
5) 이승훈, 『모더니즘 시론』, (문예출판사, 1995), p.17

　1930년대 서정 소설은 근대 소설이 해체되어 현대 소설로 이행해
가는 전환기의 특성을 나타내고 있다. 사회적 총체성을 지향하는
근대 소설의 관점은 서정 소설에서는 개인의 내면세계와 감성의 영
역으로 이동하게 된다. 이때 서사의 관점은 개인의식을 담아내면서
주관주의로 변화하는 과정을 보여주고 있다. 이때 이념에 종속되었
던 미, 이성이 억압되었던 감성의 영역이 분출되어 한국 현대 소설
속으로 유입되고 있다는 점에서 이 시기의 서정 소설은 다분히 모
더니즘적이라 할 수 있다.

2. 기존 연구사 검토

　기존 연구사에서 근대의 거대 서사를 해체하고 있는 이 시기의
'서정 소설'은 순수 문학으로 분류하는 방식이 보편화되어 있다. 카
프 해산 후의 1930년대 소설에 대한 논의는 작가의 현실 대응방식
과 소설 미학적인 변화에 초점을 두고 있다. 하나는 일제의 파시즘
이 강화된 시대 상황 때문에 순수문학과 기교주의로 도피한 사실에
주목하여 당시의 문학을 주조의 상실과 현실 도피로 특징지어지는
신문학 해체기[6]로 보는 견해이다. 다른 하나는 경향 문학에 한정되
었던 소설의 관심이 다양하게 확산된 시기로서 모더니즘, 풍자 소
설, 농민 소설, 역사 소설 등이 등장하여 소설이 미학적으로 발전을
이룬 시기로 보는 견해이다.[7]

　서정 소설에 관한 구체적인 논의를 살펴보면 백철은 1930년대 후
반기에 파시즘의 대두로 지식인 사이에 불안 사조가 심화되면서 문

---

6) 백철, 『신문학 사조사』, (백양당, 1949), pp.417-480
　　김우종, 『한국현대소설사』, (성문각, 1982), pp.232-295
7) 이재선, 『한국현대소설사』, (홍성사, 1984), pp.313-400

학에 나타난 가장 큰 변화를 '주조의 상실'과 '예술파적, 기교주의
적 경향의 신흥'이라고 진단한다. 여기서 '주조의 상실'이란 프로
문학의 퇴조를 의미하며 이에 대한 반동으로 예술성을 중시하는 순
수 문학이 등장하였다고 한다. 이 시기의 이효석, 이태준의 소설에
나타나는 시적(서정적) 경향은 시대적 위기에 대한 작가의 현실
대응 방식의 한 방식으로 해석하고 있다. 이들 작품들은 내용이 빈
약한 반면 단편 소설로서의 예술성은 높이 평가되고 있다. 또한 김
유정 소설의 독특한 형식미를 이 시대의 예술파적 문학의 주된 경
향으로 주목하고 있다8).

　백철의 언급 이후로 이 시기의 소설에 나타난 서정적 경향은 카
프 해산 후 목적의식적인 이념이 사라지면서 문학이 기교적인 면에
서 크게 향상된 순수 문학적 경향으로 평가하였다. 또한 조연현9)이
나 김우종은 순수 문학의 등장이 단순한 문학적, 문단사적 요구에
부응한 것이라기보다는 시대적 위기를 우회하는 작가의 현실 대응
방법의 한 방편임을 주목한다. 김우종은 이 시기의 소설에 나타나
는 서정적 경향은 시대적 상황을 우회하고자 하는 작가의 호신책으
로 강구된 현실도피적인 문학이라고 비판한다. 그러나 문학의 형식
적 기교면과 예술로서의 완성도면에서는 발전하고 있음을 긍정적으
로 평가하고 있다10). 그러나 순수 문학이 내용은 빈약하지만 예술
성과 기교면에서 뛰어나다는 입장은 문학의 내용과 형식을 이분법
적으로 파악하는 문제점을 갖고 있다.

　1930년대 소설에 나타난 서정적 경향을 '서정 소설'이라는 명칭
으로 유형화하고 장르론에 입각하여 본격적인 연구가 진행되었다.

---

8) 백철, 『신문학사조사』, 앞의 책, 188-218, pp.310-312
9) 조연현, 『한국현대문학사』, (성문각, 1980), pp.474-504
10) 김우종, 『한국 현대 소설사』, 앞의 책, pp.232-256면

조동일은 '소설을 서정시에 근접시킨 양식'으로 서정 소설을 정의하고 있다. 1930년대의 어두운 시대 상황 속에서 자아와 세계의 대결을 부담스럽게 여긴 작가들이 상상적 세계를 자아화하는 서정 소설을 창작하여 현실과의 정면 대결을 회피하고 분위기와 감각을 미문으로 그려낸 순수 문학을 표방하였다고 평가하였다. 이러한 입장은 자아와 세계의 구조적인 상관성에 입각하여 장르론을 확립하고 있기 때문에 서정 소설이 자아와 세계의 대결을 회피하여 세계를 자아화한 소설로 부정적으로 평가하였다. 그의 관점도 서정 소설과 일반 서사의 미학상의 차이점을 고려하지 않고 있기 때문에 문학사적 평가 또한 '순수 문학에 대한 비판'으로 일관하고 있어 기존의 연구 관점으로부터 벗어나지 못하고 있다.[11] 한국 현대 소설사에서 '서정성'의 발현과정을 사적으로 고찰하여 작품론과 연관시킨 연구도 있었으나 서정 소설의 본질을 해명하지는 못하고 있다.[12]

이 시기의 서정 소설을 좀더 긍정적으로 평가하게 된 것은 서정 소설의 발생 배경과 특징을 연관지어 논의하기 시작하면서부터이다. 신동욱은 1930년대 억압적인 시대 상황 속에서 서정 소설이 발생하였고 소설 미학상에 나타난 가장 큰 변화로서 '서사 문학의 객관적 미의식'이 '주관적인 미의식'으로 기울어지고 있는 점을 주목한다. 소설 속에 적극적으로 행동하는 능동적 주인공을 형상화하기 어렵게 되고 내성화된 수동적 인물이나 서정적 인물이 등장하게 된다. 이러한 인물들은 행동의 실천이 어려운 현실에 맞서 자연과의 동질화, 시적 암시를 통해 현실과의 갈등을 간접화하여 행동적인 서사와는 다른 의식의 사실주의를 이루어 내고 있다고 평가한다.[13]

---

11) 조동일, 『한국문학통사5』, (지식산업사, 1988), pp.460-465
12) 송하섭, 『한국현대소설의 서정성 연구』, (단국대출판부, 1989)
13) 신동욱, 『삶의 투시로서의 문학』, (문학과 지성사, 1988), pp.168-171

이러한 관점은 발생 배경과 서정 소설의 특징을 연관시켜 밝혀내었다는 측면에서 의의가 있다. 1920년대 소설은 서사 추구의 개인적 의지를 크게 표면화시킨 것이라면, 1930년대 소설은 서정 소설에서 볼 수 있는 것처럼 갈등을 내면화하는 서사적 흐름을 형성하였다.

선행 연구에 힘입어 1930년대 서정 소설의 개념과 양식적 특성을 정립하려는 시도14)가 있었다. 또한 이효석, 이태준, 김유정의 작품을 중심으로 서정 소설의 문학사적 위치를 밝히려는 시도도 있었다. 위의 연구자는 단편 소설과 서정 소설의 개념을 절충하여 1930년대 서정 소설의 문학적 성격을 밝히려 했으며 기존 연구의 논의에서 진전된 서정 소설의 특징을 제시하였다15).

이상에서 살펴본 기존 연구사는 서정 소설을 순수 문학이나 기교주의로 분류하여 기존의 리얼리즘과 모더니즘 문학으로 양분되는 1930년대 소설사의 주류에서 벗어나 있었다. 이것은 순수 소설과 모더니즘을 서로 다른 부류로 분류하고 있는 용어상의 혼란과 모더니즘 문학의 특징을 간파하지 못한 데서 연유한 것이다. 그러므로 모더니즘과 순수 소설이라는 명칭이 어느 시기의 소설 경향을 분류하는 다른 범주의 용어로 쓰일 수 있는가 하는 의문이 제기된다. 이러한 용어의 혼란때문에 서정 소설의 발생론적 특성과 이념적 배경을 밝혀내는데 어려움이 있다.

결국 이 시기의 순수 소설은 이념과 분리된 미의 자율성을 일컫

『1930년대 한국 소설연구』, (한샘출판사, 1994), pp.11-12
14) 나병철, 『전환기의 근대문학』, 「이효석의 서정 소설 연구」, (두레시대, 1995), pp.343-360
　　김해옥, 「이효석 소설 연구-서정 소설의 특성을 중심으로」, (연세대 박사논문, 1993)
15) 이익상, 「1930년대 서정적 단편 소설 연구」, (서울대 박사논문, 1994)

는 것으로서 모더니즘 문학의 일반적 특징을 형용하는 어구이며 모더니즘과 다른 개별 범주가 아니라는 것이다. 순수 문학을 예술파나 기교주의로 부르는 것은 모더니즘 예술이 근대를 부정하는 방식으로 형식의 혁신을 통해 보여주기 때문이다. 미적 자율성과 예술의 심미성을 강조하는 모더니즘 예술은 이념으로서의 내용이 아닌 형식적 전통을 거부하여 근대에 대한 비판적 인식을 드러내었다. 또한 현대 사회에서 삶의 제 영역들로부터 분화된 예술은 삶의 내용을 총체성에 입각하여 반영할 수 없게 되고 형식을 통해서 현실에 대한 부정적 인식을 표현할 수 있다. 모더니즘이 내용보다 형식에 치중하는 것은 모더니즘의 고유한 특성으로. 작가들이 현실을 비판할 수 있는 통로가 기존의 규범으로서의 형식을 깨트리는 것이었다.

근대 문학사의 전개 과정에서 이념과 미의 결속이 더욱 강화된 것이 식민 문학으로서 한국 문학의 특징이다. 일제의 강제적인 외압에 의해 이러한 결속이 깨지면서 미는 이념으로부터 자유롭게 되고 이효석과 같은 심미 주의적 경향으로 분출되기도 하였다. 이 시기의 소설에 나타난 '순수 문학과 기교주의'는 바로 예술의 심미성과 현실의 부조화 속에서 산출된 반어적인 특징을 드러내기도 하였다. 말하자면 예술은 현실에서 상실된 유토피아를 미적 가상으로 그려내어 그렇제 못한 현실을 비판하고 세계와의 화합에 대한 내면의 열망을 표현하였던 것이다.

또한 한국 문학사에서 미와 이념의 분리는 식민 문학으로서 정치적 외압에 의한 강제와 문학내적 운동의 고양을 통해 이루어졌다. 서구 선발 자본주의 국가와 같이 예술이 사회 제반 영역으로부터 분리될 만큼 자본주의가 발전된 단계는 아니었지만 정치적 외압으로 미가 이념으로부터 분리될 수밖에 없었다. 그러므로 이 시기의 한국 모더니즘 소설에서는 세계와의 화합을 열망하는 서정적 전망이 나타나고 있다. 객관적 상황이 호전되자 이태준과 박태원의 경우는 리얼리즘 소설 창작으로 다시 선회할 수 있게 된다. 이념을 버리고 형식과 기교의 실험에 몰두했다는 당대의 모더니스트들의 문학적 실천은 이러한 관점에서 재평가되어야 할 것이다.

Ⅱ. 서사 문학의 서정성에 대한 원론적 고찰

1. 서정성과 서사성

서정성이란 주체가 대상과 동화되어 상호 투사될 때 일어나는 정서적 반응이다. 그 사전적 의미는 '사물을 보고 자기가 느낀 감정을 펼쳐서 나타내는 성질'을 뜻한다.

에밀 슈타이거는 모든 서정적인 현상이 주체와 객체 사이의 특수한 관계로부터 발생한다고 설명한다. 자아와 세계가 융합되어 주체와 객체 사이의 간격이 사라지는 것이 우리가 대상을 서정적으로 인식하는 직접적인 근거가 된다.[16] 즉, 주체와 객체 사이에 거리가 소멸되면서 자아와 세계가 융합하는 현상이 서정성의 가장 근본적 특징이다. 서정적인 현상 속에는 주체와 객체가 하나로 결합된 상태로 존재하기 때문에 서정성 안에서는 상호 분리할 수 없다. 즉 서정적인 상태성 안에서 자아와 세계는 서로 용해되어 있다고 한다.

그러므로 서정적 현상을 언어로 표현하는 문학은 인간의 내면 의식과 대상을 융합하려는 특징을 지니게 된다. 서정성 안에서 자아

---

16) 에밀 슈타이거, 이유영/오현일 공역, 『시학의 근본개념』, (삼중당, 1978), p.45

와 세계는 즉자적으로 융합된 '순간의 상태성'으로 존재한다. 이 때 대상은 주체에게 시각, 청각, 촉각, 후각, 미각과 같은 감각적인 상태로만 지각된다. 그러므로 서정 문학은 형용사나 부사어와 같은 이미지의 언어로 표현되는 특징을 갖는다.

서정적인 현상을 자아와 세계가 상호 침투된 것으로 파악하는 관점은 볼프강 카이저의 장르론에서도 찾아 볼 수 있다[17]. 자아와 세계가 융합되는 순간의 상태 속에 주체적인 것과 객체적인 것이 상호 침투한 것이 서정적 현상이다. 서정적 순간의 상태를 통해 대상성이 내면화되는 것이 서정성의 본질이며 이러한 감정의 상태는 리듬이나 운율의 시적 언어로 표현된다고 한다.

이에 비해 헤겔은 서정적인 것을 인간의 내면 의식이 대상을 통해 외면화된 주관적인 정신 활동으로 간주한다. 서정성은 자아와 세계가 만나는 '순간의 상태성'이 외부에 드러난 것으로서 인간의 내면성이 외적 대상을 통해 드러나기 때문에 서사의 객관적·외향적 특성에 비해 내향적·주관적 특성을 지닌다고 한다.[18] 모든 감정이 그 순간적인 움직임으로 혹은 갖가지 대상들에 대해 개별적으로 일어나는 정서를 언어로써 표현하기 때문에 서정 문학은 자아의 내면세계를 표현하는 성질을 갖는다.

헤겔의 서정성은 자아와 세계가 즉자적으로 융합된 순간의 감정이 대상을 통해 외면화되는 현상이다. 즉 대상을 통해 인간의 내면세계가 외부에 드러난 것으로 볼 수 있다. 흔히 서정문학이 인간의 내면 의식을 표현한 장르, 또는 '세계를 자아화'하여 표현할 수 있는 것은 서정성이라는 순간의 상태로 내면 의식이 외부로 표현되기

---

17) 볼프강 카이저, 『언어 예술 작품론』, 김윤섭 역, (시인사, 1988), p.521
18) 헤겔, 『헤겔시학』, 최동호 옮김, (열음사, 1987), p.161

때문이다. 이러한 서정적인 현상 속에서는 '세계의 자아화'가 일어난다. 그러므로 서사 문학과는 다른 서정 문학의 세계의 개념이 발생한다. 즉 서정적 주체의 내면 의식으로 포착된 세계의 자아화된 모습이 심상화되어 펼쳐지게 된다.

이와 같이 서정성은 인식 주체가 대상에 자극되어 상호 투사가 일어나는 감정적인 현상이다. 서정적인 현상 속에서 '세계의 자아화'는 대상과 주체가 합일하는 경험으로 나타난다.

산에는 꽃 피네.
꽃이 피네.
갈 봄 여름없이
꽃이 피네.

산에
산에
피는 꽃은
저만치 혼자 피어 있네.

산에서 우는 적은 새요
꽃이 좋아
산에서
사노라네.
산에는 꽃 지네.
꽃이 지네.
갈 봄 여름없이
꽃이 지네.

김소월의 「산유화」 전문이다. 이 시에서 화자는 산이라는 공간에

서 벌어지는 독립적인 현상들을 시인의 상상력을 통해 하나의 동시
적 현상으로 통일하고 있다. 가을, 봄, 여름 없이 꽃이 피는 것, 새
가 우는 것, 저만치 혼자 피어있는 꽃, 가을, 봄, 여름 없이 꽃이 지
는 것은 어느 것이 다른 것의 원인이나 결과로 벌어진 것이 아니라
산이라는 공간에서 벌어지는 독립적인 자연의 현상을 시적 상상력
으로 통합한 것이다.

휠라이트는 일반 사람의 생각으로 서로 관련성이 없는 것들을 상
상력을 통해 결합하는 것이 시인의 창조적 상상력이고 설명한다.[19]

이때 서로 독립적인 현상들을 묶어주는 상상력의 폭이 넓을수록
그 긴장이 훨씬 커진다. 이것이 바로 긴장 상상력으로서 시적 은유
나 상징의 기초가 된다. 그러니까 서정성이란 작가의 은유적 관점
에 의해 공간의 동시적 현상들을 상상력에 의해 통합하는 것이다.

이 시를 만약 한 편의 짧은 서사(소설)로 읽는다면 1연의 꽃이
피는 현상과 2연의 저만치 꽃이 피어 있는 것, 3연의 새가 우는
것, 4연의 꽃이 지는 현상 사이에 시간적 질서가 존재한다. 그래
서 어느 것이 다른 것의 원인이 되거나 결과로서 나타난다. 이러
한 시간적 질서에 의해 인과적 플롯이 성립되어 유기적 구성이
나타난다. 그러나 서정적인 인식 안에서는 독립적인 현상들이 서
정적 주체의 상상력에 의해 통합된 것일 뿐 서사적 인식처럼 부
분과 전체의 유기적 관련성으로 원인과 결과의 관계는 성립하지
않는다.

이 시의 시간과 공간 배경은 서정적 주체에 의해 자아화된 시·
공간으로 등장한다. 이것은 서사 문학의 객관화된 시간, 공간의 개

---

19) Plilip Ellis WheelWright /김태옥 역, 『은유와 실재』, (문학과 지성사, 1991),
    pp.94-129

념과는 다르다. 말하자면 시간·공간이 '세계의 자아화'에 의해 주관적인 의미가 투사되어 나타난다는 것이다. 「산유화」에서 '산'이라는 공간은 소설에서처럼 객관적인 삶의 배경이 아니라 주체의 상상력을 통합해 주는 인식의 공간으로서 상징적 의미를 갖게 된다. 꽃이 피고 지며 새가 울며 꽃이 피는 존재의 어우러짐을 작가는 '산'이라는 공간 속에 통합하여 포착하고 있다.

서정시에서 경험되는 시간과 서사 문학에서 경험되는 시간은 질적으로 차이가 있다. 엄격히 말해 서정시에는 시간의 질서 즉 과거, 현재, 미래와 같은 시간 개념이 존재하지 않는다. 서정적인 현상은 시간 개념이 배제된 무시간성(공간의 동시적 현상)으로 펼쳐지게 된다. 보통 서정시에서는 '과거적인 것에 대한 동경과 향수'가 많이 등장하는데 이것은 현실과 불화를 겪는 서정적 주체가 세계와 원초적으로 화합했던 과거의 경험을 의식 속에 환기하기 때문이다. 이 때 과거-현재-미래와 같은 선조적인 세계의 시간 인식은 배제된다. 서정시의 자아화된 시간 인식 속에서 현재는 욕망이 결핍된 시간이며 과거는 결핍이 존재하지 않는 내면의 시간으로 표상된다.

서정 문학은 주체와 객체가 통일되어 있으며 인간의 이성과 감성이 분리되지 않은 시대에 발생했다[20]. 그러나 역사 발전에 따라 자아와 세계가 분리되면서 서사 문학이 등장하였고 근대에는 인간의 이성이 세계를 지배하면서 주체와 객체 사이의 서사적 대립을 전제로 소설 장르가 발생하였다. 근대는 엄격히 말해 자아와 세계의 조화로운 화합을 그리는 서정 문학이 불가능한 시대이다. 그러나 분열이 심해질수록 역설적으로 인간의 내면 의식 속에는 원초적인 삶에 대한 동경과 갈망이 나타난다. 이 때 주체는 '세계의 자아화'에

---

20) 루카치/반성완 역, 『소설의 이론』, 앞의 책, pp.29-50

의해 내면 의식 속에 그려진 현실과 화해함으로써 그러한 화합이 불가능한 객관 현실과의 갈등을 반어적으로 표현할 수 있다.

그러므로 현재의 서정 문학은 근본적으로 현실 속에서는 불가능한 시적 합일을 주체의 내면에서 미적 가상으로 만들어냄으로써 자아와 세계의 통합을 열망하는 인간의 원초적 욕구를 표현하게 된다.

이에 비해 서사성(敍事性)이란 주체와 객체가 서사적 거리에 의해 분리되고 대립하면서 발생한다. 이때 자아와 세계는 각기 존재를 뚜렷이 드러내며 상호 우위에 입각한 대결을 펼치게 된다.[21] 자아는 주체의 관점에서 세계를 하나의 객체로서 형상화하게 되며 특히 주체의 입장에서 객체를 동일화하려는 것이 서사성의 특징이다.

자아가 세계를 하나의 형상으로 파악하기 위해서는 일정한 시간·공간의 한정을 갖고서 관찰해야 한다. 그래서 서사 문학에서는 대상을 관찰하는 관점(perspective)으로서 시점(point of view)이 발생한다. 시간 경과에 따른 매 지점의 부분과 전체와의 연관을 제시해야 하기 때문에 서사 문학은 사건 진행적이 되고 자아와 세계의 대립을 전제로 한 완결된 행위를 그려나가게 된다. 슈타이거의 '대립'이란 용어는 흔히 통용되는 대결이나 갈등의 개념이 아니라 자아의 관점에서 세계를 관찰하고 표상하기 위해 주체와 객체가 '마주 대면하고 서 있다(對立)'는 의미로 사용되고 있다. 평면 위에서 주체와 객체가 대립(마주 대면하고 서 있음)하고 있는 현상 속에서 서정적인 문학과는 다른 서사문학의 세계의 개념이 발생한다.[22]

카이저는 주체와 객체 사이의 서사적 거리의 발생을 구체적으로

---

21) 에밀 슈타이거, 앞의 책, pp.129-141
22) 에밀 슈타이거, 앞의 책, p.244
   저자는 특히 문학 작품에서 대상화하고 있는 세계의 차이는 문학 작품의 양식적 특성을 결정짓기 때문에 세계는 양식과 동일한 개념으로 간주하고 있다.

서사 문학의 서술 상황으로 설명하고 있다[23]. 서술 주체가 서술 대상과 융합하지 않고 상호간의 존재를 확립하여 대립하는 것을 서사 문학의 서술 상황으로 보고 있다. 이때 자아와 세계 사이의 서사적 거리는 과거-현재-미래라는 시간 개념에 의해 발생하기 때문에 서사성은 시간의 흐름에 따른 인과적 원리로 나타나게 된다. 서술 주체가 서술 대상을 이미 완결된 행위로서 체험하기 때문에 서사문학은 과거의 서술 시제를 갖게 된다.

헤겔도 서사적인 것은 과거의 사건을 장대한 시간적 과정에 걸쳐 전개한다는 점에서 서정적인 것이 현재의 한 시점에 표현을 집중하는 것보다 시간 인식과 밀접하게 관련되어 있는 것으로 보았다[24]. 이로써 서사성은 계기적 시간의 질서에 의해서만 성립될 수 있으며 인과적인 원리에 의해 유기적 구성을 갖게 됨을 알 수 있다.

헤겔은 서정적 장르는 인간의 내면세계로 향하고 있는 반면, 서사 장르는 외부 세계를 대상화하여 전체성을 형상화하고 있는 것으로 설명하고 있다. 주체의 입장에서 세계를 전체성에 입각하여 인식하려는 것이 서사성의 근본 성질을 지적한 것이다. 인간이 주체의 입장에서 세계를 동일화하는 단계에서 서사성을 주축으로 하는 소설이 발생하였음을 알 수 있다. 서사 문학을 시와 비교하여 객관적인 장르로 보는 이유는, 자아가 세계를 하나의 객체로 대상화하여 이야기로 서술하는 가운데 주체의 입장에서 관찰되고 해석된 객체에 대한 총체적 관점이 드러나기 때문이다. 이 때문에 서사 문학은 '대상의 총체성'[25]을 드러내는 장르라고 규정된다.

서사 문학이 특정한 시대 환경의 현실을 반영하는 데 서정 양식

---

23) 볼프강 카이저, 『언어 예술작품론』, 앞의 책, p.540
24) 헤겔, 앞의 책, p.312 역주 131
25) 헤겔, 앞의 책, p.127

보다 적합한 이유도 이와 같이 시간·공간 개념이 자아의 관점이 아닌 세계의 관점을 따르고 있기 때문이다. '자아의 세계화'로서 서사성 안에서는 주체의 관점에서 객체를 하나의 대상으로 형상화하기 때문에 서정 문학의 주관적인 언어 특성과 다르게 서사적 언어는 대상을 지시하고 개념화하는 산문 언어의 특성을 갖게 된다.26)

서사성을 기본으로 하는 소설은 근대 시민사회의 발흥과 함께 발생한 서사 문학이다. 근대는 인간 이성에 대한 신뢰 속에서 세계, 즉 자연과 사회를 인간의 합리적 이성에 의해 파악하고 질서화 하게 된다. 소설 문학의 근본 특징인 서사성은 바로 인간이 이성을 중심으로 사회와 자연을 사실적이고 합리적으로 인식한 것이다. 근대 소설 문학에서 중요한 서사 미학의 특징은 작품에 설정된 정황 즉, 인물과 환경사이의 갈등이 얼마나 사실적이고 합리적인 인식에 기초하고 있는가 하는 것이다.

이상에서 살펴 본 서정성과 서사성의 차이점을 도표화하면 다음과 같다.

	서정성	서사성
자아와 세계의 관계	자아와 세계의 화합(미메시스)	자아와 세계의 대립
시간·공간 인식	무시간성(공간의 동시성) 자아의 시·공간	시간의 계기성 세계의 시·공간
인식의 관점	세계의 자아화	자아의 세계화
지각작용	순간의 상태성(정서적, 감각성, 직접성), 느낌	대상의 전체성(구성적, 논리성, 표상성), 사고
언어 특징	이미지, 감각 언어	논리적, 지시적 언어

26) 에밀 슈타이거, 앞의 책, pp.84-101

문학의 장르는 명확하게 구분되어 존재하는 것이 아니다. 전통적인 3분법의 장르론을 비판하고 있는 크로체는 이러한 명확한 규범이 작품과는 관련이 없으며 서사적, 서정적, 극적 방법은 한 작품 속에서 혼재하여 존재하기 때문에 명확하게 구분하는 것은 불가능하다고 지적한다.27) 순수한 서사적 작품, 순수한 극적 작품은 실제로 존재하지 않으며 세 가지 인식 방법 중에서 어느 하나가 다른 것보다 우세할 때 확고한 장르 인식이 나타난다고 설명하고 있다28). 서정적, 서사적, 극적 방법은 항상 혼재하여 나타날 수 있으므로 한 작품 속에서 장르가 통합되는 양상을 설명할 수 있다. 서정 소설은 자아와 세계의 분리(대립)를 전제로 한 장르 속에 자아와 세계를 융합하는 시적 특성이 혼합되기 때문에 일반적인 소설의 유기적 구성을 해체하는 형식적, 제재적 특성이 나타나게 된다.

2. 서정 소설의 개념과 양식적 특성

서정 소설은 본질적으로 자아와 세계의 대립을 전제로 한 양식 속에 자아의 세계의 분열을 없애려는 시도, 즉 둘 사이의 융합을 지향하는 서정적 전망에 의해 구축된다. 이때 서정적 전망을 바로 작가가 인간과 세계, 주체와 객체 사이의 대립을 없애고 둘 사이의 화합, 즉 총체성을 지향하는 것을 말한다.

서정 소설이란 기존의 서사 속에 시적 요소가 다양하게 변용되어 나타나기 때문에 명확한 개념으로 정의하기는 어렵다. 시적 소설을 정의하려는 시도는 이미 프리드만에 의해서 이루어졌는데 그는 '소

---

27) 폴 헤르나디, 김준오 역, 『쟝르론』, (문장, 1983), p.23
28) 에밀 슈타이거, 앞의 책, pp.277-280
　　볼프강 카이저, 앞의 책, pp.524-531

설을 시의 기능에 접근하도록 사용한 혼성적인 장르 개념'29)으로
기술하고 있다. 그는 서사의 인과적 특성과 서정적인 동시성이 어
떻게 병치되면서 순수한 서사적 방법으로서는 이루어 낼 수 없는
심리 묘사나 내적 독백, 의식의 흐름류의 현대 서정 소설이 구조화
되는지 작품 분석 과정에서 구체적으로 제시하고 있다. 또한 서양
문학사에서는 '자아가 세계에 대한 느낌을 표현하기 위한 시적 정
신을 실험한 소설'로서 서정 소설의 전통이 확립되어 있음을 보여
주고 있다30).

서정 소설은 서사 문학의 관점을 행동으로부터 내면 의식으로 옮
겨 놓았으며, 행동적 플롯보다는 장면과 분위기가 중시되고 인간
내면의 감각이나 지각의 순간을 기록하는 것을 목적으로 한다. 이
때 인간의 내면 의식을 표현하는 시적 언어와 자연계 사물의 은유
적 사용, 공간의 상징성 등이 서정 소설의 중요한 특성으로 나타나
게 된다.31)

영미 비평가로서 프리드만은 서정 소설을 시적 정신을 실험한 소
설로서 형식적인 관점에서 접근하고 있다. 서구의 현대 서정 소설
은 도시화, 문명화로 자아와 세계의 대립이 심화된 근대화에 대한
반감을 표현하기 위한 비판 미학의 한 형태로 등장한다. 서정 소설
은 반소설(anti-novel)로서 근대 서사를 해체하는 미학적 특징을 가지
며 이것은 반근대성의 이념으로부터 발생된 것을 의미한다. 근대 시
민 사회의 합리주의를 기초로 발생한 소설 장르를 시적 상상력에
의해 해체하고 있는 서정 소설은 서사의 관점을 인간의 감성과 무

---

29) Ralph Freedman, ≪*The Lyrical Novel*≫ (Princeton University Press, 1971), p.1
30) Ralph Freedman, 앞의 책, viii
31) 아일린 볼데쉬와일러, 「서정적 단편소설」, 찰스 E. 메이 최상규 역, 『단편소설
    의 이론』, (정음사, 1990), pp.312-328

의식의 영역으로 옮겨왔다.

서양 문학에서 서정 소설이 발생한 것은 인간 이성에 대한 회의가 시작된 시기와 일치하고 있다. 먼저 철학사에서 근대의 합리주의나 실증주의를 비판하며 대두된 18세기의 경험적 관념론과 19세기의 초월적 관념론은 문학 작품 속에 자아와 세계의 융합을 위한 적절한 정신사적 배경을 조성하였다고 한다.

모더니즘 문학은 자아와 세계가 극단적으로 분열된 현실을 알레고리나 부조화의 미학에 담아 표현하였다. 모더니즘 문학으로서의 현대 서정 소설은 현실에 존재하지 않는 '아름다움과 조화의 가상'을 그려서 유토피아가 존재할 수 없는 현실적 삶의 위기를 반어적으로 드러내는 양식이다. 서정 소설은 자아와 세계의 대립을 전제로 한 양식 속에 작가의 서정적 전망을 구축한다. 현대 서정 소설은 반근대성의 이념을 표현하고 있는데 근대 합리주의에 대한 비판적 인식으로 감성과 시적 상상력으로 근대 소설을 해체하는 미학적 특징이 나타나고 있다.

1) 유기적 구성의 해체

먼저 자아와 세계가 분리되어 있는 장르 속에 자아와 세계를 융합하는 시적 요소가 혼합되기 때문에 서정 소설은 일반적인 서사의 인과적 구성이 해체되는 양상으로 나타난다.

프리드만은 서정 소설의 본질과 형식을 다음과 같이 설명하고 있다.

> 서정 소설의 작가는 서정시적 동시 행위를 시간적 연속, 인과적 계기와 통합시켜야 할 과제에 직면하게 된다. Joseph Frank에

의하면 시간이란 공간적으로 체험될 뿐만 아니라 자아와 세계의
거리는 단축되기도 한다. 인간이 행하는 행위의 영역은 인식에
의해 재 체험 된다. 서정 소설은 이와 같이 인식 행위를 묘사함
으로써 인간과 세계 사이의 교호 작용에 초점을 둔 관습적으로
인정된 소설의 특질을 파괴하기 때문에 '반소설'이라는 용어의
실질적인 의미로서 나타나게 된다.[32]

　　서정 소설의 개념은 역설이다. 소설은 일반적으로 이야기 말하
기(story telling)와 관련되어 있다. 독자는 자신과 동일시할 수 있
는 작중 인물, 자신이 참여할 수 있는 행동을 기대하거나 또는
극화된 사상과 도덕적 선택을 기대하기도 한다. 반면에 서정시는
음악적이고 회화적인 유형으로 감정 또는 주제의 표현을 암시한
다. 서정 소설은 이와 같은 둘 다의 특성을 결합하여 독자들의
관심을 인간과 사건으로부터 형식적 디자인으로 옮겨 놓는다. 소
설의 일반적 장면은 이미저리의 조직이 되며 인물은 화자 그 자
체로 나타난다. 그러므로 서정 소설은 본질적으로 시적 문체나
화려한 산문으로 정의되지 않는다. 모든 소설이 그처럼 언어를
고양시킬 수 있고 세계를 이미지로 축소시킨 구절들을 포함할 수
있다. 오히려 서정 소설은 픽션의 구조 내에서 인과적이고 시간
적인 움직임을 초월하는 독특한 형식으로 생각된다. 그것은 소설
을 시의 기능에 접근하도록 사용한 혼성적인 장르이다.[33]

　　이와 같이 서정 소설의 본질은 시적 언어나 감각적인 수사와 같
은 문체적 특성으로 정의되지 않는다. 서정 소설은 인간의 인식 행
위를 묘사함으로써 인간과 세계 사이의 교호 작용에 초점을 둔 소
설의 서사성을 파괴하기 때문에 '반소설(anti-novel)'의 의미를 갖게

---

32) Ralph Freedman, 앞의 책, 인용.
33) Ralph Freedman, 앞의 책, p.1

된다고 설명한다. 이때 작가는 서사의 인과적 계기와 공간의 동시성이 통합해야하는 과제에 직면하게 된다. 공간의 동시성이란 작가의 은유적 관점에 의해 독립적인 현상들을 하나의 상상력으로 통합하는 것이다. 서정 소설에서는 서사의 시간적 연속성이 공간의 동시성과 혼합되어 병치의 플롯이 나타나기도 한다. 예를 들면 이효석의 「메밀꽃 필 무렵」에서는 작품 처음부터 결말 부분까지 허생원과 늙은 나귀의 운명이 공간의 동시적 현상에 의해 하나의 플롯 안에서 두 가지 이야기로 전개된다.

시간의 계기성이 파괴되어 공간의 동시성으로 해체되는 것은 모더니즘 문학의 일반적 특징이라 할 수 있다34). 서정 소설의 플롯은 시간의 연속적 흐름이 공간의 동시성으로 변화되면서 인과 관계에 기초한 계열적 플롯이 해체된다. 이때 이야기와 연관된 인물, 사건과 같은 서사적 요소들이 이미지에 의한 시각적인 장면으로 변형된다. 서정 소설은 시간의 흐름을 공간으로 변형하는 대표적인 모더니즘 소설로서, 이야기체로서의 서사가 시각 예술(visual art)과 기법적으로 결합되는 양상을 보여 준다.

서정 소설은 선조적(線條的)인 시간 인식을 서정적 동시성의 공간 인식과 결합하여 단편 소설의 구성 원리인 통일성과 단일성의 효과를 성취해 내고 있다35). 단편 소설은 장편 소설보다 서정시에 더 가까운 양식으로서 서정시의 격조를 풍기는 명상적 에세이와 근친성을 갖게 된다. 또한 단편 소설은 플롯보다는 어조(톤)에 의해 독자를 이야기 속으로 끌어들이게 되며, 서정시 쪽으로 접근하여 시적, 심리적 특성을 지니면서 작중 인물 또한 정서적 체험이 그

---

34) 유진 런 /김병익 역, 『마르크시즘과 모더니즘』, (문학과 지성사, 1986), pp.49-50
35) 찰스 E. 메이 엮음, 「단편 소설의 이론」

목적이 되고 있다. 현대 단편 소설은 설화로부터 멀어져 시의 비선조적인 형식에 접근하면서 서정성을 지닌다. 서정적 단편 소설은 정서 자체에 의존하는 다양한 구조 유형을 활용하여 내적인 변화, 기분, 감정에 모든 것을 집중하게 된다. 생략, 압축, 통일성과 같은 단편 소설의 특징은 장편 서사의 선조적인 형식보다는 서정시의 비선조적인 형식과 유사하다.

2) 수동적인 지각자로서의 서정적 주인공

서정 소설에는 일반 소설의 행동적 주인공과는 달리 세계를 느끼고 감상하며 인식하는 지각자로서의 서정적 주인공이 등장한다. 1930년대 후반 객관적 정세의 악화로 소설 미학상에 나타난 가장 큰 변화는 능동적, 적극적 주인공을 더 이상 소설 공간 속에 형상화할 수 없게 되었다는 것이다36). 이 시대의 서정 소설에는 행동적 실천이 어려운 현실에 맞서 시대를 관망하고 반성, 사색, 토의하는 내성화된 서정적 인물이 등장하게 된다.37)

서정 소설의 세계의 관점이 자아의 내면 의식으로 축소되는 경향은 주인공의 특성 때문이다. 서사적 주인공이 행동으로 세계와 대결해 가는 적극적 인물임에 비하여 서정적 주인공은 서정적 순간을 인식 행위로서 보여 주기 때문에 내성적인 인물로 나타난다. 서정적 인물의 행동은 시적 화자의 인식이 변형된 것으로서 세계를 지각하기 위한 탐색 행위로 볼 수 있다. 서정 소설의 주인공은 화자의 지각을 확장하기 위해 서정적 관점으로 행동하는 것이 특징이다.

---

36) 1930년대 후반에는 소설 속에서 적극적, 능동적 주인공이 소멸하는 현상이 뚜렷이 나타났다. 이는 일제의 탄압으로 더 이상 반영론의 입장에서 현실에 대한 긍정적 전망을 설정할 수 없었기 때문이다.

37) 신동욱, 『삶의 투시로서의 문학』, (문학과 지성사, 1988), pp.164-172

이와 같이 서정적 인물은 화자의 지각을 넓혀가기 위해 서정적 관점으로 행동한다. 이 같은 특성 때문에 서정 소설은 일반 서사에 비해 행동적 플롯이 약화되기도 한다. 시적 화자의 인식을 행동으로 표현하는 주인공은 세계와의 대립을 회피하거나 순응하는 양상으로 나타나기도 한다. 서정 소설이 세계를 자아화하는 현실 도피적인 서사 양식으로 비판받는 것도 서사성과 서정성을 결합하고 있는 서정 소설의 고유한 인물의 특성 때문이다.

수동적인 지각자로서의 서정적 주인공은 1930년대 후반 객관 현실의 악화로 더 이상 소설 속에 적극적으로 행동하는 능동적 주인공을 설정할 수 없을 때 등장한다. 이태준의 초기 작품의 주인공들은 주로 근대화의 역사적 흐름에서 밀려난 주변 인물들에 대한 서정적 주체(주인공이거나 화자)의 감상, 자각과 같은 인식 행위를 그려내고 있다. 박태원의 인물들은 이상을 가질 수 없는 현실과의 갈등을 비애, 울분 등의 서정적 감상으로 표출함으로 행동적 주인공이 아닌 서정적 인물이 된다. 서정적 주인공은 행동과 사건의 주체이기보다는 자아 반영을 목적으로 하기 때문에 소설은 인물의 내면 의식에 대한 서술의 비중이 훨씬 높아지고 있다. 서정 소설의 화자나 주인공은 세계의 관점을 자신의 내부로 돌리고 있다는 점에서, 자아 반영적인데 이것은 유진 런의 지적처럼 모더니즘 미학의 특성이기도 하다.

서사적 인물과 서정적 화자의 기능을 결합하고 있는 서정 소설의 중요한 미학적 개념으로 프리드만은 수동적 주인공(passive hero), 상징적 주인공(symbolic hero), 서정적 자아(lyrical self), 서정적 주체(lyrical I)와 같은 개념을 사용하고 있다. 서정 소설은 화자와 인물의 교체에 의해 일정한 미적 효과를 달성할 수 있다. 즉 서사적 인물의 개별적 행위를 시적 화자의 보편적 개성으로 보여줌으로써 객관성을 획득할 수 있다. 시적 화자의 인식을 서사적 인물의 객관적 행위로 표현하여 서정성의 주관적 체험은 객관적으로 표현된다는 것이다[38].

　서사적 과정의 인물들의 행위는 서정적 과정에서는 화자의 인식을 구체화하는 장면(scenes)으로 전환된다.[39] 이처럼 서사적 과정에서 행동하는 인물은 서정적 과정에서는 인식하는 화자로 변형되며 서사적 진행을 따라 다시 인물로 대체되기도 한다. 이와 같이 인물과 화자가 변형되는 과정은 서정 소설의 중요한 특징이다.

3) 서정적 화자와 의식의 투시

　서정적 화자는 일반 소설과는 다른 세계에 대한 관점을 갖는다. 그것은 화자의 내면의식을 통해 객관 현실을 투시하기 때문에 대상과 상호 투사된다. 그러므로 서정적 화자에게는 세계에 대한 관점이 자아의 내면세계로 축소되어 있다. 서정적 화자는 서사적 화자처럼 인물이나 사건의 진행 과정을 이야기로 서술하는 것이 아니라 인물이나 사건에 대한 자신의 서정, 즉 느낌과 감정을 펼쳐내는 것이 주요한 기능이다. 그러므로 작품 전체가 화자의 정조, 즉 주관적인 내면 감정의 흐름으로 통일되는 특징을 보여 주기도 한다.

　서정적 화자는 세계에 대한 관점을 자신의 내부로 돌려 외적 현실이 자신의 의식 내부에서 어떻게 지각되는가를 기록하는 자기 반영적 특징을 지닌다. 서정 소설이 의식의 흐름이나 내적 독백과 같

---

38) Ralph Freedman, [The Lyrical Novel], (신동욱 옮김, 현대 문학, 1989), <역자서문>
39) Ralph Freedman, 앞의 책, p.8

은 모더니즘 소설의 자기 반영성의 특징을 갖는다. 서정 소설은 외부 세계와 내면세계를 이미지의 언어로 강력하게 융합하면서 인간의 지각과 인식 행위를 직접 표현하려는 특별한 양식이다.

이효석의 초기 소설의 화자는 인물과 사건에 대해 자신의 감정과 가치 판단을 집중적으로 서술한다. 이 화자는 대상에 주관적인 감정을 투사하여 화자 자신의 자아를 반영하여 서술하기 때문에 이야기는 현실에 대한 반영이 아니라 화자의 내면 의식의 표출로 채워진다. 「북국점경」의 화자는 러시아로 가는 배 안에서 자신이 여행 중에 점묘적으로 관찰한 러시아의 여인이나 여러 가지 러시아의 풍물 등에 대해 느낀 감상을 서술한다. 화자의 자기 반영의 관점이 우세해질 때 서사는 객관 현실의 반영이나 대상의 전체성을 드러내는 서사적 형상화는 이루어지지 않고 주관적인 경향으로 기울어진다.

서정적 화자는 대상과 상호 미메시스되어 있는 순간의 상태성을 자신의 느낌으로 지각하는 서정적인 주체를 말한다. 서정 소설에서는 보통 서정시처럼 자아와 세계를 융합해가는 주체[40]를 상정할 수 있다. 서정적 주체는 일반적으로 화자나 주인공으로 등장한다.[41] 서정적 화자는 서술 대상과의 거리가 단축되기 때문에 자연 대상물과 같은 기호를 통해 내면 의식을 외부로 직접 표현할 수 있다.

서술 주체와 서술 대상 사이의 서사적 거리가 사라지는 것은 '묘사의 직접성'으로 나타난다. 여기서 서정적 직접성은 예를 들어 「

---

40) Ralph Freedman은 서정 소설을 서정적 자아의 개념으로 일관되게 설명하고 있지는 않다. 이 책에서 수동적 주인공, 상징적 주인공, 화자, 서정적인 나(Lyrical I)로 지칭되는 용어들은 '서정적 주체'로 포괄될 수 있는 개념들이다. 본고에서는 '서정적 주체'의 개념을 도입하여 서정 소설의 특징을 설명하고자 하였다.

41) Ralph Freedman, 앞의 책, p.31

전쟁과 평화」의 전투 장면에서 보는 것과 같은 서사적 행위의 직접
성과는 다르다. 그것은 묘사의 직접성, 서사적 세계의 개입 없이 독
자의 눈으로 주제나 모티브를 알 수 있는 가능성이다[42]. 서정적 직
접성이란 화자가 대상에 서사적 거리를 두고 서술을 중개하지 않아
도 이미지의 묘사에 의한 회화적 구도(장면)로 독자에게 주제나 모
티브를 직접 전달할 수 있는 가능성을 말한다. 서정 소설에서는 공
간의 동시성이라는 특징에 의해, 시간의 흐름을 전제하는 화자의
서술이 줄어든다. 화자의 인식은 공간에 의한 시각적 장면으로 제
시되거나 인물 시각적 관점에서 화자의 개입 없이 서술을 극화하는
경향이 있다.

서정 소설이 자아가 세계에 대한 느낌과 지각을 표현하기 위해
시적 정신을 실험한 소설로 정의되는 이유도 서정적 화자의 존재를
통해서이다. 전통적인 서사가 세계의 관점에서 자아를 규명하려 한
다면 서정 소설은 자아의 관점에서 세계는 어떻게 지각되는가, 인
간의 내부 세계와 외부 세계의 기능적 관계는 무엇이며 인간 행위
의 원인이 되는 심리적 요인은 무엇인가를 투시할 수 있는 새로운
관점을 열어주고 있다. 서정 소설은 인간의 내면세계를 표현하는
내적 독백과 의식의 흐름, 고백문과 같은 서사 유형·탐색 소설과
같은 다양한 소설의 형태를 보여 주고 있다.

4) 서사 언어의 해체와 미메시스의 언어

서정 소설에서는 시적 언어로서 형용사나 부사어와 같은 감각 언
어가 많이 등장한다. 서정성 안에서 인식 주체는 대상에 자신의 감
정을 투사하는 세계의 자아화가 이루어지기 때문에 대상과의 서사

---

42) Ralph Freedman, 앞의 책, p.9 인용

적 거리가 소멸되어 시각, 촉각, 후각, 미각, 청각 등 오감의 감각으로 대상을 지각하게 된다.

서사 언어가 해체되는 현상은 산문 문장의 연속성이 파기되는 시적 언어의 특징으로 나타나고 있다. 독립된 단어군의 병치, 이미지의 언어, 반복적인 단어나 어구의 사용 등은 대상과의 서사적 거리를 소멸하는 시적 문체의 특징이다. 구성상 특성으로서 동일한 모티브가 반복되거나 불연속적 사건들이 병치되는 것도 시간의 흐름을 공간화 시키는 방법이다.43)

서사의 인과적, 계기적 구성이 해체되어 공간의 동시성으로 구성되는 소설에서는 독자의 관심이 인물과 사건으로부터 언어 그 자체로 옮겨온다고 한다.44) 그러므로 서정 소설에서는 사건과 인물보다는 언어 자체의 구문, 상징, 은유를 통해 작가의 인식이 전달된다.

소설의 일반적 장면이 서정 소설에서 이미저리의 조직으로 구성되며 인물이 시적 화자로 나타나게 되는 것도 서정 소설의 중요한 형식적 특성으로 볼 수 있다.45) 서사적 진행 과정은 시간의 흐름에 따라 전개되는 인물의 행동과 사건이 계기적·인과적으로 나타나고 화자에 의해 서술되는 것이 특징이다. 이에 비해 서정적 진행 과정에서는 서정시처럼 감정의 순간적 표현이 공간적인 형식으로 나타나며, 이미지에서 이미지로 움직이면서 독자가 그림을 보듯이 주제에 접근하게 된다. 이미지란 에즈라 파운드에 의하면 대상과 인간의 내면 의식과 결합되는 '순간의 지적, 정서적 복합체46)'로 정의된

---

43) Jeffrey R.Smitten and Ann Daghistany eds. ≪Spatial Form in Narrative≫, (Cornell University Press, 1981) pp.16-26
44) Jeffrey R.Smitten and Ann Daghistany eds, 앞의 책, p.17
45) 볼프강 카이저, 앞의 책, pp.244-278
46) T.S.Eliot ed., ≪*The Literary Essasy of Ezra Pound*≫(New York: New Direction, 1955) p.4

다. 이미지는 대상에 의해 인간의 의식 내부에 발생되는 일종의 시각적 반응47)이며 시각적 심상이 인간의 의식 속에 재생되어 만들어진 그림이다.

이미지란 단순한 시각적 재생이나 감각적 표현이 아니며 한 순간에 제시된 사물의 이질적인 관념, 정서들을 공간적 관계로 통합하는 질서를 뜻한다는 것이다.48) 이미지의 언어란 순간의 독립적인 인식으로서 파편화된 인식의 특성을 나타내는 언어이다. 서사적 과정의 인과적 특성들은 이미지에 의해 동시적으로 병합되어 시각적인 장면으로 변형될 수 있다. 이 때 시간은 공간으로 체험된다. 그러므로 서정 소설에서는 소설의 인물, 플롯, 장면 등이 시적 이미지의 패턴으로 변형되는 과정을 분석적으로 고찰할 수 있다.

---

47) 김윤식 편저, 『문학비평용어사전』, (일지사, 1983) p.229 인용
48) 오세영, 앞의 논문, p.395 참조.

Ⅲ. 현대 서정 소설의 미학적 성격

1. 미적 자율성과 서정 소설

예술의 미가 이념과 분리되어 자율성을 획득하는 과정은 두 가지로 해석할 수 있다. 첫째, 시민 사회의 자본주의가 발전하면서 예술이 사회의 제반 영역과 분리되는 과정에서 나타난다. 현대성을 사회 과학적으로 분석하고 있는 하바마스나 아도르노에 의하면 현대는 사회의 제반 영역들이 분화되는 것을 가장 큰 특징으로 꼽고 있다. 자본주의 사회가 발전하면 사회의 제반 영역들은 서로 독립적으로 분화되고[1] 예술도 사회, 정치적인 토대와 생활 세계로부터 분리되어 자율성을 얻게 된다. 예술이 분화되어 자율성을 얻게 되었다는 것은 예술이 현실의 객관적 총체성을 그려낼 수 없다는 부정적 인식의 표현이기도 하다. 예술은 자본주의의 시장논리로부터 벗어나 부정의 현실을 비판하는 기능을 갖게 된다.[2]

둘째, 사회적 자아와 예술적 자아를 독립적인 실체로 보고 예술

---

1) 위르겐 하바마스/이진우 옮김, 『현대성의 철학적 담론』, (문예출판사, 1994), pp.391-423
   문병호 지음, 『아도르노의 사회 이론과 예술이론』, (문학과 지성사, 1993), pp.181-212
2) 김유동 지음, 『아도르노 사상』, (문예출판사, 1993), p.188

은 현실과 관계를 갖지만 항상 예술 자체의 열림과 닫힘의 구조로서 자율성을 갖고 있다고 보는 관점이다. 이러한 자율성을 옹호하는 입장은 예술을 역사, 사회적인 문맥에서 벗어나 설정하고 있는 것으로 보기 때문에 자칫 보수적이라는 비판을 받기도 한다. 그러나 예술은 시대 이념과 독립된 그 자율성 때문에 오히려 객관 현실을 넘어서 유토피아를 그려낼 수 있다. 유미주의 예술 또한 현실에 대한 미학적 대응이라는 점에서 새로운 예술의 가능성으로 주목받고 있다. 그러므로 보러의 경우 현대성의 미학을 모더니즘 문학뿐만 아니라 낭만주의 시대까지 거슬러 올라가 기존의 이데올로기를 해체하는 혁신의 미학을 모두 포괄하게 된다.[3]

한국 문학사에서 미와 이념의 영역이 분리되는 것은 정상적으로 자본주의가 전개된 서구 문학사와는 다른 한국 문학사의 특수한 상황을 보여 주는 것이다. 우리 근대 문학의 미학적 전개 과정은 근대의 세계사적 특수성에 직접 관련되어 있다. 자본주의는 자본의 고유한 팽창 원리에 의해 제국주의와 식민지라는 특이한 정치 체제를 만들어 내었으며 이것은 세계사적으로 근대라는 시대의 전형적 특징을 만들어 내었다. 한국 근대 문학은 제국주의 지배하의 식민 문학으로 출발하게 된다. 제국주의 강점 하에서 전개된 우리의 근대 문학은 예술이 '진리의 미적 형상'이라는 실현에 앞서 '민족 해방'이라는 실천적 역할이 요구되었다.

제국주의 강점 하에서 파행적인 근대화를 거쳐야 했던 한국 근대 소설은 민족 해방을 위한 정치적 기능에 대한 시대적인 요구와 '진리의 감각적 형상'이라는 예술 고유의 실천 사이에서 싸워야 하는 운명에 직면했던 것이다. 문학은 정치나 현실이 아니고 예술인 이

---

3) 칼 하인츠 보러/최문규 옮김, 『절대적 현존』, 앞의 책.

상 현실과 지속적인 연관을 가지면서도 예술 고유의 미적 형상을 보존하기 위한 자기 준거적인 운동을 하게 된다. 이념에 의한 미의 속박, 예술의 정치화, 이성에 의한 인간 감성의 억압이 심화될수록 반동의 힘이 문학 운동 속에 고양되어 왔다고 할 수 있다.

그 극점은 카프가 더 이상 창작 부진을 면치 못하고 새로운 탈출구를 모색할 수 없었던 1930년대 문단 상황에서 확인할 수 있다. 그들이 동반자 작가로 영입했던 이효석의 작품은 카프의 이념을 지향하고는 있지만 근대 소설을 본격적으로 해체하는 심미적인 감성 언어로서 서사 언어를 파괴하려는 시도를 보여 주었다. 이효석의 초기 작품이 보여 주는 미학적 파탄상은 문학이 시대적 요구와 미학적 실천 사이에서 격돌하는 과정에서 나온 기형적 현상으로 식민 문학의 전형적 특징을 보여 주고 있다.

역설적이게도 1935년 카프의 해산은 문학 외적인 강제에 의해 문학이 자율성을 얻게 된 계기가 되었다. 이 사건으로 작가들은 한시적으로나마 민족 해방이라는 거대 이념으로부터 벗어나 미적 형상을 위해 창작할 수 있게 된다. 이 시기에 등장하는 다양한 서사 양식들은 문학 자체 내의 힘의 분출로서 이념에 결속되어 있던 미의식과 이성에 의해 억압되었던 감성이 역동적 힘으로 분출된 결과로 볼 수 있다.

카프의 해산으로 봇물처럼 터져버린 미적 자의식을 향한 욕구는 이효석의 작품과 같은 심미주의적 경향으로 분출되기도 하였다. 이 시기의 심미적 경향은 근대 문학의 긴 여정 또한 이념에 결속될 수밖에 없었던 미의식이 어느 극점에서 폭발한 것으로 우리 근대 문학이 파행적으로 전개된 국면을 보여 주는 것이다.

즉 미가 필연적으로 이념에 속박될 수밖에 없었던 한국 근대 문학사 속에서 예술 고유의 형상을 보존하기 위한 문학 내적인 운동이 고양되고 있음을 보여 준 것이다. 미는 항상 고유의 형상으로서 '총체성'을 지향한다. 예술미가 본래의 형상을 회복하는 길은 예술과 삶이 통합되는 것, 즉 주체와 객체가 화해하는 이상적 현실을 만드는 것이다. 이것이 불가능한 시대에는 가상을 통해 총체성을 향한 열망을 그리게 된다.

정치적 외압과 문학 내적인 계기에 의해 미와 이념이 분리되면서 작가들은 현실을 보편적으로 인식하는 것으로부터 개인의 개별화된 인식으로 추구하는 미학적 변화를 보여 주었다. 이러한 변화는 다분히 세계 대전을 앞둔 일제의 정치적 강제에 의해 이루어지긴 했지만 1930년대의 문학적 현상의 다변화는 문학 내적 흐름과 시대 현실의 역동성 안에서 이해할 수 있다. 현실과 작품이 가장 큰 괴리감을 드러내는 서정 소설은 제국주의 식민 문학으로 전개되었던 한국 근대 문학이 자율성을 획득하는 계기들을 보여 주고 있다.

2. 서정적 아이러니와 미적 유토피아

서정 소설은 자아와 세계가 분열된 현실과는 대조적으로 '자아와 세계의 화합'을 미적 가상으로 그려 낸다. 즉 주체와 객체의 화합이 불가능한 시대에 예술이 가상의 형식을 통해 화합을 그려내는 서정 소설은 예술의 심미성과 현실과의 극단적인 부조화를 통해 현실과의 갈등을 표현하게 된다.4) 루카치는 이를 '서정적 아이러니'로 설명하고 있는데 자연 발생적인 총체성이 존재하지 않는 시대에 서정 문학5)에서 그려내는 자아와 세계의 화합은 그것이 불가능한 현실

---

4) 김해옥, 「이효석 소설 연구-서정 소설의 특성을 중심으로」, (연세대 박사논문, 1993), p.116 참조.

을 반어적으로 표현하고 있다는 것이다.[6)

　루카치의 서정적 아이러니의 개념은 모더니즘적인 서정 소설의 발생을 이해하는데 도움을 준다. 말하자면 근대의 이성 중심주의에 대한 회의가 나타나면서 근대 서사를 해체하는 한 양상으로 현실에서 불가능한 주체와 객체의 합일을 내면의 열망으로서 표현하고 있는 것이 서정 소설이다. 근대는 합리적 이성이 도구적 이성으로 변질되고 자연이나 또 다른 타자를 억압하여 소외와 갈등을 낳았다. 서정적 아이러니는 내면 속에 유토피아에 대한 열망을 간직한 서정적 주체와 유토피아를 상실한 부정적 현실 간의 극단적인 부조화 속에서 등장한 것이다. 아이러니의 문학은 현실과 이상이 부조화하고 어긋나는 시대에 표면의 현상을 통해 반어적으로 이면의 진리를 드러내는 기법이다. '무력해진 주체와 강압적 현실'로 압축되는 1930년대에 자아와 세계의 화합을 가상으로 그려내는 서정 소설[7) 은 현실에서는 불가능한 주체와 객체의 합일에 대한 열망을 제시하고 있다.

　서정 소설에서 그려내는 서정적 순간의 자아와 세계의 화합은 인간의 이성과 감성, 주체와 객체, 자연과 문명이 분리되지 않은 원시 시대에는 현실적인 삶 속에서 가능했다.[8) 서정 문학은 바로 자아와 세계가 원초적으로 화합했던 행복한 시대의 문학 양식이었다. 그러나 인류의 역사가 발전하면서 자아와 세계가 분열되어 총체성에 도달하는 것이 현실적으로 불가능해졌다. 자아와 세계가 대립하면서

---

5) 조동일은 자아화할 수 없는 세계를 자아화한 것처럼 표현하는 서정 문학이 자아와 세계의 대립을 역설적으로 가장 강렬하게 표현한다고 설명한다. 조동일, 『한국 소설의 이론』, (지식산업사, 1981), pp.93-94
6) 루카치/반성완 옮김, 『소설의 이론』, (심설당, 1985), pp.149-150
7) 나병철, 『모더니즘과 포스트모더니즘을 넘어서』, (소명출판, 1999), p.61
8) 루카치/반성완 옮김, 『소설의 이론』, (심설당, 1985), pp.29-50

서사시가 산문화되는 과정에서 나타난 장르가 소설이다.

총체성이 와해된 시대의 서정 문학은 세계와 화합했던 원초적 경험을 환기하여 유토피아를 상실한 현실의 삶에 대한 심리적 갈등을 표현한다. 아도르노는 자연 발생적인 총체성이 존재했던 시대에 인간은 객체와 화해된 미메시스적인 소통 방식을 가졌다고 말한다. 미메시스는 타자(객체)를 지배하지 않는 의사소통적 관계로서, 인간은 근대의 분열된 삶 속에서도 '자연을 닮으려는 열망'이다. 그러므로 서정 소설에는 서정시에서처럼 객관 세계와 주체의 내면 의식을 상호 융합해 가는 서정적 주체가 등장한다. 화자나 주인공으로 등장하는 서정적 주체는 분열의 현실에서 화합에 대한 열망을 포기하지 않기 때문에 근대화된 현실로부터 소외를 경험할 수밖에 없다.

근대 소설에서 가능했던 '현실의 총체성'은 문학이 자율적인 실체임을 주장하는 이들에게서 '미적 가상'이라는 새로운 진리 현현 방식으로 대체되고 있다. 가상이란 말 그대로 실제 현실이 아닌 예술적 상상으로서의 가정이다. '미적 가상'이란 서정 소설에서 자아와 세계가 합일하는 서정적 순간, 찰나의 현현(에피파니)을 통해 지각되는 '순간의 총체성'을 말한다.

한국 현대 서정 소설에서는 이효석의 「산」, 「메밀 꽃 필 무렵」과 김유정의 「동백꽃」에서 이러한 '순간의 총체성'으로서 '미적 가상'이 그려지고 있다. 이효석의 「산」에서 중실이 자연의 공간에서 우주와 자아가 하나로 통일되는 서정적 순간과 「메밀 꽃 필 무렵」에서 허생원이 세계와 즉자적으로 화합하는 순간이 이에 해당한다. 김유정의 「동백꽃」에서도 주인공과 점순이 현실 속에서 갈등을 무화시키고 동백꽃이 핀 산에서 서로 포옹하는 장면은 '미메시스의 순간'으로서 가상의 총체성을 제공한다. 이처럼 미적 가상으로서의 총체성이 예술 속에서만 가능한 '주체와 객체의 합일(미메시스)'를 말하며 그것은 근대의 현실 속에서는 불가능하다.

이때 '미적 가상'으로서 자아와 세계가 화합하는 '순간의 총체성'은 자아와 세계가 대립하여 총체성을 상실한 현실을 더욱 역설적인 방식으로 환기하게 된다. 이것은 삶과 예술이 분리되는 모더니즘 시대에 예술만이 가능한 현실 비판의 방법이다. 이와 같이 서정 소설은 서정적 순간의 '미적 가상'을 통해 현실을 인식하도록 하는 미학적 축을 그려주고 있다. 이때 '미적 가상'은 은유에 의해 '다양성의 의미'로 제시되기 때문에 가상과 진리의 경계를 해체하기도 한다.

서정 소설에서 '순간의 총체성'을 지향할 때 나타나는 인식론의 변화는 시간의 연속적 흐름이 파괴되어 순간으로 정지되는 것, 즉 공간 인식으로 전환된다는 것이다. 이때 근대 소설의 유기적 구성이 해체되고 비유기적 구성의 모더니즘적 서사가 등장하게 된다. 비유기적인 구성은 시간의 연속성에 익숙해진 자동화된 인식을 깨뜨리고 동일성의 인식을 비동일성으로 낯설게 만들게 된다.[9]

시간의 연속성으로 짜여진 서사의 플롯은 공간들의 병치로 해체되는데 이러한 병치적 구성 때문에 서사의 구성 속에 침투한다. 그러므로 서정 소설에 등장하는 시간과 공간은 일반 소설에서 인간 삶의 배경이 되는 객관적인 시간·공간이 아니라 서정적 주체의 내면 의식이 투사된 의미의 시간과 공간이 된다. 말하자면 세계의 객관적인 시간·공간의 개념이 아니라 서정적 주체의 내면 의식이 투사되어 개별화된 시간·공간의 의미를 갖게 된다.

---

9) 나병철, 「모더니즘과 포스트모더니즘을 넘어서」, 앞의 책, pp.214-216

1930년대 모더니즘적인 한국 서정 소설에서는 공간의 의미화 현상이 가장 잘 드러난다. 문명의 공간은 자아와 세계가 분열된 현실적 삶이며, 자연의 공간은 주체와 객체가 합일할 수 있는 서정적 전망의 유토피아로 제시된다. 그러나 모더니즘적 서정 소설에서 자연 공간에서의 자아와 세계의 합일은 근대라는 삶의 역사적 단계에서 현실적으로 불가능한 생존방식이기 때문에 예술 속의 가상으로만 존재한다. 예를 들자면 이효석의 「산」에서 중실이 선택한 자연의 삶은 현실적으로 불가능한 미적 가상으로만 존재하는 것이다. 이 때 '산'이라는 자연의 공간은 객관적인 삶의 배경으로서의 자연이 아니라 서정적 주체의 내면 의식이 투사된 유토피아의 공간이다. 김유정의 소설도 이효석의 소설처럼 미적 가상과 객관 현실의 대비를 통해 현대의 소외란 인간의 자연성의 훼손과 욕망의 억압이라는 새로운 패러다임으로 투시하고 있다. 이효석과 김유정 소설은 인간과 다른 자연물들의 병치를 통해 서정적 주체와 현실과의 갈등을 심리적인 욕망의 결핍으로 투시함으로써 근대 권력이 어떻게 인간을 억압하는가를 미시적으로 투시하고 있다.

서정 소설에 등장하는 서정적 주체로서의 자아는 자연이나 객체와 상호 소통하는 자아로서 이성 중심적인 근대적 자아가 해체되는 한 양상을 보여 준다. 말하자면 서정 소설을 옮겨가고 근대 소설의 미학적 구도인 외부 세계와 주체의 전통적인 관계, 즉 주체와 객체의 동일성을 해체하기 시작한다. 서사적 자아는 주체의 입장에서 객체를 대상화하고 동일화하려고 한다면 서정적 주체는 객체와 상호 동화되어 교감한다. 서정적 주체는 이야기를 말하거나 들려주는 전통적인 서사적 화자의 기능과는 달리 세계에 대한 자신의 느낌과 정서를 펼쳐내는 것이 중요한 기능이다.

이와 같이 화자가 느낌, 정서와 같은 주관적인 심리적 계기를 따라 서술을 전개하기 때문에 서정 소설은 자기 관조의 문학으로서 수필적이며 내성적인 특징을 보여준다. 서정적 화자의 파편화된 인식이 전개되기 때문에 서정 소설의 플롯은 빈약하거나 서사의 인과적 플롯이 해체되기도 한다.

1930년대 소설 문학 속의 '서정성'의 발현은 주관적인 감성 영역을 투시하여 근대의 행동적 서사와 다른 '의식의 흐름'류의 현대 심리적 소설을 만들었다[10]. 이때 서사의 관점은 인물의 행동으로부터 내면 의식으로 옮겨가고 이러한 미학적인 변화는 모더니즘 소설의 특징이기도 하다.[11]

이와 같이 객관적인 미의식이 주관주의적인 미의식으로 전환되면서 서사는 외부 현실에 대한 객관적 서술이 줄어들고 인물의 내면 의식과 같은 주관적인 경험에 대한 서술 비중이 높아지게 된다. 서정 소설 이후 등장하는 1930년대 후반의 최명익, 이상, 박태원의 심경·심리 소설들은 이러한 소설상의 변화를 반영하고 있다. 소설의 미학적 관점이 내부로 전환하면서 그 동안 이성에 억압되었던 인간의 감성과 무의식의 세계가 소설의 공간 속으로 유입되었다.

서구 문학사에서도 근대를 부정하는 비판 미학의 한 형태로 서정 소설이 등장하였다. 헤세는 산업화나 도시화로 인해 분열된 세계상을 반어적으로 표현하기 위해 인간과 자연이 동화된 원초적 화합을 유토피아를 통해 표현하였다. 울프의 작품들은 대표적인 서정 소설로서 서구 근대 문명의 이성 중심주의를 비판하는 감성 소설의 한

---

10) 김해옥, 「1930년대 서정 소설의 발생 배경과 문학적 성격에 관한 연구」, 『한 양어문 연구』 제 12집, p.224
11) A. 아이스테이손 지음, 임옥희 옮김, 『모더니즘 문학론』, (현대미학사, 1996), pp.37-39

형태로 존재하고 있다. 이들 작품들은 19세기 리얼리즘과 자연주의에 대한 반동으로 나타났으며 니체와 쇼펜하우어의 미학과 철학, 프로이드의 정신 분석학을 토대로 이성에 억압된 인간의 무의식과 감성 영역에 대한 관심이 고조되었던 현대의 사상적 흐름 속에서 등장했다.[12]

1930년대 서정 소설은 정치적 현실과 일정한 거리를 두고 '문학의 자율성'에 대한 인식을 가지고 쓰인 모더니즘 소설이다. 서정 소설은 이념에 종속된 미의 영역을 독립시킨 '심미적인 감성 소설'의 한 계보를 이루고 있다. 모더니즘으로서의 서정 소설은 그 미학적 특성상 이념보다 미를 우위에 두기 때문에 내용보다는 형식으로서의 언어가 중심에 놓인다.

3. 서정 소설의 발생 배경

1930년대부터 일제의 정치적, 사상적 탄압이 강화되는데 가열화된 제국주의의 탄압이 문학 활동에 직접 영향을 미쳤던 것은 카프 1, 2 차 검거 사건이다. 당시 문단을 주도하면서 문학 활동을 펼쳤던 카프의 해산은 카프에 소속된 작가들은 물론 동반자 작가, 민족주의 및 자유주의적인 중간파 작가(순수파로 분류됨) 들에게도 영향을 미쳐 창작 환경을 크게 위축시켰다. 왜냐 하면 카프의 해산으로 이에 대응했던 민족문학 계열의 문학 활동도 침체에 빠졌기 때문이다.

세계사적으로 이 시기에 자행된 파시즘의 문화 말살 정책은 지식인들에게 불안 사조를 심어주게 되었으며 이러한 현상은 작가들에

---

12) Ralph Freedman, ≪*The Lyrical Novel*≫, (Princeton University Press, 1971)

게도 직결되어 패배적이고 허무주의적인 현실관을 갖도록 하였다[13]. 이 시기에 지식인 작가 사이에 풍미했던 정신적 위기감은 극도로 악화된 환경에 대해 주체가 적극적으로 응전력을 확보하지 못하는 부정적인 요인으로 작용하고 있다.

이러한 시대적 상황은 인물과 환경 사이의 대립을 서사적 과제로 다루는 소설의 창작 경향에 많은 변화를 가져오게 한다. 임화는 1930년대 일제의 탄압이 강화되어 이념 지향적인 창작을 할 수 없게 된 문단의 위기 상황을 '작가와 환경이 부조화한 시대'로 특징지었다. 그는 '그리려는 것과 말하려는 것 사이의 분열'을 일으키기 때문에 본격 소설이 쇠퇴하고 인물과 환경 사이의 교호 작용이 깨진 주관 편향과 객관 편향의 소설이 등장하였다고 한 바 있다.[14]

여기서 임화가 말하는 본격 소설이란 인물과 환경이 조화를 이룬 서사시적 장편 소설을 의미하는 것으로 볼 수 있다. 이 시기는 객관적 현실이 극도로 악화되고 이에 맞서는 주체의 대응력이 약화되면서 인물과 환경이 유기적인 관련성을 갖는 본격 소설이 창작되기 어려웠다.

1930년대와 같이 현실이 극도로 악화되고 이에 대응하는 주체의 힘이 약화된 경우, 주체는 현실을 대상화하여 완결된 행위로 그려내는 서사적 의지가 약화되고 갈등을 내면화하려는 경향이 우세해진다고 한다. 즉 한 개인에게 사회를 발견하기 위한 계기가 역사적으로 주어졌을 때는 현실을 대상화하여 인식할 수 있는 소설 장르가 선택되지만 개인이 사회를 발견하지 못하고 역사의 발전 방향을 알 수 없을 때는 현실의 체험 지각, 즉 서정적 인식이 선택될 수밖

---

13) 백철, 『신문학 사조사』, 앞의 책, pp.188-196
14) 임화, 「본격소설론」, 『문학의 논리』, (서음출판사, 1987), pp.218-230

에 없다고 한다.15)

　루카치의 '소설의 이론'에 기대고 있는 임화의 비평관이나 헤겔의 장르론에 입각한 김윤식의 발생론적 입장은 1930년대 문학이 서정적으로 기울어질 만한 역사, 사회적인 요인을 분석하는 데는 유효한 관점을 제공하고 있다. 그러나 이들은 문학적 현상과 사회적 상황을 직접적으로 유비시킨 것으로서 문학 내적인 계기가 작동하는 역동적인 체계는 읽어내지 못하고 있다.

　서정 소설이 발생할 수밖에 없었던 문학 내적 요인으로서는 문학의 자율성을 주장하며 언어 예술로서 문학을 새롭게 자각하기 시작한 신세대 도시 작가들의 등장에 주목할 필요가 있다. 카프는 표면적으로 강제적인 외압에 의해 해산되지만 이미 이념적인 논쟁 중심의 문학 운동으로서 한계를 드러내어 창작의 부진을 면치 못하게 된다. 1933년에 결성된 구인회는 문학의 정치적, 사회적 기능을 중시하며 내용 중심의 창작 활동을 펴왔던 기존 문단을 비판하면서 출발하고 있다. 즉 문학과 사회를 연관시키는 타율성의 미학을 비판하면서 삶과 예술을 분리하고자 시도하였던 이들은 문학의 표현 기법에 관심을 갖고 문학을 언어의 구조물로 인식하려고 하였다. 이들은 문학 수업을 전문적으로 받은 작가들로서 구세대의 작가들과는 다른 새로운 세대 의식을 가지고 문학을 혁신하려 했다.

　이들 신세대 작가들은 문학 작품을 창작하는데 있어서 언어 표현의 중요성을 강조했다. 즉 어감과 어휘에 대한 깊은 탐구가 이루어져 시문학파는 언어의 감각적 표현을 중시하게 되며 모더니즘 파들은 언어의 감각적 이미지를 새로운 표현 기법으로 활용하기 시작한다.

---

15) 김윤식, 『한국문학사논고』, (법문사, 1973), pp.425-425

신세대의 언어관은 이태준의 『문장 강화』를 통해서 알 수 있다. 아름다운 언어란 의미와 표현이 합치되는 데서 얻어지는 것이 아니라 시적 어휘와 마찬가지로 질감을 갖는 문장미를 뜻하며 이는 고도의 언어적 간결성, 언어의 절약에 의해 달성된다는 것이다16). 이들은 시가 아닌 산문 문장에서조차 의미 표현의 언어 기능보다는 미적 감각을 중시했다.

역설적으로 이 시기는 문학의 언어가 이데올로기의 반영물이 아니라 순수하게 표현적인 의미에서 미학적 기능을 회복하는 계기가 되었다. 김남천의 「공장신문」 같은 사회주의 리얼리즘 소설에서 서사 언어는 정치적 이념에 침윤되어 감성이 억압되었다면, 이 시기의 서정 소설의 언어는 언어의 감성을 회복하는 계기가 되었다. 소설 속에 인간의 감성 세계를 언어로 묘사한다는 것은 서정시에서처럼 고도의 정련된 언어 표현을 통해 가능한 것이었다. 1930년대 후반에 이르러 객관적 정세가 악화될수록 문학이 표현할 수 있는 내용이 적어지면서 소설의 언어가 이 미학적 기능만 남게 되었다.

4. 서구 문학 속의 서정 소설의 전통

서구 문학사에서 서정 소설17)은 18세기의 리얼리즘과 19세기의 자연주의에 대한 반동으로 나타나게 되었다. 서정 소설의 등장은 인간의 무의식과 감성 영역에 대한 관심이 고조된 당대의 사상적 흐름에 깊은 영향을 받고 있다. 니체와 쇼펜하우어의 미학과 철학,

---

16) 이태준, 『문장 강화』, (박문출판사, 1946), p.336
17) 이 부분은 Ralph Freedman의 ≪The Lyrical Novel≫을 참조하고 서정 소설의 이론을 접합하여 정리하였다. Ralph Freedman, ≪*The Lyrical Novel*≫, 앞의 책

프로이트의 정신분석학과 융의 심리학은 그동안 인간의 이성에 의해 주변으로 밀려난 감성과 무의식에 대한 관심을 고조시키게 된다.

쇼펜하우어는 인간 정신 영역 중 무의식과 감성에 깊은 의미를 부여하여 그 중요성을 일깨웠으며 니체는 이성과 무의식, 선과 악, 진리와 거짓 사이의 구분이 허상임을 밝히려 하였다[18]. 인간의 무의식과 감성 영역에 대한 관심이 높아지면서 독일의 낭만주의와 프랑스의 상징주의적 전통은 인간의 의식 내부를 투시하여 시적 이미져리로 변형시킨 감성 소설이 쓰일 수 있는 적절한 풍토를 제공하게 된다.[19)

괴테와 같은 낭만주의 작가들에게서 소설 문학의 전통을 계승받고 있는 독일 문학에서 서정 소설이 본격적으로 개화되었다. 헤세는 전후의 시대적 위기감을 토마스 만과 같은 사실주의 소설가와는 전혀 다른 방식의 서정적 경향의 소설을 통해 담아내었다. 헤세는 인간이 자연을 지배하고 세계와 대립되어 있는 시대에 총체성을 회복하기 위한 대안으로서 시적 상상력의 필요성을 주장한다. 시적 상상력은 주체와 대상을 상호 융합시킴으로써 대립을 극복할 수 있다고 보았기 때문이다.

이것은 당대의 사실주의나 자연주의에 의해 정신사에 나타난 주체와 객체, 이성과 감성, 의식과 무의식 사이의 이분법적 대립을 융합하려는 시도로 볼 수 있다. 헤세는 어둠과 밝음, 아버지와 어머니, 관능과 금욕적 절제, 감각과 지성의 상반된 대립들이 어떻게 상상력을 통해 통합될 수 있는가를 보여 주고자 하였다. 헤세는 현대

---

18) 한국 산업 사회 연구회편, 『탈현대사회 사상의 궤적』, (새길, 1995), pp.65-74
19) Ralph Freedman, [*The Lyrical Novel*], 앞의 책, pp.28-67.

문명의 위기를 극복할 수 있는 대안으로서 '시적 상상력에 의한 대립물의 통일'을 주장하였던 것이다. 시적 상상력은 주체와 객체를 상호 융합하는 서정적 전망을 구축하기 때문에 『데미안』, 『유리알 유희』와 같은 소설은 자아와 세계의 화합을 시도하는 독특한 형태를 만들어 내었다.

헤세는 전후 세계가 직면한 시대적 위기를 자아의 정신적 황폐함과 같은 인간 의식 내부를 통해 시적 이미져리로 포착하게 된다. 이것은 헤세가 전후의 시대적 위기를 보고, 산업문명과 근대를 비판하는 대안으로서 자연과 영혼으로의 복귀라는 서정적 전망을 제시하고 있다. 이러한 헤세의 전망은 당대인들에게 반현대 정신과 동일한 것으로 간주되어 큰 반향을 일으키게 된다.

앙드레 지드는 피히테와 쇼펜하우어의 영향으로 자아에 대한 관심을 갖고 인간의 의식 세계를 집중적으로 탐구하게 된다. 지드는 세계를 인식하는 자아의 지각, 각성 상태를 외부 세계의 적절한 상징적 대상물로 치환하여 주인공의 내면세계가 서정시로 표현되는 형식을 창조하였다. 지드의 작품은 전통 소설과 시적 소설 사이의 긴장을 유지하기 위해 적절한 1인칭 화자와 일기의 형식을 선택하고 있다. 일기의 형식은 무의식의 내면을 포착하기에 적절한 형식이며 인물 의식에 서사의 관점을 집중함으로써 개인의 내부를 외부로 객관화하여 표현할 수 있었다.

『유리앵의 여행』에서는 이미지들로서 자아의 내면세계와 대상의 외부 세계를 동시에 반영할 수 있게 되며 『지상의 양식』에서는 서사의 관점이 '자아 표현'으로 집중되는 서정 소설의 한 양식을 보여 주고 있다. 이때 이미지에 의해 주인공의 의식이 순간으로 포착되고 있는데 이것은 이성의 억압에서 벗어난 인간의 반의식적인 상태를 표현하고 있다. 지드는 주체와 대립하고 있는 외적 현실을 순간의 총체성에 의해 즉각적으로 이해할 수 있는 세계를 만들어내기 위해 인간 내면의 풍경을 직접적으로 표현하였다. 말하자면 지드의 서정적 비전은 자아와 세계로 대립을 극복하고 서정적 인식의 '순간'을 포착함으로써 자아와 세계 사이의 상호 침투, 즉 소통을 열망하였던 것으로 보인다.

현대 서정 소설의 가능성을 보여 주었던 버지니아 울프는 영국 소설의 전통을 문제 삼는다. 울프는 현대인이 자신을 넘어 세계에 침투할 수 있는 능력을 상실하였음을 간파하고 리얼리즘을 거부하면서 문학을 통해 현실의 총체성에 도달할 수 있는가에 의문을 제기한다. 그는 총체성에 대한 환상을 버리고 서사의 관점을 인간 의식의 탐험으로 옮겨놓으려 하였다. 울프는 의식의 흐름 소설뿐만 아니라 사실과 풍속의 소설도 서정적 형태로 쓸 수 있게 하여 소설가를 '모사론적 리얼리즘'에서 해방시키려 하였다.

울프의 서정적 서술은 내면세계와 외면 세계를 통일시키려는 욕구에서 시작되었으며 시간과 공간이 리얼리즘에서처럼 정확하게 반영되는 것이 아니라 의식 안에서 미적 고안을 통해 재배열할 수 있다는 것을 작품을 통해 입증하였다. 울프는 보편성이 개별성을 지배하는 것에 반발했던 것으로 보인다. 즉 현실이 누구에게나 동일하게 인식되지 않고 자아의 개성에 따라 어떻게 다르게 인식되는지를 탐색하여 다양하게 인식할 수 있는 가능성을 열어 주었다. 『등대로』에서는 다양한 등장인물들의 의식 안에 포착된 서로 다른 외부 세계를 대비하여 다양한 현실의 존재 가능성을 보여 주었다.

프리드만의 지적처럼 울프는 보이는 대로 삶을 묘사하려 하였는데 이것은 이성의 통제로부터 '서사'를 해방시켜 순간의 의식으로 표현하려는 작가의 의도였다. 그는 플롯의 시퀀스를 순간의 요건으로 대체하여 시간에 묶여 있는 소설의 플롯을 해체시켰다. 울프는 의식의 흐름을 실험하면서 자아와 세계의 교섭을 위한 관련점을 창조하고 무생물 대상에 대한 관심으로 인간 중심의 세계에 대한 회의를 나타내었다. 그는 자아를 의식의 주체인 동시에 객체로 정의하는 역설적 상황을 만들어 내면서 자아와 세계 사이의 전통적 관계를 해체하려 하였다.

서양 문학에서 현대 서정 소설이 발생한 것은 합리적 이성에 대한 회의가 시작된 시기와 일치하고 있다. 근대는 인간 이성에 대한 신뢰 속에서 세계 즉, 자연과 사회를 합리적 이성에 의해 질서화한 시기이다. 이성에 의해 인간을 둘러 싼 사회와 자연을 사실적이고 합리적으로 인식하여 미학적으로 형상화한 것이다.

소설 문학의 근본 특징인 서사성은 인간과 환경 사이의 갈등을 합리주의에 의해 인식하려는 시도로서 서사의 인과적 플롯은 인간과 세계 사이의 갈등에는 필연적인 원인이 있다는 것을 전제로 하고 있다. 인간은 계몽 이성에 의해 중세의 세계관으로부터 벗어나 합리성에 기초한 근대 사회로 진입하게 되었다. 그러나 근대의 이성은 합리성의 강제 아래 자연을 지배하고 이성 자체가 인간을 지배하는 도구적 이성으로 전락하게 된다.[20]

그 동안 한국 서정 소설을 연구한 연구자들은 서구문학사 속의 서정 소설에 대한 관점이 한국 서정 소설을 설명하기에 적합한 개념이 아니라고 하였다[21]. 따라서 이들은 한국 서정 소설을 연구하

---

20) M. 호르크하이머/Th.W. 아도르노 지음, 김유동 · 주경식 · 이상훈 옮김, 『계몽의 변증법』, (문예출판사, 1995), pp.23-76
21) 송하섭, 『한국 현대 소설의 서정성 연구』, 앞의 책.
 이익상, 「1930년대 서정적 단편 소설연구」, (서울대 박사논문, 1994)

기 위한 새로운 개념을 설정할 필요성을 제기한다. 이것은 한국 현대 서정 소설의 발생론적, 이념적 배경에 대한 고찰이 제대로 이루어지지 않았기 때문이다.

한국 현대 서정 소설의 발생 과정은 서구 문학의 경우와 같이 근대를 비판하며 주체와 객체사이의 새로운 관계 정립의 필요성을 제시하면서 출발하고 있다. 즉, 근대 소설의 장르 속에 서정성을 통해 자아와 세계의 융합이라는 주체와 객체의 새로운 관계를 만들어 낸 것이 현대 서정 소설이다. 서정 소설이 반근대성의 이념을 배경으로 발생되었다고 본다면 제국주의 식민지로 근대화를 체험했던 한국 문학사의 특수성에 입각하여 볼 때 그 문학사적 의미가 새롭게 조명되어야 할 것이다.

5.생태문학으로서의 서정 소설

서정 소설에는 자연 대상물이 많이 등장하는데 이 때의 자연은 삶의 배경이 되는 객관적 대상으로서의 자연이 아니다. 서정 소설에 등장하는 자연은 서정시에서처럼 주체의 내면의 동경이 상징적 기호로 표현된 것으로 볼 수 있다.

자아와 세계의 화합이 가능하지 않는 현실에서 세계와의 화합을 갈망하는 유토피아로서 자연 기호가 선택되는 것은 무엇일까? 그것은 인간이 세계와 원초적으로 화합했던 삶 속에서는 인간과 자연은 상호 미메시스하는 아주 조화로운 관계로 살아왔기 때문이다. 그러한 화합이 깨진 현재에도 자연은 인간의 내면 의식 속에 자아와 세계가 화합했던 원초적 삶을 환기시키는 대상물이며 인간의 감정과 가장 잘 교감할 수 있는 객관 대상물이다. 이효석의 '산'이나 '들'과 같은 자연 기호들은 실제의 삶 속에 존재하는 자연대상물이 아니라

‘인간과 세계가 화합하여 살아가던 이상적 삶’을 동경하는 작가의 전망이 투사된 상징적 기호이다.

서정 소설을 생태문학22)으로 해석할 수 있는 근거를 제공한다. 생태 문학이란 지구 생명체의 생태적 위기를 문제 삼고 이를 극복하기 위한 대안을 제시하는 문학을 의미한다. 생태문학은 생태학과 문학이 합성된 용어로서 21세기 새로운 인문주의의 화두로 등장하였다.23) 인간 삶에 대한 이상적 가치를 미적 형식으로 담은 문학 속에 생태학이라는 자연과학의 학문이 접목된 것이다. 이것은 이성과 감성이 제휴하여 인문학과 자연과학이 접목된 21세기의 첨단적인 학문 방법론이라 할 수 있다. 인문주의의 연구 방법으로서 생태학은 독일의 에른스트 헤켈에 의하여 처음 사용되었다고 한다. 24)

생태문학이 지향하는 ‘에코토피아’의 개념과 서정 소설에서 그려지는 미적 가상으로서의 “유토피아”의 개념은 유사하다. 에코토피아는 삶의 영역이 분화된 현대 사회에서 자본주의의 시장 논리에 잠식당하지 않고 유일하게 자율성을 유지할 수 있는 예술의 영역, 특히 문학을 통해 가능하다. 칸트나 하바머스가 주목했던 것처럼 인간의 심미적 인식은 인간과 자연의 조화로운 관계 속에서 가능하다. 자연의 아름다움에 대한 인간의 심미적 관심 속에는 자연 지배를 넘어서 인간과 자연이 서로 소통할 수 있는 가능성을 함축하고 있다. 여기서 우리는 생태학과 문학의 접합점, 즉 생태 문학의 의미를 찾을 수 있다.

서정 소설의 시간·공간 배경은 일반적인 서사의 개념과 다르다.

---

22) 김용민, 「생태문학」, 책 세상, p.89
23) 신덕룡, 「초록 생명의 길-김용민과의 대담」, 『에코토피아를 위한 시학』, 시와 사람사, 1997, p.33
24) 이동승, 「독일 시와 생태시」,『외국문학』, 1990, 겨울 25호, p.32

서정 소설에서는 '세계의 자아화'로서 서정적 관점이 투사되기 때문에 시간·공간이 개별적인 의미를 갖게 된다. 서정 소설은 반근대성의 이념에 의해 발생했기 때문에 도시화·문명화에 대한 비판적 인식이나 반감이 표현된다. 보통 근대화의 중심인 도시는 자아와 세계가 대립하는 분열의 공간으로 인식된다. 반대로 근대화의 중심에서 밀려난 소외된 공간으로 농촌·산촌·어촌(전근대적 삶의 공간)등은 원초적 행복이 존재했던 이상향으로 등장하기도 한다. 또한 근대화의 중심에서 소외된 자연의 원초적 공간은 분열된 세계의 반어적 표상으로서 인간과 세계가 원초적으로 화합했던 내면의 유토피아로 등장한다.

자연과의 일체감을 강조한 동양사상의 전통 때문에 한국 서정 소설에는 특히 자연 대상물이 많이 등장하고 있다. 서정 소설은 서양 문학사에서 1920-30년대 산업화와 도시 문명의 발달로 인한 자아와 세계의 분열을 비판하기 위해 시적 상상력을 통해 자연과 인간을 융합하려는 낭만적인 동경이 나타나기도 하였다[25]. 한국 문학사의 서정 소설 또한 자아와 세계가 분열된 당대 현실에 대한 비판적 대안으로 발생된 반소설로서 서구의 모더니즘 문학과 주제나 기법적 차원에서 많은 유사성을 보여 주고 있다.[26]

생태적 상상력(ecological imagination)은 서구 인문학에서 인간이 자연(nature), 공간(place)과 소통, 교감하는 영성(spirituality)으로 이해하는 경향이 있다. 특히 생태적 상상력은 근대의 문명을 비판하기

---

25) Ralph Freedman, 앞의 책, pp.42-43
26) 서준섭, 앞의 책, pp.14-35
   특히 이미지즘의 표현 방법으로 시간적인 서사성에 공간적인 회화적 기법을 도입하고 있는 이효석의 소설은 1930년대 모더니즘 소설과의 미학적 연관성을 갖고 있다.

위해 자연과 농촌을 배경으로 한 것이 많다. 이것은 특히 농촌/도시, 자연/ 문명, 원초/ 인공으로 공간을 이원화하여 자연, 농촌, 원초적 공간을 애호하는 경향으로 나타나고 있다. 근대의 산업화, 도시화의 반동으로 나타난 루소의 낭만적인 자연관에 토대를 둔 인간과 자연의 교감이나 모더니즘의 신화적 세계관의 인간과 자연의 영적 교감 속에서 생태적 상상력의 기반을 찾아 볼 수 있다.27) 생태적 상상력은 자아와 대상 사이를 상호 융합하는 서정적 태도를 보여주기 때문에 서정 소설은 생태문학으로서의 많은 가능성을 보여주고 있다.

'생태문학'은 자연환경의 오염에 의해 나타나는 생명체의 질적 변화를 생태학적, 사회적, 정치적 인식 및 생명의식에 근거하여 사실적으로 묘사한다. 생태문학은 자연과 사회에 대한 사실적 인식에서부터 출발하며, 환경파괴의 사회적 원인들을 환기시켜 독자의 비판의식과 개혁의지를 일깨우려고 한다. 자연의 질(質)을 통하여 사회를 진단하고 인간 사회의 내부에서 자연 파괴의 원인을 찾아내는 것이 생태문학의 현실임을 감안한다면 생태문학에서 작가의 사회의식과 생태의식은 연결되어 있다. 생태문학은 이러한 통합적 인식을 바탕으로 자연과 인간의 공생을 파괴하는 사회 현실에 대해 저항하며 죽어 가는 생명을 살려 내려는 보편적 생명의식을 대중의 생활 철학으로 끌어올리고자 한다.

서정 소설이 현대 문명을 비판하고 자연에 대한 동경과 자연 대상물에 대한 생명 존중의 가치관을 보여준다는 점에서 생태 문학으로서의 가능성을 보여주고 있다. 이효석, 김유정의 소설에 다양한

---

27) Karl Kroeber {Ecological Literary Criticism}, (Columbia University Press, 1994), Ralph Freedman {The Lyrical Novel}, (Priceton University Press 1971) 참조.

동물이나 식물 심상이 등장하고 황순원 소설에 등장하는 '학, 개, 이리' 등의 상징성은 인간과 동물이 동일한 생명체로 인식하고 있는 작강의 사유가 엿보인다.

6. 심리소설로서의 서정 소설

서정 소설은 세계를 자아의 관점에서 해석하고 대상 속에 자신의 감정이나 의식을 투영하는 심리주의적 특징을 지니게 된다. 서정 소설은 서사의 관점이 인간의 의식이나 내면세계를 향하기 때문이다. 분트(May Wundt)는 "서정문학이 심리주의와, 서사문학이 자연주의와, 극문학이 이상주의적 세계관과 연결된다."고 정의한다. 이처럼 서정 소설은 인간의 심리 세계를 반영하는데 보다 적합한 양식이다.

프리드만은 "서정적인 것과 서사적인 것(즉 이야기적인 것)의 근본적인 차이는 세계의 위치에 있다"고 설명한다. 전통적인 이야기에서는 세계는 외부 현실 그 자체(itself)이지만 서정적 형태에서는 시인적 비젼(vision), 즉 시적 자아의 내면으로 세계의 관점이 축소된다. 말하자면 서사적인 것에서 세계는 자아의 외부에 위치하고 있지만 서정적인 세계는 시적 자아의 내면세계를 반영한다. 그래서 프리드만은 서정 소설이 '내적 독백'과 '의식의 흐름의 소설'과 깊은 관련이 있다고 보았으며 서정 소설은 일반적인 소설에 비하여 세계의 관점이 주인공의 내부로 축소되는 경우가 많다.

서정 소설은 서사의 관점이 외부세계를 향하는 행동적인 서사와 달리 인간의 내면세계의 깊은 성찰을 투시하기에 적합하기 때문에 서구 문학사속에서는 헷세의 『데미안』이나 『유리알 유희』와 같은 소설들이 인간의 내면을 깊이 있게 성찰하는 소설로 분류하고 있다. 서정적 주인공은 서사적 화자와 시적 화자가 혼합된 상태로서 그의 의식 세계를 통하여 외부 세계가 포착된다. 말하자면 외부 대상은 객관적인 전체성의 모습으로 반영되지 않고 자아의 주관적인 감정과 의식의 투사되어 표현된다.

서정 소설에서는 인물 의식이 이미지나 모티브의 시적 요소로 표현되어 '의식의 직접적인 묘사'를 할 수 있다. 고도의 시정신을 통해 인간 의식을 감각적으로 묘사해 내는 것이 서정 소설의 미학적 목표라고 할 수 있다. 자아와 세계가 만나는 순간의 상태성, 즉 자아가 주관적인 감정 내용으로 대상을 포착하는 순간을 언어적으로 잘 표현하는 것은 이미지의 언어이기 때문이다.

서정소설의 주인공에게는 외적 세계가 정신적인 자아 안에서 주관적 감수성과 종국적으로는 합일하게 주인공의 내적 세계의 일부분이 된다. 주인공의 의식은 외부 세계와 그 모든 많은 대상들을 반영하는 프리즘으로서 '내적 세계'와 '외적 세계'를 융합하려는 시도가 서정 소설이라고 정의할 수 있다.28)

심리적 서정 소설의 자아와 세계의 관계 :

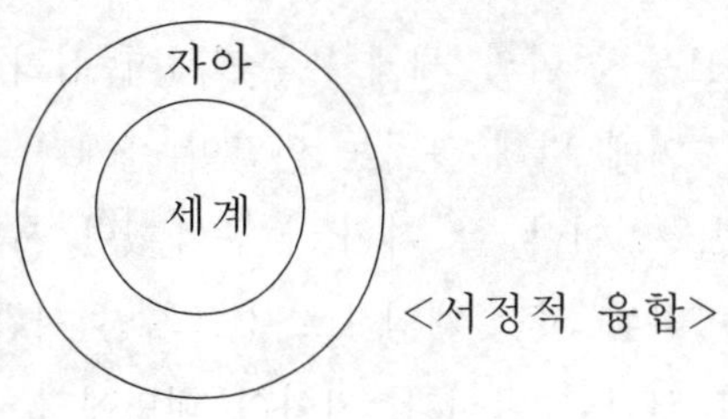

---

28) Ralph Freedman, [The Lyrical Novel], (Princeton University Press, 1971). pp. 9-11.

행동적인 서사의 자아와 세계의 관계:

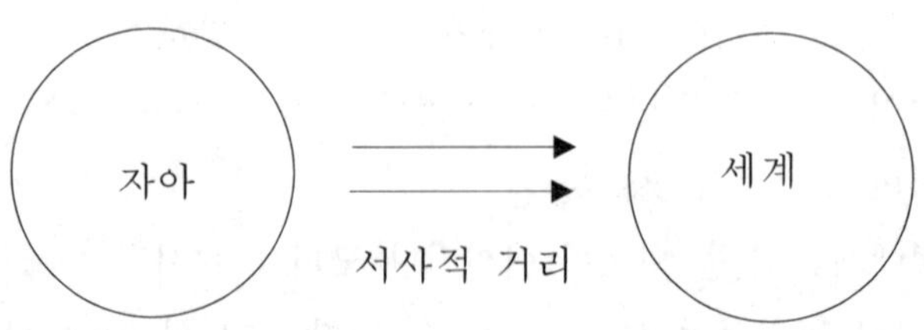

이상에서 살펴 본 서정 소설의 개념은 근본적으로 자아와 세계의 대결을 전제로 한 장르에 자아와 세계의 화합을 시도하는 서정성이 혼합되기 때문에 파생되는 것이다. 서사성을 해체하는 시적 요소는 분명히 서사 장르의 근본 성격을 약화시키는 부정적 요소로 작용한다. 서정 소설은 이제까지 반영론[29)의 입장에서 세계와의 대립을 우회하거나 주관성에 경도된 소설로 평가되어 왔다. 세계를 자아화하는 서정성은 세계를 객관화하여 '대상의 전체성'을 그려내는 서사 문학의 장르에 입각해 볼 때도 부정적인 요소임에 틀림없다. 서정 소설이 인간의 인식을 직접 묘사하려는 주관적 경향 때문에 외부 세계를 객관화하여 제시하는 데는 한계를 보여 주고 있다는 것이다.

서정 소설에서 '현재'는 보통 자아와 세계가 분열되어 심리적으로 욕망이 결핍된 시간이다. 이에 비해 과거는 인간이 세계나 자연과 조화로운 삶이 가능했던, '있어야 할 가치'가 존재했던 시간이다. 이때 과거나 현재는 자아화된 시간 개념으로 선조적인 시간 질서에 의해 발생되는 세계의 시간이 아니다. 자아의 내면에서 심리

---

29) 루카치, 『미학』 1권, p.662, 2권, p.638, 폴 헤르나디, 앞의 책, p.155

적으로 결핍된 시간은 현재이고 그러한 결핍이 존재하지 않는 시간은 과거로 인식된다. 그러므로 서정 소설에서는 '과거적인 것에 대한 향수나 동경'이 중심 제재로 등장한다.

이효석의 「산정」, 「석류」, 「황제」와 같은 작품에 과거를 동경하는 자아화된 시간 인식이 나타나고 있다. 이태준의 서정 소설에도 과거에 대한 이상적인 동경이 나타난다. 이태준의 경우는 반근대성의 이념을 표현하기 위해 전근대적인 가치가 아름답게 인식되어 상고주의나 딜레탕티즘의 제재적 특성이 나타나고 있다. 박태원의 소설에서도 근대의 속물화된 현실을 비판하기 위해 과거적인 전근대의 순수한 인간관계에 대한 동경이 표현되고 있다.

반영론의 대표자인 루카치의 경우 서정성은 작가의 주관성에 의해 나타나는 것으로서 서정성에 의한 주관에의 경도는 주관과 객관의 변증법적 통일로서 총체성을 형상화해가는 소설의 장르 원리에 어긋나는 것으로 보았다. 그러나 후기의 서정성에 대한 그의 관점은 주관적인 정조와 객관적인 현상이 서로 조응한다는 온건한 견해로 선회하여 서정 장르가 내부 세계와 외부 세계를 상호 관련시키는 반영 과정을 통해 현실을 반영할 뿐만 아니라 현실을 반영하는 정신의 행위도 반영한다는 견해를 피력한 바 있다.

서사 문학에서 서정성은 플롯의 해체나 인물의 형상성의 약화, 이미지의 언어에 의한 모호함, 추상성 등으로 나타난다. 서정성은 대상의 전체성을 형상화하는 서사 문학의 논리적·개념적 사고의 특성에 위배되며, 서사성을 약화시키는 근본적 한계를 지니는 것이 사실이다. 그러나 서정성은 주관적 감정이나 의식의 표현일 뿐만 아니라 주관과 객관이 통일되는 서정적 순간으로 총체성을 암시적으로 환기할 수 있는 가능성까지 내포하고 있다[30]. 또한 행동적인 서사 양식이 이루어낼 수 없는 의식의 흐름이나 심리 묘사, 내적 독백으로 인간의 내면세계를 객관화하여 표현할 수 있는 가능성을 열어 주고 있다.

이제까지 살펴 본 서정 소설의 특성에서 근대의 서사가 해체되는 미학적 현상들이 포착되었으며 이러한 반소설적 특징은 근대 합리주의에 미학적 반동임을 알 수 있다.

서정 소설은 삶의 이상을 가질 수 없을 만큼 폭압적인 상황에서도 아직도 인간의 내면 안에 화합에 대한 열망이 남아 있음을 표현하는 것이다. 그러므로 서정 소설이 등장하는 시대는 그 만큼 자아와 세계의 대결이 극심한 시대이며 인간의 이상을 현실 속에서 행동으로 실현할 수 없는 위기의 시대임을 알 수 있다. 1930년대 서정 소설들은 현실이 악화되면서 행동적 주인공을 형상화하기 어렵게 되자 내성화된 인물이 등장하여 시대를 관망, 사색, 토의하면서 세계와의 갈등을 암시하거나 내면화하고 있다.

이효석의 『황제』와 같은 소설은 이러한 시대적 위기를 반영하여 심리주의적 특성을 보여주고 있다. 1930년대 소설들의 서정적 경향은 이상을 행동적으로 실천할 수 없는 시대 환경 속에서 화자가 시대적 울분과 불안, 결핍된 욕망을 통해 외적 세계를 투시하는 심리적 사실주의 경향을 보여준 것이다. 1930대 후반의 이태준, 박태원의 소설들은 심리적 서정소설의 가능성을 보여 주었다.

한국소설사에서 서정성이 두드러진 시기는 무력한 주체가 폭압적인 현실과 대결할 때이다. 1930년대, 제국주의의 식민지 탄압이 심해지면서 서사 문학 속에 현실에 대한 총체적 반영이 어렵게 되자 현실과의 갈등을 내면화하는 방법으로 서정성이 강화되었다. 또

---

30) 신동욱, 「삶의 투시로서의 문학」, p.168

한 1950년대 소설에도 전후의 위기 상황과 이데올로기의 극단적 대립 속에서 현실의 분열을 통합하고자 하는 열망이 나타나는데 황순원은 「학」과 같은 작품에서 시적 상상력을 동원하여 분열된 현실을 통합하고자 하였다.

IV. 1930년대 소설의 서정적 인식

1. 1930년대 서정 소설의 문학적 성격

1930년대 소설사는 근대 소설로부터 현대 소설로 이행해 가는 시점으로서 한국 근대 문학사라는 전체적인 맥락 속에서 중요한 의미를 갖고 있다. 최근까지 1930년대 소설에 대한 연구는 한층 심화되어 1920년대 소설과의 연장선상에서 1930년대 소설의 문학사적 위치를 밝히려는 시도가 이루어지고 있다.

1930년대 소설 문단은 카프 해산을 둘러싸고 전형기라 불릴 만큼 다양한 소설들이 등장하고 있다. 1920년대 소설에 비해 양적으로나 질적으로 크게 향상된 여러 분파의 소설들은 최근까지 반영론의 관점에서 리얼리즘과 모더니즘 소설로 양분되어 연구되어 왔다. 이러한 연구방법은 상당한 설득력을 지니고 있어 이제까지 1930년대 소설 전반을 정리하는데 일정한 성과를 거두고 있는 것이 사실이다.[1] 그러나 이와 같은 접근 방법은 이념 지향성을 벗어난 일군의 심미적 경향의 작품들을 사실주의와 모더니즘의 구도에서 벗어난 작품으로 논의에서 제외시킴으로써 그 문학사적 의미를 정확히 밝혀내

---

1) 김윤식/정호웅 공저, 『한국문학의 리얼리즘과 모더니즘』, (민음사, 1989)
   김윤식/장호웅공저, 『한국소설사』, (예화, 1993)

지 못하고 있다.

서사 문학의 객관적 특징이 약화되고 주관적인 서정성이 강화되는 측면은 1930년대 소설의 특징으로서 매우 중요하다. 이것은 창작 환경이 크게 악화되어 작가들이 서사적 과제를 추구하는 의지가 약해지면서 소설이 전체적으로 내성화되거나 수필화되는 경향과 맞물려 있다.2) 이 시기의 소설이 주관적인 서정성으로 경도되는 것은 만주 사변의 발발과 더불어 한반도의 주변 상황이 매우 위태로워지고 카프 해체 등으로 문단의 위기가 극도로 고조되면서 작가들이 현실에 대응하는 한 방편으로 선택했기 때문이다.

또한 문단사적인 맥락에서는 구인회를 중심으로 활동하게 된 일련의 신세대 작가들이 언어 예술로서 문학을 새롭게 자각하게 되었다. 1930년대 서정적인 소설을 창작한 이효석, 이태준, 김유정들은 모두 구인회의 일원으로 활동하였다. 이들은 카프의 편내용주의적이며 이념지향적인 창작경향과 일정한 변별성을 주장하며 문학의 언어 표현 문제와 형식적 실험성을 중시하며 심미적인 창작 경향을 보여 주었다. 이들은 특히 근대에 대한 비판적 인식을 근대 소설을 해체하는 문학적 실천 방식으로 가시화하였다. 이들의 실험적인 소설들은 서사의 관점을 인물의 행동으로부터 의식으로 이동하고 말하기(telling)의 서술보다는 보여 주기(showing)의 묘사를 지향하는 소설 미학적인 변화를 보여 주었다. 이것은 1920년대의 근대 소설의 서사의 관점을 행동으로부터 인간의 의식 내부로 옮겨 오면서 소설이 객관적인 미의식을 주관적인 미의식으로 전환시키는 계기가 되었다.

심미적인 감성 소설의 계보를 이루고 있는 1930년대 서정적 소설

---

2) 김현/김윤식 공저, 『한국문학사』, (민음사, 1973), pp.222~223

은 '순수 문학적 기교주의'로 분류하는 것이 일반적이다. 백철은 1930년대 후반기의 파시즘의 대두로 문학에 나타난 가장 큰 변화는 '주조의 상실'과 '예술파, 기교주의적 경향의 신흥'이라고 주장하였다.3) 여기서 '주조의 상실'이란 프로 문학의 퇴조를 의미하며 이에 대한 반동으로서 예술성을 중시하는 순수 문학이 등장한 것으로 평가한다. 이효석, 이태준 소설의 시적 경향은 현실 악화로 인한 창작 경향의 변모로서 작가의 기질과 연관된 현실 대응 방식으로 보고 있다. 이들 작품은 서사성이 빈약한 반면, 단편 소설로서의 예술성과 완성도는 높다고 평가한다.

이처럼 이 시기의 소설에 나타난 서정적 경향은 카프 해산 후 목적의식적인 이념이 사라지면서 문학이 예술적이고 기교적인 면에 치우친 경향을 보여 준다. 순수 문학의 등장은 단순한 문학적 요구에 부응한 것이라기보다는 제 2차 세계 대전을 앞두고 시대적 위기감이 고조된 당대 현실과 깊은 관련이 있다. 김우종은 이 시기의 서정적 경향의 소설은 시대적 상황을 우회하고자 하는 작가의 호신책으로 강구된 현실 도피적인 문학으로 규정짓고 있다. 그러나 형식적 기교면이나 완성도의 측면에서는 발전된 면모를 보여 주고 있다고 평가한다.4)

순수 문학이 내용은 빈약하지만 문학의 예술성과 기교면에서 완성도가 높다는 주장은 문학의 내용과 형식을 이분법적으로 파악하기 때문에 비평적인 논의의 한계를 보여 주고 있다. 이 시기의 서정적인 경향의 소설은 문학이 자율성을 통해 전통적인 근대 소설의 형식을 거부하면서 기존의 이데올로기를 비판하는 모더니즘적 특징

---

3) 백철, 『신문학사조사』, (백양당, 1949), pp.188-218, pp.310-313
4) 김우종, 『한국 현대 소설사』, (성문각, 1982), pp.232~256

을 보여 준다.

1930년대는 일제의 정치적·사상적 탄압이 강화되는데 사회 전반에 걸쳐 가열화된 제국주의의 탄압이 문학 활동에 직접 영향을 미치게 된 것은 카프 1, 2차 검거 사건이다. 당시 문단을 주도하면서 문학 활동을 하던 카프의 해산은 카프에 소속되었던 작가들은 물론 민족주의 및 자유주의적인 중간파 작가들에게도 영향을 미쳐 창작 환경을 크게 위축시켰다. 당대의 문단을 주도하던 카프의 해산으로 이념적으로 대응했던 민족 문학 계열의 문학 활동도 상대적으로 침체에 빠졌기 때문이다.

세계사적으로 자행된 파시즘의 문화 말살 정책은 식민지 지식인들에게 패배적이고 허무주의적인 현실관을 갖도록 하였다.5) 지식인들 사이에 풍미했던 정신적 위기감은 극도로 약화된 환경에 대해 주체가 적극적으로 응전력을 확보하지 못하는 부정적인 요인으로 작용하고 있다. 작가들은 1930년대 후반에 이르러 일제의 탄압이 더욱 강화되는데 이와 같은 시대적 정황은 작가들에게 '인간과 환경이 극단적으로 부조화한 시대'로 인식하였다.

이 시기에는 주체(작가)와 객체(현실)사이의 미학적 균형이 깨어졌기 때문에 인물과 환경이 조화롭게 유기적인 관련성을 갖는 근대 소설이 해체되는 경향이 나타나고 있다. 1930년대와 같이 객관적 현실의 부정성이 위압적이면서 이에 맞서는 주체의 대응력이 약화된 경우 서사의 관점은 내향화된다고 한다. 주체는 현실을 대상화하여 완결된 행위로 그려내는 서사적 의지가 약화되고 서사적 갈등을 내면화하는 경향 때문에 서정적인 인식이 우세해진다는 것이다.6) 무력한 주체가 세계의 부정성과 대결하기 힘들 경우 세계를

---

5) 백철, 『신문학사조사』, 앞의 책, pp.188~196

자아화함으로써 현실과 화해하려는 서정적 경향이 나타나기 때문이다. 1930년대 중기 이후의 문학이 전반적으로 수필화되거나 심리주의적으로 내성화되는 경향은 당대의 시대적 상황과 관련이 있다고 하겠다.

이효석, 김유정, 이태준과 같은 작가들의 등장은 보다 근본적으로 문학 내적 요인에서 그 원인을 찾을 수 있다. 카프는 표면적으로는 강제적인 외압에 의해 해산되지만 이미 이념적인 논쟁 중심의 문학 활동이 한계를 드러내어 방향 전환이 불가피한 상태에 이르렀다. 문학이 더 이상 정치적이며 현실적인 기능을 하기가 어렵게 된 상황에서 이념에 의해 예술의 미를 극도로 억압하는 상태가 지속되자 창작을 위한 새로운 모색이 불가피해졌다.

이와 같은 시점에서 기존의 문학 활동에 대한 반성이 시작되고 언어 표현에 대한 관심이 제기되었다. 언어 예술로서 문학을 새롭게 인식하기 시작한 신세대 작가들이 등장하게 되는데 '시문학파', '구인회', '시인부락'들이 대표적인 그룹이다.

구인회는 카프 해산 후 구세대 작가들이 상대적으로 침체에 빠지자 기성세대에 대한 비판 의식을 가지고 등장하였다.[7] 이종명, 김유영, 이태준, 이무영, 이효석, 유치진, 김기림, 정지용, 조용만의 9명으로 조직된 일종의 문학 친목단체였는데 특별한 조직적 활동은 없었으나 문예 강연회나 작품 합평회를 여는 등 순문학적 활동을 하였다. 위의 구성원 중 김유영, 유치진, 이효석 등이 탈피하고 이상, 김유정, 김환태 등이 나중에 가입하게 되어 당시 문단의 중진 작가들을 거의 망라하는 카프 이후 영향력 있는 문학 조직 단체가

---

6) 김윤식, 『한국 문학사 논고』, (법문사, 1973), pp.424~425
7) 서준섭, 『한국 모더니즘 문학 연구』, 앞의 책, p.42

된다.8)

  이들은 문학의 표현 기법에 관심을 갖고 새로운 형식 실험을 시도하였으며 문학을 언어의 구조물로 인식하려고 하였다. 당대 문인 중에서 전문적으로 수업을 받은 작가들로 서 구세대와는 다른 세대 의식을 가지고 문학의 표현 기법을 혁신하려 했다는 점에서 그 문학사적 의의가 있다. 이들 신세대 작가들은 문학 작품을 창작하는 데 있어서 언어 표현이 중요하다고 강조한다. 즉 어감과 어휘에 대한 관심으로 시문학파는 언어의 감각적 표현을 중시하게 되며 모더니즘파들은 감각적 이미지를 활용한 표현 기법을 실험하기도 하였다.

  당시의 문학 그룹들이 언어 표현에 관심을 갖게 된 것은 당시에 문화 운동으로 전개되었던 한글 운동과 관련이 있다. 일제 파시즘의 강화로 일체의 정치적, 사상적 활동이 금지되자 우리말과 글을 지키기 위한 한글 운동을 전개하여 이에 대응하게 된다. 한글 운동은 정치적 활동이 허용되지 않았던 당대의 현실에 대해 응전력을 갖는 문화 운동으로 전개되었다.9) 즉 이것은 민족의 문화적 가치를 수호하고 자국어를 정비함으로써 민족의식을 드높인다는 현실 대응적인 의미를 갖게 된 것이다.

  한글 운동은 식민지 현실에 대응하는 응전력과 함께 작가들에게 언어나 문자의 중요성을 인식하는 계기가 되었다. 이때 발표된 한글 학회의 성명서에는 김동인, 염상섭, 박종화를 비롯한 현역 작가 75명의 서명이 있는 것으로 보아 문단 전체가 이 운동에 참여했던 것으로 보인다. 순 한글식 문장으로 소설을 쓰고 순수한 토착어를

---

8) 조연현, 『한국 현대 문학사』, 앞의 책, pp.471~476
9) 김현/김윤식 공저, 『한국 문학사』, 앞의 책, p.181

찾아내어 순화하기도 하였다. 문학 작품의 내용을 선택하는 것이 현실적으로 상당히 제약을 받고 있었기 때문에 이면으로 형식적 표현에 대한 관심이 더욱 고조되었다고 할 수 있다.

김영랑은 율격을 고려한 음성 상징, 토착적인 의성어, 의태어를 구사하여 서정시를 창작했고 이효석, 김유정이 토속적인 형용사, 부사어를 구사하였으며 이태준은 상고주의를 표방하는 제재적 특성에 적합한 우리 고유어의 표현을 되살렸다. 1930년대 시적 소설에는 자아와 세계의 대립을 서사 구조로 표출할 수 없는 상황에서 갈등을 내면화하는 심정적인 대응을 시적 언어 속에 집약하여 표현했던 것이다. 즉, 이 시대는 민족어와 문학이 운명을 같이 하는 한국 문학의 특수성이 존재했다고 할 수 있다.

역설적으로 1930년대는 문학의 언어가 순수하게 표현적인 의미에서 미학적 기능을 회복하는 계기가 되었다. 소설 속에 인물 의식을 언어로 담아냈다는 것은 서정시처럼 고도의 정련된 언어 표현을 필요로 했기 때문이다. 서정 소설에서는 인물 의식이 이미지나 모티브와 같은 시적 요소로 표현되어 '의식의 직접적인 묘사'를 할 수 있게 된다. 고도의 시정신을 통해 인간 의식을 감각적으로 묘사해내는 것이 서정 소설의 목표라고 할 수 있다. 1930년대 소설들의 서정적 경향은 이상을 행동적으로 실천할 수 없는 시대 환경 속에서 화자가 시대적 울분과 불안, 결핍된 욕망을 통해 외적 세계를 투시하는 심리적 사실주의 경향을 보여준 것으로 볼 수 있다. 1930대 후반의 이태준, 박태원의 소설들은 심리적 서정소설의 가능성을 보여 주었다.

1920년대 소설은 현실을 개인과 사회의 첨예한 갈등으로 그려내어 근대 사실주의 소설의 정점을 이루게 된다. 염상섭, 현진건, 최서해, 조명희 등은 행동적인 사실주의 소설의 대표적인 작가이다. 이에 비해 1930년대의 소설은 객관적인 문제의식에서 벗어나 개인의 자아 탐구로 서사의 관점이 옮겨갔다. 이 시기의 주관적인 서사 유형으로는 김남천의 내성소설이나 이상, 최명익의 심리 소설, 심경 소설등도 있다.

1930년대는 문학의 표현 내용이 협소해지면서 언어 그 자체가 표현기능만이 강조된다. 이때 이념 지향성에 의해 피폐해진 서사 언어가 그 감각을 회복하는 현상은 문학사적으로 중요한 의미를 갖고 있다. 또한 기존의 서사가 세계의 관점에서 인간의 존재를 규명하려 한다면 이 시기의 주관적인 소설들은 자아의 관점에서 세계를 재구성함으로써 근대 인식론의 변화를 가져 왔다. 1930년대 소설은 1920년대 소설과 일정한 변별성을 갖고 근대 소설로부터 모더니즘 소설로 이행해가는 미학적인 변모를 보여 주었다.

2. 1930년대 서정 소설의 발생론적 환경

1930년대 한국 현대 서정 소설은 근대 소설의 양식을 해체하는 반 소설적 특징을 보여 주고 있다. 1930년대 서정 소설은 인간의 내면 의식 속에 남아 있는 서정적인 경험을 환기하여 삶의 이상을 가질 수 없었던 현실에 대한 부정적 인식을 표현하게 된다. 이처럼 한국 현대 서정 소설이 1930년대 한 시대의 흐름을 주도하는 서사 양식으로 부상한 것은 식민 제국주의의 지배 아래 근대화를 파행적으로 겪어야 했던 한국 문학사의 특수성이 작용하고 있다. 특히 1930년대 한국 서정 소설에 등장하는 인물들이 근대화의 시대적 변화에 적응하지 못하는 주변적·변두리적 인물이며, 이들이 현실에서 겪는 심리적 갈등이 포착되고 있는 것은 한국 문학의 특수성으로서 주목할 만하다.

서구 문학사에서도 1920~1930년대 도시화·근대화로 인한 인간성 상실을 비판하기 위해 자연과 시적 상상력으로의 복귀를 주장하는 작가들에 의해 서정 소설이 창작되었는데 이들은 주로 자신과 같은 지적 인물들의 의식을 탐구하는 경향을 보여 주었다.

반면에 한국 현대 서정 소설에는 근대화로 인해 소멸하거나 몰락해 가는 소외 계층들이 등장한다. 조동일은 어두운 시대 상황 속에서 자아와 세계의 대결을 부담스럽게 여긴 작가들이 상상적 세계를 자아화하여 현실과의 정면 대결을 회피하고 분위기와 감각을 미문으로 그려낸 순수 문학을 표방하였으며, 이것이 서정소설이라고 비판한다. 특히 이 시기의 서정 소설은 작가의 신변잡기에 머무르지 않고 농민, 하층민, 여인, 소년이나 노인들의 다양한 계층의 인물들을 주인공으로 등장시켜 한 시기의 유행을 이루게 되었음을 주목하고 있다. 조동일은 이 시기의 소설에 나타나는 주관적 특징으로 서정성을 주목하고 작가층을 이효석, 이태준, 계용묵, 곽하신, 김동리, 황순원의 작품으로 확대하고 있다.10)

이처럼 한국 현대 서정 소설은 근대화의 시대적 변화에 적응하지 못하는 주변적·변두리적 인물을 등장시켜 인간의 욕망과 쾌락을 억압하는 양상을 심리적 갈등으로 제시하고 있다. 1920년대 소설이 개인과 사회의 갈등을 인물의 행동과 환경과의 대립으로 그려 내었다면, 1930년대 소설은 인물의 내면 의식과 환경 사이의 심리적 갈등으로 포착하는 경향을 보여주었다.11)

말하자면 이 시대의 위기의식은 반어적으로 화합을 열망하는 수

---

10) 조동일, 『한국문학통사 5』, (지식산업사, 1988), pp.465~466
11) 신동욱, 『1930년대 한국 소설 연구』, 앞의 책, pp.11~12

용 미학적인 욕구를 창출하였다고 볼 수 있다. 당대의 시대적 열망들은 소설의 서정적 전망을 투사하여 서정 소설이라는 독특한 서사 양식을 만들어 냈다. 이것은 식민지 현실의 핍진성 때문에 세계와의 화합에 대한 시대적 열망이 증폭되면서 1930년대 서정 소설은 암울한 시대를 대변하는 한 시대의 서사 양식으로 자리 잡게 되었다고 볼 수 있다.

서정 소설이란 기존의 소설 속에 서정적 요소가 혼합되어 나타나는 서사 양식으로 이야기로 서술하는 소설 속에 감정이나 정서를 직접 표출하는 시적 경향이 혼합된다. 일반적으로 서정 소설은 소설이면서 '서정적'이라는 2차적 특징을 갖는 소설의 하위 장르로 인정하고 있으며 문학 작품의 장르 통합적 가능성을 전제로 하여 소설과 시가 혼합된 혼성적인 장르 개념으로 보는 견해도 있다.

서정성이란 대상에 대해 느낀 감정을 펼쳐내는 주관적인 심리 활동인데 기존의 소설 속에 시적 요소가 혼합될 때 서정시처럼 인물 의식이나 지각의 순간을 직접적으로 기록할 수 있다. 서정시에서는 시적 화자의 감정이 주관적으로 표현되지만 서정 소설에서는 서사적 인물의 행동을 따라 전개되기 때문에 서정성의 주관적인 체험을 인물의 객관화된 체험으로 그려낼 수 있다.[12]

서정 소설에서 작가의 서정적 관점(perspective)이 인물 의식에 맞춰질 때 시적 특징이 뚜렷하게 나타난다. 이때 인물 의식을 표현하는 방법은 화자의 서술뿐만 아니라 이미지의 언어나 감각적인 형용사, 부사어에 의해 표현할 수 있다. 서정성이란 주체와 객체 사이의 거리가 없어지는 현상으로서 언어 자체가 주체와 객체를 강력하게 결합하여 서정적인 감동의 효과를 줄 수 있다.

---

12) 랠프 프리드만/신동욱 역, 『서정 소설론』, (현대문학사, 1989), pp.8~9

　　서정 소설은 서사성과 서정성의 혼합으로 이해할 때 특성이 잘 드러난다. 서사성에 서정성이 더해지면서 기존 소설에 비해 행동적 플롯이 약화되고 공간의 동시성에 의한 장면이나 분위기가 강조되는 것이 일반적인 특징이다. 이것은 서정 소설이 뚜렷한 사건 전개나 행동의 발전 없이 분위기나 장면의 묘사가 많아지는 이유이다. 1930년대 소설사에서 이효석 뿐만 아니라 이태준, 김유정, 박태원의 소설에서 시간의 연속적 흐름이 공간 구성으로 압축되는 구성상의 특징이 나타나고 있다.

제 2 부

Ⅰ. 이효석의 서정 소설과 시적 상상력

1. 이효석의 심미주의적 문학관

이효석은 수필에서 문학의 심미역이야말로 환멸에서 인간을 구해내는 방법이며 추잡하고 천한 것을 아름답게 보여 주는 것이 문학의 마력이라고 말하였다[1]. 이러한 반어적 특징 때문에 이효석의 작품에는 객관적 현실이 악화될수록 심미적·이상주의적 경향이 나타난다.

> "문학의 지성이 아니라 문학의 심미역 —문학의 지성은 곧 심미역과 통하거니와 —이야말로 환멸에서 인간을 구해내는 방법이다"[2]

이것은 그가 삶과 예술을 분리시키고 이러한 문학의 자율성을 통해 부정의 현실에 대응했던 작가적 실천의 한 면모를 보여 준 것으로 보인다. 이효석이 말하는 문학의 심미역이야말로 정신과 상통하는 것이었다. 심미성은 바로 주체와 객체가 미메시스하는 관계에서

---

1) 이효석, 「문학진폭의 옹호의 변」, 『전집 6』, p.235
2) 위의 책.

대상을 무관심 적으로 주목했을 때 주체가 지각할 수 있는 인식이
다. 이효석이 소설을 창작하되 시정신에 이르기를 시도했던 것은
예술의 심미성을 통해 현실에 대응했던 문학적 실천의 방식이었다.

　　　소설 자체는 산문이나 그것을 빛는 정신은 詩인 것이다.3)

　　　진실의 표현을 수단으로 궁극에 있어서는 미의식을 환기시켜
　　시의 경지에 도달함이 소설의 최고 경지요 이상인 것이다. 최고
　　의 표지가 시의 경지인 점에 있어서 *소설의 목표는 물론 시의
　　목표와 동일하다. 시는 직접적으로 「미」를 통해서 시에 도달함에
　　반하여 소설은 「진」을 통해서 시에 도달하려는 것일 뿐이다.
　　……(중략)…… 진실을 추구해서 그 뒤에 높은 시의 창조를 생
　　각하는 곳에 작가의 제 2단의 자각이 서야 할 것은 물론이다4).

　　그는 소설의 최고 경지가 미의식을 환기시켜 시 정신에 도달하는
것이라 보았다. 자신의 문학관을 언급하고 있는 글에서 이효석은
소설의 장르를 통해 시적 정신을 구현하려는 실험성을 보여 주었
다. 이런 실험적 형식은 그의 작품에서 서사성이 해체되어 서정성
과 통합하는 양상으로 나타나고 있다. 말하자면 자아와 세계의 대
립을 전제로 한 소설의 장르를 심미성으로서의 시적 요소를 혼합하
여 장르 해체적 특성이 나타나게 된 것이다. 이러한 특성은 반영론
의 관점에서 예술이 환멸의 현실을 모방하는 것이 아니라 예술의
심미성을 통해 환멸의 현실을 구제하려는 그의 심미주의적 문학관
으로부터 도출된 것이다.

　　이효석의 문학관은 한 마디로 탐미주의적 · 심미주의적 특징으로

---

3) 이효석, 「동해의 여인」, 『전집 7』, p.76 인용
4) 이효석, 「現代的 短篇小說의 相貌」, 『전집 6』, p.22 인용

집약할 수 있다5). 이효석은 시대 현실이 암울해 질수록 현실에 대한 환멸감을 문학의 탐미적 속성을 통해 반어적으로 보여 주었다. 그는 미를 엄격히 이념과 분리했을 뿐만 아니라 현실의 분열된 삶을 구제하는 것이 아름다운 예술을 통하여 가능하다는 논리를 폈다.

이러한 그의 탐미적 미학관은 삶보다는 예술을 더 중시하고 내용보다는 형식을 더 중시했던 측면에서 비판을 받아 왔다. 이효석은 '미적 가상'이라는 예술의 형식을 통해 그러한 아름다움이 존재하지 않는 삶의 현실을 역설적으로 환기하는 방법을 선택한 것 같다. 또한 삶이 아름다운 예술을 모방해야 한다는 것은 서구 예술 지상주의자들과 유사한 관점임을 보여 준다. 그는 이상을 펼칠 수 없는 현실에서 총체성이 존재하는 삶에 대한 열망을 문학 작품 속에서 표현하려고 하였다.

이효석의 미학관은 칸트의 관념론적 미학관과 상당히 닮아 있다. 미는 그 자체의 아름다움으로 독립된 것이다. '무목적의 형식' 그 자체가 예술의 최고의 목적이 되었던 것처럼 이효석은 이념과 분리된 미의 형식성과 표현론에 관심을 기울였다. 그의 심미적 문학관으로 창작한 작품들은 "내용의 공허를 탓하기엔 너무나 탁마된 형식"이라는 임화의 평가를 받기도 하였다.

2. 「산」을 통해 본 인간과 자연의 동화

『산』, 『들』, 『메밀꽃 필 무렵』은 자아와 세계가 불화를 겪는 객관 현실과는 대조적으로 '자아와 세계의 화합'을 미적 가상으로 그려

---

5) 이상옥, 『이효석-문학과 생애』, 앞의 책, pp.13-63 참조

내고 있다. 주체와 객체를 동화시키려는 작가의 서정적 관점 안에서는 인간과 자연은 상호 미메시스의 관계에서 갈등이 없는 화해의 관계로 설정되어 있다. 「산」, 「들」, 「메밀꽃 필 무렵」 등의 시적 소설은 인간이 중심이 되는 이야기가 아니라 '산, 들, 메밀꽃 필 무렵'의 자연 그 자체에 대한 이야기이다. 작가는 자연 속에서 배치된 동물, 식물, 별, 달과 똑같은 자연물로 주인공인 인간을 다루고 있다. 많은 비평가들은 이효석의 작품에서 인물 형상화가 잘 되지 않았거나 사회·역사적인 상황이 배려된 리얼리스틱한 인간 삶의 형상이 그려져 있지 않음을 비판하였다. 인간의 중심을 해체하려는 작가의 의도 때문에 서정 소설과 같은 반서사(anti-novel)의 형식이 선택되었다고 할 수 있다.

그 대표적인 작품이 「산」인데 도입 부분은 화자의 서정적 관점이 공간의 동시성으로 구도화 된다.

> A: 산속의 아침 나절은 졸고 있는 짐승 같이 막막은 하나 숨결이 은근하다. 휘엿한 산등은 누워있는 황소의 등어리요, 바람결도 없는데 쉴새없이 나부끼는 사시나무 잎새는 산의 숨소리다. 첫눈에 띄는 하아얗게 분장한 자작나무는 산속의 일색. 아무리 단장한대야 사람의 살결이 그렇게 흴 수가 있을까. 수북 들어선 나무는 마을의 인총보다도 많고 사람의 성보다도 종자가 흔하다. 고요하게 무럭무럭 걱정없이 잘들 자란다. 산오리나무, 물오리나무, 가락나무, 참나무, 졸참나무, 박달나무, 사수래나무, 떡갈나무, 피나무, 물가리나무, 사리나무, 고루쇠나무, 골짝에는 산사나무, 아그배나무, 갈매나무, 개웃나무, 엄나무, 산등에 간간이 섞여 어느 때나 푸르고 향기로운 소나무, 잣나무, 전나무, 향나무, 노가지나무, …… 걱정없이 무럭무럭 잘들 자라는…… 산 속은 고요하나 웅성한 아름다운 세상이다.

과실 같이 싱싱한 기능과 향기, 흙냄새, 하늘 향기, 마을에서는 찾아 볼 수 없는 향기다.

B: 낙엽 속에 파묻혀 앉아 깨금을 알뜰히 부수는 중실은 이제 새삼스럽게 그 향기를 생각하고 나무를 살피고 하늘을 바라보는 것이 아니었다. 그런 것은 한데 합쳐서 몸에 함빡 젖어들어 전신을 가지고 모르는 결에 그것을 느낄 뿐이다. 산과 몸이 한데 얼린 것이다6).

'산오리 나무, 물오리 나무, ……향나무, 노가지 나무' 등의 나무 종자들이 열거되고 있는 것은 수많은 사람의 종자를 비유적으로 표현한 것으로 볼 수 있다. 작가의 은유적 관점 안에서 나무의 이름은 사람의 성(姓)과 동일시되며 나무는 인간처럼 하나의 존재로 지각된다. 말하자면 작가의 서정적 관점 안에서 인간과 나무는 동일한 자연의 생명체로 지각되는 것이다.

B에서는 화자의 인식이 중실이라는 인물의 행위로 변형되어 나타나고 있다. 화자가 자신의 서정적 전망을 표현하기 위해 서사적 인물로 나타나거나 서사적 인물이 화자로 변형되는 것은 서정 소설의 중요한 특성이다7). 또 과거형의 서술 시제에 의해 화자가 대상과 서사적 거리를 유지하고 있음을 알 수 있다. 그러므로 이 부분에서 시간은 선조성을 지니고 나타나게 된다. A의 장면 묘사에서 자아와 세계를 융합하던 화자의 인식은 B에서는 중실이 '산과 몸이 한데 얼린' 일체화된 자연을 체험하게 되는 인물의 행동으로 그려지고 있다.

「산」의 자연 배경과 주인공은 상호 분리할 수 없을 만큼 주체와

---

6) 이효석, 「산」, 『전집 1』, pp.343-344 인용.
7) Ralph Freedman, 앞의 책, pp.14-16

객체가 융합된 상태로 제시된다. 중실은 세계를 초점화하는 지각자로 또는 화자의 지각이 투사되는 시적 대상물로 기능함으로써 소설이 진행되면서 점차 상징적 주인공으로 변형되어 간다. '상징적 주인공'이란 서정 소설에 등장하는 특수한 주인공의 개념이다. 상징적 인물은 화자의 지각이 투사되기 때문에 시적 이미지로 기능하기도 하고 자신의 의식 속에 지각되는 대상들을 시적 이미지로 만들어가는 주인공을 의미한다.8)

「산」에서 문명의 공간은 자아와 세계가 대립하는 현실적인 삶의 공간이며, 자연의 공간은 자아와 세계가 화합했던 원형적인 삶의 공간이다. 원초적 삶을 표상하고 있는 자연에서는 주인공이 세계와 화합하는 행동이 그려진다. 문명의 삶을 떠나 자연인으로 돌아온 중실이 생존에 필요한 모든 물질들을 자연으로부터 공급받고 자연의 질서에 순응하는 삶을 살아간다. 자연에서 채취한 열매와 꿀, 산불에 그을린 노루 고기를 먹고 나뭇잎으로 잠자리를 삼는 등 중실의 원시적 생존 방식은 총체성이 존재했던 인간 삶의 원형을 시적으로 비유하고 있다. 인간의 원형적 생존 방식은 이처럼 자연이나 타자를 지배하는 것이 아니라 타자와 상호 미메시스하는 화합을 통해 가능하다. 미메시스는 타자를 지배하지 않는 상호 의사소통적인 관계를 말하며 이것은 인간이 '자연'을 닮으려는 열망을 표출하고 있다.

자연의 공간과 대비되는 문명 공간에서의 자아와 세계의 대립도 주인공의 세계 체험으로 제시되고 있다. 이 부분에서는 화자의 관점과 인물 시각적인 서술 관점9)이 혼합되고 있다.

---

8) Ralph Freedman, 앞의 책, pp.42-43
9) 슈탄젤의 인물 시각적 서술유형은 Norman Friedman의 인물 선택적 전지시점과
   유사하다고 볼 수 있다. 인물 선택적 전지시점이란 한 인물의 의식에 제한하여

　세상에 머슴살이 같이 잇속 적은 생업은 없다.

　싸울래 싸운것이 아니라 김영감 편에서 툭정을 건 셈이다. 지
금 와 보면 처음부터 쫓아낼 의사였던 것이 확실하다. 중실은 머
슴산지 칠 팔년에 아무것도 쥔 것 없이 맨주먹으로 살던 집을 쫓
겨났다. 원통은 하였으나 애통하지는 않았다.10)

　인용된 부분은 주인공의 생활 정서와 연관된 언어(맨주먹, 원통,
애통)로 나타나지만 중실을 '그'로 지칭하는 것은 화자의 개입을 나
타내는 것이다. 즉, 화자와 인물의 관점이 혼합되어 있다고 볼 수
있다. 서술자와 인물의 발화가 혼합되는 서술 양식11)은 화자가 세
계 인식을 인물의 인식 행위로 변형시켜 가는 서정 소설의 특성이
다. 김영감 집의 머슴이었던 중실이 그의 첩과 불미스런 관계라는
억울한 누명을 쓰고 칠 팔년 동안 노동한 대가를 받지 못한 채 쫓
겨나게 된 사연이 주인공의 의식의 흐름을 따라 인물과 화자의 관
점이 혼합되어 요약적으로 제시되고 있다.

　「산」은 화자가 세계에 대한 탐색을 완성하는 서정적 순간을 향해
플롯이 발전된다. 즉 주인공은 김영감과의 갈등을 행동으로 발전시
키는 것이 아니라 화자의 자각을 완성하기 위해 서정적 관점으로
행동하게 된다. 서정적 관점으로 행동한다는 것은 대상과 자아를
융합하는 화자의 인식을 행동으로 변형하여, 인물이 세계와 융합하

전지적 시점을 제시함으로써 자각이나 깨우침과 같은 인물의 내면의 변화를 집
중적으로 투시하는데 적합하다. Norman Friedman, "Point of View", *Form and Meaning in Fiction*, (University of Georgia Press, 1975), p.157

10) 이효석, 「산」, 『전집 1』, p.345 인용

11) 이와 같이 서술자(작가)의 시점과 인물의 시점이 혼합되는 현상을 자유 간접
화법이나 자유 간접 문체로 지칭하는데 이것은 작가적 서술 상황에서 인물 시
각적 서술 상황으로 전이될 때 나타난다. F.K.Stanzel, 『소설의 이론』 p.27,
pp.277-288

게 되는 행동을 말하는 것이다.

「산」에서 인간과 나무가 자연의 공동체로서 미메시스적 관계에 놓이는 것은 중실이 문명의 삶을 포기했을 때 가능한 것으로 설정된다. 주인집 영감과 다투고 문명의 삶에 환멸을 느낀 중실은 마을을 떠나 순수한 자연인으로 돌아온다. 중실이 인간적인 동기를 떠나 무관심한 자연, 무소유의 자연과 만났을 때 자연은 곧 비로소 "나"임을 알게 되는 것이다.

> A: 눈에는 어느 결엔지 푸른 하늘이 물들었고 피부에는 산냄새가 배었다. 바심할 때의 짚북더기보다도 부드러운 나뭇잎---여러 자 깊이로 쌓이고 쌓인 깨금잎 가랑잎 떡갈잎의 부드러운 보료---속에 몸을 파묻고 있으면 몸뚱아리가 마치 땅에서 솟아난 한 포기의 나무와도 같은 느낌이다. 소나무, 참나무, 총중의 한 대의 나무다. 두 발은 뿌리요, 두 팔은 가지다. 살을 베이면 피 대신에 나무진이 흐를 듯하다. 잠자코 섰는 나무들의 주고 받는 은근한 말을, 나뭇가지의 고개짓하는 뜻을, 나뭇잎의 소곤거리는 속심을, 총중의 한 포기로서 넉넉히 짐작할 수 있다. 해가 쪼일때에 즐겨하고, 바람불 때 농탕치고, 날 흐릴 때 얼굴을 찡그리는 나무들의 풍속과 비밀을 역력히 번역해 낼 수 있다. 몸은 한포기의 나무다.[12]

"몸은 한포기의 나무다"에서와 같이 자신이 나무화 됨으로써 중실은 객체와 완전한 동화를 경험한다. 그러므로 이 부분은 자연 대상과 인간을 병치하여 나무와 인물이 동화된 은유적 표현을 획득한다. 객체와의 완전한 동화는 중실로 하여금 나무의 말, 고개짓, 속심을 이해할 수 있도록 세계와의 의사소통을 가능케 한다. "두 발

---

12) 이효석, 「산」, 『전집 1』, p.344 인용.

은 뿌리요 두 팔은 가지다"의 시적 은유에서 인간과 나무는 등가의 원리로 병치된다. 화자의 은유적 관점 안에서는 중심과 주변의 서열이 해체된다. 나무와 인간은 스스로 존재하는바 동등한 자연의 공동체일 뿐이다. 중심이 해체되고 객체와 스스로 동화된 인간이 세계와 의사소통 할 수 있을 때 비로소 중실은 세계와 완벽한 합일(미메시스)을 경험한다.

> 불이 거의 거의 이스러지고 물소리가 더 한층 맑다.
> 별들이 어지럽게 깜박거린다.
> 달이 다른 나뭇가지에 걸렸다.
> 나머지 등걸불을 발로 비벼 끄니 골짝은 더 한층 막막하다.
> 어느 맘 때인지 산 속에서는 때도 분별할 수 없다.
> 자기가 이른지 늦은지도 모르면서 나무 밑 잠자리로 향하였다.
> 낟가리 같이 두두룩하게 쌓인 낙엽 속에 몸을 송두리째 파묻고 얼굴만을 빼꼼히 내 놓았다.
> 몸이 차차 푸근하여 온다.
> 하늘의 별이 와르르 얼굴 위에 쏟아질 듯쉽게 가까왔다 멀어졌다 한다.
> 별 하나 나 하나, 별 둘 나 둘, 별 셋 나 셋 _____
> 어느결엔지 별을 세이고 있었다. 눈이 아물아물하고 입이 뒤바뀌어 수효가 틀려지면 다시 목소리를 높여 처음부터 고쳐 세이곤 하였다.
> 별 하나 나 하나, 별 둘 나 둘, 별 셋 나 셋 _____
> 세이는 동안에 중실은 제 몸이 스스로 별이 됨을 느꼈다[13].

화자가 깨달음을 이루는 자각 행위를 표현하기 위해 서정적 순간

---

13) 이효석, 「산」, 『전집 1』, p.350 인용

이 창조되는 여러 단계를 묘사하고 있다. 장면의 중심은 '산의 밤' 풍경으로, '등걸불의 이즈러짐' '맑은 물소리' '별의 깜박거림' '나뭇가지에 걸린 달'의 감각적 인상들은 화자가 의식의 주변으로부터 점차 대상과 대상들을 융합한다. 그것은 우주 전체를 포괄하는 서정적 전망으로 발전하여 자아와 세계가 즉자적으로 통일되는 '서정적 순간'을 창조하는 과정을 보여 준다. 이 부분도 상호 독립된 행의 병치, 하이픈, 인과 관계를 나타내는 접속사의 생략으로 문장 상호간의 구문적 연속성을 파기하는 시적 언어의 특성이 두드러진다.

영혼과 배경이 통일되어 자아와 세계가 완벽한 합일(合一)을 이루는 서정적 순간14)은 주인공이 낟가리에 파묻혀 세계와 일체화되는 서사적 행위로 제시되고 있다. '별 하나 나 하나, 별 둘 나 둘, 별 셋 나 셋 ___ '과 같은 주인공의 의식의 독백을 직접 인용함으로써 독자가 인물의 의식과 직접 대면할 수 있도록 극화시키고 있다. 서정적 순간의 자아와 세계의 합일은 "중실은 제 몸이 스스로 별이 됨을 느꼈다"와 같이 주인공이 우주로서의 객체와 완벽하게 일체화되는 의식 체험으로 제시된다. 즉 화자의 인식이 인물의 행동으로 나타나게 된다. 이와 같이 서정 소설의 화자와 인물의 기능이 혼합되는 양상은 서정적 인식의 주관적 특징을 서사의 객관적 특징과 결합시킨다.

중실이 체험했던 서정적 순간의 자아와 세계의 화합은 자연 발생적인 총체성이 존재했던 태고적에는 현실적으로 인간의 삶 속에서 가능했다고 한다. 자아와 세계가 분리된 현대에는 오직 예술 작품 속의 '미적 가상'으로만 존재하는 순간의 총체성일 뿐이다. 이러한 가상으로서의 총체성은 현대인이 상실한 유토피아의 아픈 상흔을

---

14) 루카치, 반성완/심희섭 역, 『영혼과 형식』, (심설당, 1988), pp.180~183

역설적으로 환기한다는 점에서 현대의 문학이 현실을 비판할 수 있는 유일한 통로처럼 보인다.

자연의 삶을 표상하는 '산'은 자아와 세계가 원초적으로 화합했던 이상적 세계로 설정되어 있다. '산'의 공간 속에서 우주, 식물, 동물, 상징적 주인공이 상호 동화되어 살아가는 장면의 시각적 구도를 통해 자아와 세계와의 대립은 근원적으로 자아와 세계의 화합을 통해서 극복될 수 있다는 작가의 서정적 전망이 드러난다.

「산」의 중실과 같은 원초적인 생존 방식은 근대적 삶의 현실에서는 불가능하다. 작가는 원초적 삶을 미적 가상의 형식으로 그려냄으로써 그러한 이상향을 상실한 현실의 부정성을 역설적으로 환기하고 있다. 근대 문명사회는 자연의 원초적 화합과는 대조적으로 인간이 다른 타자나 자연을 지배하는 폭력이 존재한다는 점을 포착하고 있다. 여기서 근대 사회의 자아와 세계의 대립은 인간이 세계의 중심에서 다른 타자를 지배함으로써 야기된 소외라는 점을 읽어낼 수 있다.

작가의 은유적 관점에서 인간―식물―자연 대상물들은 자연의 생명체로서 동화된다. 이 작품에 등장하는 상징적 주인공은 서정적 화자의 변형으로서 화자의 인식을 표현하기 위해 서정적 관점으로 행동한다. 즉 중실은 문명의 공간과 자연의 공간으로 이원화된 화자의 인식을 행동으로 보여주기 위해, 마을의 삶을 떠나 자연으로 돌아오게 된다. 자연은 서정시에서처럼 자아와 감정적인 친화가 잘 이루어지기 때문에 주체의 내면성이 가장 잘 투사되는 객관적 상관물이다. 그러므로 상징적 주인공이 자연으로 돌아오게 되는 것은 서사적 주인공이 자연의 삶을 선택한 것과는 달리 세계와의 화합을 행동으로 표현한 것이다. 상징적 주인공은 하나의 시적 이미지로서,

실제적 인물에서 감각적 인상만을 추출한 심미적 형상으로 볼 수 있다. 「산」과 같이 화자가 인물에게 시적 이미지를 투사할 때, 서사적 인물의 현실적 특징은 서정 소설의 상징적 주인공에게는 심미적 특징으로 변형되어 나타나게 된다.15)

이 작품의 표층에서는 상징적 주인공과 자연 세계의 원초적 화합을 제시하고 있지만, 그 이면을 보자면 그러한 화합이 불가능한 분열된 현실을 표현하고 있는 것이다. 서정 소설은 인간 삶의 원형 속에 존재했던 자아와 세계의 화합을 보여줌으로써 유토피아를 상실한 근대적 삶의 분열을 역설적으로 표현하는 양식이다. 즉 서정적인 아름다움을 통해 산문의 추함을 반어적으로 드러내고 있는 것이다. 자아화할 수 없는 세계를 자아화한 것처럼 표현하는 서정 장르가 자아와 세계의 대립을 역설적으로 표현한다.16)

---

15) Ralph Freedman, 앞의 책, pp.32~34
16) 조동일, 『한국소설의 이론』, (지식산업사, 1981), pp.93~94
　　서정 소설은 자아와 세계의 대립을 표현하기 위해 반어적으로 자아와 세계의 화합을 제시한다고 볼 수 있다. 1930년대 후반의 이효석, 김유정, 이태준의 작품이나 1950년대의 서정 소설은 세계와의 갈등이 심화된 시대의 산물로 볼 수 있다.

Ⅱ. 생태문학으로서 서정 소설

-작품「들」을 중심으로-

1. 심미주의와 생태적 상상력

그동안 현실도피주의나 자연주의 작가, 위장된 순응주의자로 평가받았던 이효석 소설에 대한 새로운 평가가 제기되고 있다.[1] 이효석의 소설 쓰기 방식은 형식과 내용의 양면에서 부정적인 평가를 받아왔다. 형식적으로 소설이 시 정신에 근접함으로써 합리성에 기초한 근대 소설의 문법을 극단적으로 해체하고 있는 점과 내용적으로 일제 파시즘이 가열된 시기에 아름다운 시적 언어로 인간과 자연의 화합을 제시하고 있다는 점이 그것이다. 이처럼 소설 작가로서 합리적 사고가 부족하고 현실과 역사에 대한 인식이 부족하다는 점은 식민지 시대의 지식인 작가로서는 치명적인 약점이 될 수밖에 없었다.

1980년대를 전후하여 카프 문학과 비평 연구가 중흥기를 맞이하면서 이효석에 대한 평가는 더욱 비판적 일로를 걷게 된다. 김윤식

---

1) 정현기, 「이효석과 1930년대적 쾌락-원초적 본능의 땅과 자연, 사랑의 연금술」, 『한국 현대 문학의 제도적 권력과 사회』, 문이당, 2002
조정래, 「1930년대 서정 소설론 재고- 이효석의 화분을 중심으로-」, 『현대문학의 연구20』, 현대문학연구학회, 2000

은 역사의식을 상실한 이효석의 정신사적 기반은 현실을 부정하는 이상주의의 일종으로 보고 이것이 모더니즘 문학의 이념적 기반이 되었다고 평가하고 있다.2) 김윤식, 김현이 기술한 한국문학사3)에는 이효석의 이름조차 거론되지 않을 만큼 그의 문학성은 식민지 현실을 외면한 지식인 작가의 미적 자의식의 노출로 비판받게 되었다.

이효석의 소설 쓰기에서 특징적인 것은 좌절과 상실이 일상화된 식민지 현실에서도 미적 이상을 추구하려는 심미적 경향을 포기하지 않았다는 것이다.

"문학의 지성이 아니라 문학의 심미역- 문학의 지성은 곧 심미역과 통하거니와 -이야말로 환멸에서 인간을 구해내는 방법이다."4)

이효석이 말하는 문학의 심미역이야말로 현실이 피폐해도 문학 속에는 아름다운 삶의 진실이 그려져야 한다는 것이다. 이것은 소설 속에 시 정신을 구현하려는 서정 소설의 창작으로 이어졌으며5) 특히 일제의 군국주의가 강화된 1930년대 이후 발표된   이효석의

---

2) 김윤식, 「모더니즘의 정신사적 기반」, 『문학과 지성』, 1977 겨울호, pp.985-1003
3) 김윤식, 김현, 『한국문학사』, 1973, 민음사
4) 이효석, 「문학 진폭의 옹호의 변」, 『이효석 전집6』, 창미사, 1983, p.235
5) 작가는 자신의 우주관이나 세계관, 인간관을 담아낼 독자적인 장르를 선택하여
  자신이 발표한 문학관을 통해 확고하게 정립하고 있다.
  소설자체는 산문이나 그것을 빚는 정신은 시(詩)인 것이다.(이효석-동해의 여인)
  진실의 표현을 수단으로 궁극에 있어서는 미의식을 환기시켜 시의 경지에
  도달함이 소설의 최고 표지요 이상인 것이다.
  최고 표지가 시의 경지인 점에 있어서 소설의 목표는 물론 시의 목표와 동
  일하다. 시는 직접적으로 「미」를 통하여 시에
  도달함에 비하여 소설은 「진」을 통하여 시에 도달하려는 것일 뿐이다. ……
  진실을 추구해서 그 뒤에 높은 시의 창조를
  생각하는 곳에 작가의 제 2단의 자각이 서야 할 것은 물론이다.(이효석-현
  대적 단편 소설의 상모)

소설들에 심미성이 두드러지게 표현되었다. 이런 이유로 현실이 악화될수록 탐미적 경향이 우세해지는 그의 작품들은 도피주의자나 순응주의자라는 비판으로 이어지고 있다.6) 그러나 이상옥은 이효석 문학의 본질을 '심미주의'로 규정하고 심미적 경향이 당대의 세기말 사조에 부합하는 문예 현상으로서 현실도피적이고 순응적이라고 비판하는 부정적 시각을 벗어나고 있다. 이효석의 심미주의는 작가가 궁극적으로 인간 구제의 길을 심미성을 통해 모색하고 있기 때문이라고 본다.7)

심미성이란 칸트의 무관심성처럼 인식 주체가 이해관계를 떠나 대상을 순수하게 주목할 때 가능하다. 자본주의의 시장 논리에 의해 사물화된 현대 사회에서 생활 세계로부터 분화된 예술의 영역만이 현실에 대한 비판적 기능을 할 수 있다는 점에서 아도르노는 모더니즘 예술8)의 심미성에 주목한 바 있다.

기존의 이효석에 대한 평가는 내용과 이념 중심의 비평에 편중되어 왔으며 최근에서야 서정 소설의 특징을 주목한 연구가 이루어지고 있다. 모더니즘이 기존의 문학적 규범을 해체하는 형식 실험으로 보수 이데올로기에 반기를 들었던 점을 감안한다면, 이러한 내용 중심의 비평 방법으로는 이효석 문학의 본질을 파악하기 어렵다. 김윤식의 평가대로 이효석이 모더니즘의 정신사적 기반에서 작품을 창작한 것이라면 무엇보다도 작품에 표현된 파격적인 형식 실험을 통해 작품세계의 본질을 찾아내야 할 것이다.

---

6) 정명환, 「위장된 순응주의 上」,『창작과 비평』1968 겨울호, pp 708-720, 「위장된 순응주의 下」,『창작과 비평』1969 봄호, pp.143-153
7) 이상옥,『이효석 - 문학과 생애』,민음사, 1992
8) 김유동,『아도르노 사상』, 문예출판사, 1993, p.183
   문병호 지음,『아도르노의 사회 이론과 예술 이론』, 문학과 지성사, 1993, pp.391-423

이효석은 소설을 통해 시 정신을 구현한다는 의도에서 소설과 시의 장르가 혼성된 서정 소설이라는 독특한 형식9)을 만들어 내었다. 본고에서는 서정 소설의 형식적 특성을 생태적 상상력과 관련시켜 그의 작품 세계를 주도했던 작가의 내면의식을 투시해보고자 한다.

이효석의 소설에서 생태적 상상력은 주체와 대상이 상태성안에 존재하면서 상호간의 영성(spirituailty)과 감성을 통하여 의사소통하는 능력을 말한다. 생태적 상상력10)이란 근본적으로 주체와 타자사이의 경계를 해체한다는 점에서 후기 모더니즘 사상과 연결된다. 아도르노가 모더니즘 문학은 미메시스 언어를 통하여 주체와 대상의 융합이 가능하다고 본 것과 유사하다. 「산」에서 주인공이 '나무의 고개짓'을 알아보고 「메밀 꽃 필 무렵」에서 '짐승같은 달의 숨소리'를 들을 수 있는 것은 주체가 자연 대상을 지배하려는 욕구를 넘어서 대상과의 진정한 소통을 통해서 가능한 것이다.

2. 서정 소설에 대한 기존 연구사의 검토

서정 소설은 '소설을 배반한 소설11)'이나 '반 소설(anti-nove l)12)'로 불릴 만큼 소설 형식 속에 시적 요소가 혼합된 혼성적인

---

9) 김해옥, 『한국현대서정소설론』. 새미, 1999
10) 생태적 상상력(ecological imagination)은 서구 인문학에서 인간이 자연(nature), 공간(place)과 소통, 교감하는 영성(spirituality)으로 이해하는 경향이 있다. 특히 생태적 상상력은 근대의 문명성을 비판하기 위해 자연, 농촌 친화적인 경향을 보여준다. 이것은 특히 농촌/도시, 자연/ 문명, 원초/ 인공으로 공간을 이원화하여 자연, 농촌, 원초적 공간을 애호하는 경향으로 나타나고 있다. 근대의 산업화, 도시화의 반동으로 나타난 루소의 낭만적인 자연관에 토대를 둔 인간과 자연의 교감이나 모더니즘의 신화적 세계관에서 인간과 자연사이의 영적 교감속에서 생태적 상상력의 기반을 찾아 볼 수 있다. Karl Kroeber {Ecological Literary Criticism}, (Columbia University Press, 1994), Ralph Freedman {The Lyrical Novel}, (Priceton University Press 1971)
11) 김동리, 「산문과 반 산문-이효석론」, 『이효석 전집8』, 1983

장르 개념이다. 서정 소설은 '세계의 자아화'나 '주관적인 문학'이
라는 부정적 평가를 벗어나 1930년대 시대 상황 속에서 발생한
서사 양식으로 새롭게 조명되었다.

신동욱은 1930년대의 시대 상황과 서정 소설의 발생 관계에 주목
하였다. 이때 소설 문학에 나타난 가장 큰 변화는 서사 문학의 '객
관적 미의식'이 '주관적인 미의식'으로 기울어졌다는 것이다. 이때
적극적으로 행동하는 주인공을 설정하는 것이 어렵게 되자 내성화
된 인물이나 서정적 인물이 등장하여 서정적 미의식을 표출한 것이
당대 서정 소설의 특징으로 설명하고 있다.13) 나병철은 이효석의
서정 소설이 말하려는 것과 그리려는 것이 분열된 현실 속에서 서
사적 갈등을 내면화하는 현실 대응방식의 하나라고 평가한 바 있
다.14)

이러한 선행 연구에 힘입어 김해옥은 장르론을 중심으로 서정 소
설론을 제시하였다. 서정 소설은 근대의 도구적 이성에 억압된 감
성, 비합리성, 자연성을 회복하려는 의도에서 현실이 암울할수록
'미적 가상'의 장치를 통하여 현실에서는 불가능한 유토피아를 그
렸던 점이 한국 현대 서정 소설의 미학적 의미임을 밝혀내었다. 15)

최근에 발표된 조정래의 "1930년대 서정 소설론 재고"에서는 이
제까지 연구된 서정 소설론에 대한 연구들을 종합하여 이효석의 서
정 소설에 대한 새로운 평가를 시도하고 있다.16) 조정래는 최근의

---

12) Ralph Freedman 〔*The Lyrical Novel*〕, Priceton University Press 1971. p.viii
13) 신동욱, 『삶의 투시로서의 문학』, 문학과 지성사, 1988, pp.168-171
　　　　　『1930년대 한국 소설 연구』, 한샘출판사, 1994, pp.11-12.
14) 나병철, 「이효석의 서정 소설 연구」,『전환기의 근대 문학』, 두레시대, 1995,
　　pp.343-360
15) 김해옥, 앞의 책, 서정 소설의 개념과 미학적 특성을 이론적으로 정리한 바 있
　　다.
16) 조정래, 「1930년대 서정 소설론 재고- 이효석의 화분을 중심으로-」, 앞의 책,
　　2003, pp.207-210

이효석의 서정 소설에 대한 적극적인 해석을 바탕으로 서정 소설이
당대 현실과 어떤 관련성이 있는지를 문학사적으로 해명하고자 하
였다. 그는 서정 소설이 현실의 담론을 우회하는 수법으로 환타지
나 가상현실을 만들어내어 자아와 세계의 통합을 그려내는 서정적
특징에 주목하였다.

　이효석의 소설에 나타난 자연 친화적인 경향을 생태 문학의 가능
성으로 탐구한 논문이 발표되었다. 이효석의 생태적 문학관은 일제
강점기에는 시대적 압력으로부터 도피한 자연과 성문학으로 비판받
기도 하였다. 그러나 이효석의 작품 세계는 인간이 중심이 되는 서
사가 아니라 우주의 생명 에너지의 생태적 흐름 속에서 인간 문제
를 탐구하는바 소설과 시가 혼성된 "서정 소설"이라는 독특한 장르
실험으로 나타나고 있다고 해석한다.[17] 본 고는 이러한 관점을 발
전시켜 서정 소설의 생태문학으로서의 가능성을 좀 더 심화시켜 논
의하고자 한다.

3. 생태 문학으로서의 서정 소설

　이효석 소설의 중심 제재는 '자연과 성'이며 이것은 서정 소설을
생태문학[18]으로 해석할 수 있는 근거를 제공한다. 생태 문학이란
지구 생명체의 생태적 위기를 문제 삼고 이를 극복하기 위한 대안
을 제시하는 문학을 의미한다. 생태문학은 생태학과 문학이 합성된
용어로서 21세기 새로운 인문주의의 화두로 등장하였다.[19] 인간 삶

---

17) 김해옥, 「생태 인문학의 가능성과 이효석의 <산>을 통해 본 생태학적 상상력」,
　　『한국언어문화학회 22집』, 2002년 p.233
18) 김용민, 「생태문학], 책 세상, p.89
19) 신덕룡, 「초록 생명의 길-김용민과의 대담」, 『에코토피아를 위한 시학』, 시와
　　사람사, 1997, p.33

에 대한 이상적 가치를 미적 형식으로 담은 문학 속에 생태학이라
는 자연과학의 학문이 접목된 것이다. 이것은 이성과 감성이 제휴
하여 인문학과 자연과학이 접목된 21세기의 첨단적인 학문 방법론
이라 할 수 있다. 인문주의의 연구 방법으로서 생태학은 독일의 에
른스트 헤켈에 의하여 처음 사용되었다고 한다. [20)

　에콜로지는 주로 지리학, 동물학, 식물학, 생물학에서 쓰이며 일반
적으로 생태학으로 번역된다. 생태학(ecology)은 "eco(oikos)+logos(학
문)"이 결합된 용어이다.[21) 어원적으로 에코(eco)는 희랍어인 오이코
스(oikos)의 음을 모방한 라틴어이며 오이코스는 협의로는 "집"을 의
미하고 광의로는 "생식지"나 "생식권"을 의미한다.[22) 기존의 자연
과학에서 논의되는 생태학(ecology)은 "살아있는 것들의 환경 또는
살아있는 것들과 그것들을 둘러싼 환경사이의 관계 유형 또는 상
호 의존성을 연구하는 과학"이다. 생태 인문학에서 다루는 범위는
자연을 대상화하는 인간 중심주의를 벗어나서 인간과 자연이 하나
의 생명체라는 인식으로 전체 생태계의 공존을 도모해야 진정한
인본주의를 실현할 수 있다.[23)

　이효석의 서정 소설은 인간 중심주의, 이성(로고스)중심주의, 남
성적인 서사를 해체하고 있다는 점이 주목된다. 합리적 인과율에
기초한 서사적 플롯은 공간의 동시성(서정성)의 은유적 관점으로
해체된다. 작품「들」에서 서사적 플롯은 부분의 독립성으로 해체될
뿐만 아니라 옥분과의 우연한 두 번의 만남이라는 우연적 사건들을

---

20) 이동승, 「독일 시와 생태시」,『외국문학』, 1990, 겨울 25호, p.32
21) 채수영,『문학 생태학』, 새미, 1997, p.11
22) 김성진 외 지음,『생태문제와 인문학적 상상력』, 나남출판사, 1999, p.137
23) 김해옥, 생태 인문학의 가능성과 이효석의 <산>을 통해 본 생태학적 상상력,『
　　한국언어문화 22집』

배치함으로써 합리적 인과율을 파괴한다.

이효석의 소설에서 산문언어들의 해체 또한 전체성의 억압으로 부터 해방되고자 하는 개별성의 미학적 반란으로 볼 수 있다. 그러 나 이효석의 실험적인 소설들은 '소설을 배반한 소설'로 불릴 만큼 소설의 형식을 파괴하고 있다는 점에서 소설 형상화의 측면에서 문 제점과 한계를 보여준다. 이것은 시와 소설의 장르가 혼합되고 인 간과 자연 사이의 경계를 해체하는 생태적 상상력을 통하여 해명하 고자 한다.

4. 「들」의 서사적 계열화의 해체와 리좀(rhizome)[24]적 사유

작품「들」은 1936년에 신동아 3월호에 발표된 작품으로 일제의 군 국주의가 강화되었던 당대의 어두운 시대적 배경이 잘 표현되어 있 다. 이 작품에 등장하는 주인공인 나는 학생 운동을 하다 쫓겨나 들에서 은둔하며 살아가는 청년 지식인이다. 주인공은 문명사회의 갈등에 환멸을 느끼면서 들의 생명력과 타자와 공생하는 자연의 생 존 원리를 통해 현실적으로 자신에게 닥쳐온 시대적 위기에 대한 내면적 성찰을 하는 과정이 서정적 화자의 인식을 통해 제시된다. 특히 이 작품은 1930 년대 후반 제국구의의 억압이 심화된 당대 현 실을 배경으로 자연의 생명성을 통해 작가의 현실 대응 방식이 잘

---

24) 여기서 리좀적이란 뿌리줄기라는 뜻으로 중심 뿌리 없이 분기되고 접속되는 상을 말한다. 이 리좀적 사유는 이효석이 소설을 통해 시적 정신을 구현하려 고 했던 그의 문학관을 통해 도출된 것이다. 그는 생태적 사유를 통해 각 생 명체의 생명권 보장의 차원에서 제국주의 억압아래에 있던 당대 한국 민족의 생존 조건을 조명하였다.
이진경, 『노마디즘』, 휴머니스트, 2000, pp.67-100
리좀의 특성은 1) 접속의 원리, 2) 이절성의 원리 3) 다양성의 원리 4) 비의미 성 원리들이다.

드러나고 있다. 이 작품은 작가와 '들'이라는 자연을 대상으로 서정적 인식이 펼쳐지는 서정 소설의 특징을 보여주고 있다. 서정 소설의 가장 큰 특징은 시간의 유기적 배열에 의한 플롯이 공간의 동시성으로 배열되는 서정적 요소에 의해 해체되고 있다는 것이다. 이효석 소설은 시간 배열 순서, 과거-현재-미래의 시간의 계기성이 공간의 동시성과 혼합되면서 서사의 산문적인 계열화를 해체한다. '들'은 10개로 구분된 장에서 펼쳐지는 독립적 사건들이 '들'이라는 공간적 배경을 통해 병치되는 구성으로 제시되고 있다.

서사적 계열화란 사건이 인과적인 질서로 배열되면서 부분과 전체가 유기적 연관성을 갖는 것, 즉 전체에 의해 부분이 통제된다는 것이다. 현재의 사건은 과거의 결과라는 점에서 전체성에 종속되고 미래는 현재의 연장이라는 점에서 전체성에 억압된다.

서정 소설에서는 서사의 인과적 플롯에 서정시의 은유적 관점이 혼합된다. 그러므로 A와 B가 상호 원인과 결과의 관계로 계열화되는 유기성이 해체되고 각 부분들이 병치되면서 각각의 독립된 사건들이 전체로 환원되는 리좀적 구조를 갖도록 되어 있다. 이효석의 서정 소설의 특징은 플롯의 전체성 즉, 뿌리가 해체되어 작품의 각 부분들이 분기되고 접속된다는 점이다.

이러한 리좀적 구조는 이효석 초기 작품인 「노령 근해」에서 이미 화자의 인식이 6개의 공간화된 장면으로 배치되는 실험을 통해 구현되고 있다. 1. 갑판위-2, 살롱-3.기관실-4. 석탄고-5. 살등선실-6. 갑판 난간의 6개의 공간들은 세계의 전체상을 공간적인 구도로 분할한 화자의 내면의식이 투사된 의미 공간으로 제시된다.

이때 화자는 하나의 공간화된 장면 속에 사건을 배치하고 각각의 독립된 장면들을 병합하여 세계의 전체상을 공간적 구도로 제시하고 있다. 이러한 공간적 구도는 시간의 계기성에 의한 소설의 플롯을 해체시킨다. 중심의 권력(부분과 전체의 유기적 관련성)이 해체되기 때문에 각각의 부분들은 독립적이면서 전체적이다. 노령근해는 초기 작품으로서 실험성이 더 두드러져서 공간적 배치가 더 강조되고 있다. 이러한 이효석의 실험적인 초기 소설들은 소설문학 자체에 대한 총체적 항거로 평가되거나 그의 작품이 반산문, 또는 소설의 형식을 빌린 시로 규정되기도 한다.[25]

리좀적이면서 수목적인 구조: 녹색 사유[26]

1장: 초록 빛 봄 들의 풍경

2장: 봄들의 풍경과 자연 속에 도피한 "나"의 대비

3장: 만물의 생명을 창조하는 봄들과 옥분, 나의 만남

---

25) 김동리, 「산문과 반산문-이효석론」, 『이효석 전집8』, 창미사, 1983, p.59
26) 생태계는 생물적 요소와 비생물적 요소가 상호 작용을 통해 균형과 조화를 이루게 된다. 생태계를 이루는 구성요소는 생물적 요소(생산자, 소비자, 분해자)와 비생물적 요소(햇빛, 공기, 물, 토양등 무기환경)이다. 생산자는 양분을 스스로 만드는 생물, 즉 식물을 말한다. 소비자는 양분을 스스로 만들지 못하고 생산자인 식물이나 다른 동물을 먹이로 하여 살아가는 동물이다. 1차 소비자란 식물을 먹이로 하는 동물(초식동물)을 말하고 2차 소비자란 초식동물을 먹이로 하는 동물(육식동물)을 말한다. 3차 소비자는 육식동물을 먹이로 하는 동물(잡식동물)을 말한다. 여기서 인간은 3차 소비자에 속한다.
생태계는 생산자> 1차 소비자> 2차 소비자>3차 소비자의 관계로 구성 요소사이의 양적인 균형을 이룰 때 안
정된 상태를 이루게 된다. 녹색은 생태적 균형을 이룬 에코토피아를 이루기 가장위한 필수적인 요소이다. 작품<산>, <들>, <메밀 꽃 필 무렵>, <산협>, <화분>들은 식물의 녹색 에너지(초록)가 양적으로 풍부하고 동물, 인간이 생태적 균형을 이루도록 배치하고 있다는 점에서 작가의 생태적 사유의 높은 경지를 보여준다.

4장: 둑 위에서 문수와 나의 만남

5장: 달밤 과수원에서 옥분과의 정사

6장: 개울에서의 고기잡이

7장: 문수의 퇴학과 들의 삶

8장: 문수와의 천렵

9장: 문수와의 야영

10장: 공포의 문명사회(문수의 검거사건)와 생명의 자연이 대비

이 작품은 '들'을 배경으로 벌어지는 사건을 10장으로 나누어 배치하고 있다. 옥분과 나의 우연한 두 번의 만남은 상호 인과성이 없는 독립적인 사건들이다. 이 작품에서 소설의 유기적 구성이 해체되는 것은 들에서 벌어지는 개별적인 사건들이 화자의 시적 상상력에 의해 통합되기 때문이다. 이러한 병렬적 구성은 인과적인 사건의 연결이라는 플롯 구성 원리를 해체하여 서사성을 약화시키는 요인이 되고 있다. 이런 이유로 이효석의 작품은 "사고의 부재라는 근원적 질병에 의한 것으로서 소설적 골격을 갖춘 작품이라도 그것들의 전개 과정은 대상의 스케치나 우연의 일치에 더 많이 의존하고 있다[27]"는 비판을 받고 있다. 이것은 서사적 플롯의 전체성 즉, 뿌리가 해체되어 작품의 각 부분들이 분기되고 접속되기 때문이다.

---

27) 김종철, 「교외거주인의 행복한 의식」, 『문학과 사상』, 1974, p.302

꽃다지. 질경이, 나생이, 딸장이, 민들레, 솔구장이, 쇠민장이, 길오장이, 달래, 무릇, 시금치, 돌나물, 비름, 능쟁이,

들은 온통 초록 전에 덮여 벌써 한 조각의 흙빛도 찾아볼 수 없다. 초록의 바다.

초록은 흙빛보다 찬란하고 눈빛보다 복잡하다. 눈이 보얗게 깔렸을 때에는 흰빛과 능금나무의 자주빛과 그림자의 옥색빛밖에는 없어 단순하기 옷 벗은 여인의 나체와 같은 것이- 봄은 옷 입고 치장한 여인이다.

흙빛에서 초록으로- 이 기막힌 신비에 다시 한번 놀라 볼 필요가 없을까, 땅은 어디서 어느 때 그렇게 많은 물감을 먹었길래 봄이 되면 한꺼번에 그것을 이렇게 지천으로 뱉아 놓을까[28)

들은 온통 초록빛으로 덮인 초록의 바다이다. "봄은 옷입고 치장한 여인이다"라는 시적 비유 속에는 자연의 현상과 인간을 동시적으로 병합하는 작가의 은유적 관점이 엿보인다. 모든 생명이 개화하는 봄의 계절을 맞아 들을 배경으로 식물－동물－인간이 나란히 병치된다. 봄의 우주 현상 속에서 초록빛으로 생명을 개화하는 풀, 알을 깨고 새 생명을 창조하는 들새, 개울 녁 들밭에서 교미하는 한 자웅의 개, 옥분과 내가 봄의 정취에 젖어 자연인으로서 결합하는 독립적인 사건들이 「들」의 공간 속에 배치되고 있다.

작가의 생태적 사유 속에서는 식물, 동물, 인간은 모두 동등한 생명체로 인식되어 인간이 중심이 되는 서사의 원리가 해체된다. 풀의 식물, 새와 개의 동물들, 인간 또한 동일한 생태계의 구성원으로서 부분이며 전체를 형성한다. '봄들'은 생명체가 자연의 생태 질서와 조화를 이루었던 총체성이 존재했던 원형적 삶의 공간을 비유적으로 표현한 것이다.

---

28) 이효석, 「들」, 『이효석 전집2』, pp.7-8

이효석의 생태적 상상력은 문명으로부터 억압된 자연을 회복하기 위해 이성에 억압된 성욕의 해방을 문제 삼고 있다. 욕망은 하나의 체재에 머물지 않으며 범람하며 흘러넘친다. 욕망하는 생산이 가족 제도에 갇혔을 때 오이디푸스 콤플렉스로 나타난다.[29] 오이디푸스 콤플렉스는 남성적 권력을 상징하는 기호로서 라깡의 상징계를 구성한다. 제국주의나 혁명은 흘러넘치고 머물지 않는 인간 욕망을 하나의 체재 속에 가둠으로써 가능한 것이다.[30] 이효석은 「들」에서 자연의 성적 욕망(리비도로서의 에너지)이 흘러넘침을 보여주고 있다. 봄들의 생명 에너지는 식물 새와 개의 짐승, 인간의 경계를 해체하며 흘러넘친다.

옥분은 문수와 나의 남성적 경계를 해체한다. "봄은 옷 입고 치장한 여인이다"라는 시적 비유 속에 자연의 생명 현상은 여성적 에너지, 즉 타자의 경계를 해체하며 흘러넘치는 메두사의 웃음[31](옥분의 웃음)으로 비유된다.

> 세 번째 돌멩이가 날리더니 이윽고 호담스런 웃음소리가 왈칵 터지며 아래편 숲 속에서 사람의 그림자가 덥석 튀어나왔다. 빨래 함지를 인 채 한손으로는 연해 자웅을 쫓으면서 어깨를 떨며

---

29) 질르 딜뢰즈, 가타리 지음/최명관 옮김, 『앙띠 오디푸스』, 민음사, 1997, pp.83-90

30) 이진경, 『노마디즘』, 휴머니스트, 2000, pp.67-100

31) 메두사는 상징계로 진입하는 남자들을 뱀처럼 생긴 머리로 두렵게 하는 신화적 존재로 알려져 있다. 프로이드가 메두사 신화에 대하여 쓴 글은 남성적 글쓰기에 영감을 주었다고 한다. 그러나 식수는 거세의 의미가 메두사의 웃음을 통하여 오히려 파괴되는 것으로 보았다. 남성들이 여성을 효과적으로 지배하기 위하여 여성을 공포감을 주는 존재로 만들었지만 오히려 그녀는 웃음을 통하여 의미의 법을 해체하고 아름다움과 광채 속에서 자신을 드러내려 하였다. 식수는 웃음을 통한 의미의 해체가 여성 주체의 해방을 향한 첫걸음으로 보았고 『메두사의 웃음』을 이러한 여성 웃음의 기본 텍스트로 삼았다.

웃음을 금할 수 없다는 자세였다.

　그 돌연한 인물에 나는 놀랐다. 한편 엉겼던 마음이 풀리기도 하였다. 옥분이었다. 빨래를 하고 나자 그 광경임에 마음속 은밀히 흠뻑 그것을 즐기고 난 뒤인 모양이었다. 그러나 나의 놀람보다도 옥분이가 문득 나를 보았을 때의 놀람-그것은 몇 곱절 더 큰 것이었다. 별안간 웃음을 뚝 그치고 주춤 서는 서슬에 머리에 이었던 함지가 왈칵 떨어질 판이었다. 얼굴의 표정이 삽시간에 검붉게 질려 굳어졌다. 눈알이 땅을 향하고 한편 손이 어쩔 줄 몰라 행주치마를 의미 없이 꼬깃거렸다.

　별안간 깊은 구렁이에 빠진 것과도 같은 그의 궁착한 처지와 덴 마음을 건져주기 위하여 나는 마음에도 없는 목소리를 일부러 자아내어 관대한 웃음을 한바탕 웃으면서 그의 곁으로 내려갔다. [32]

성적 욕망의 흘러넘침을 통하여 근대적 주체의 이항 대립성을 해체하는 것이 이효석 소설에서 욕망하는 생산으로서의 성욕이다. 남성적 권력을 해체하는 것은 「들」에서 옥분의 성적 욕망의 흘러넘침, 허여성(gift)이다. 여성의 몸은 자연과 소통한다. 자연의 봄을 맞아 만물이 생명에너지를 발하는 들의 공간에서 나와 문수의 화해는 옥분의 몸을 통해 이루어진다. 옥분의 욕망은 차별 없이 나와 문수에 공평하게 분배된다. 남성적 리비도의 소유성(property)을 해체하는 것은 여성적 성욕의 흘러넘침으로써 허여성(gift)이다. 「들」에서 만물에게 생명 에너지를 평등하게 허여(gift)하는 자연의 여성성은 남성적 리비도의 소유성과 대비적으로 배치되고 있다. 그래서 "봄은 옷 입고 치장한 여인이다."라고 작가는 말한다.

　그러나 공포는 왔다.

---

32) 이효석, 「들」, 『이효석 전집2』, p.13

그것은 들에서 온 것도 아니요 마을에서........사람에게서 왔다.

공포를 만드는 것은 자연이 아니요 사람의 사회인 듯싶다.

문수가 돌연히 끌려간 것이다.

학교사건의 뒤맺이인 듯하다.

이어 나도 들어가게 되었다.

..........(중략)..........

들에는 도라지꽃이 피고 개나리꽃이 장하다.

진펄의 새발고사리도 어느덧 활짝 피었다.

해오라기가 가끔 조촐한 자태로 물가에 내린다.

시절이 무르녹았다.33)

이 상황의 시전반부는 '공포'를 몰고 오는 문명사회의 야만성에
대한 화자의 비판이다. 이와 대조적으로 상황의 시 후반부는 '도라
지꽃과 개나리가 장하게 피고 해오라기가 물가에 내려 시절이 무르
녹는'등 동ㆍ식물의 생태계 전체가 여전히 봄의 생명력으로 충만한
형상으로 나타나고 있다. 작가는 일제의 폭정이 자행되었던 당대
현실의 살벌함에 맞서 봄을 맞아 변함없이 생명을 창조하는 자연의
막강한 존재를 반어적으로 제시하고 있다.

작가의 시적 상상력은 자연 속에서 다른 동, 식물들이 누리고 있
는 봄들의 풍만한 생명력과 대조적으로 인간만이 생존권을 위협당
하는 모순적인 상황(문수의 검거사건과 나의 도피 생활)을 투시한
다. 이효석 소설에서 리좀적 구조는 인간 중심적인 서사를 해체하
면서 이 해체를 통하여 다시 인간중심적인 수목적 체계를 완성한
다. 작가는 식물-동물-인간들의 생존 조건을 등가의 원리를 배치하
여 식물, 동물과 같은 생태계 차원에서 인간의 생존 조건을 관찰한

---

33) 이효석, 「들」, 『이효석 전집2』, pp.24-25

다. 작가는 봄을 맞아 들의 생명체가 생명 에너지로 충만하지만 인간만이 문명의 압제(제국주의의 폭력)에 의해 생존권을 박탈당하는 모순의 현실, 문명의 야만성을 반어적으로 제시하고 있다. 이효석은 당대의 제국주의 폭력을 생태적 차원에서 인간이 누려야 할 자연적 권리의 억압으로 제시하고 있다고 볼 수 있다.

5. 서정적 주인공과 생태적 상상력

서정 소설에는 행동적 주인공과는 달리 세계를 느끼고 감상하는 지각자로서의 서정적 주인공이 등장한다. 서사적 주인공이 행동으로 세계와 대결해가는 능동적, 적극적 인물임에 비하여 서정적 주인공은 서정적 순간을 인식 행위로 보여 주기 때문에 수동적이며 내성화된 인물이다.[34] 서정적 인물의 행동은 시적 화자의 인식이 변형된 것으로서 세계를 지각하기 위한 탐색 행위로 볼 수 있다. 서정적 주인공은 화자의 지각을 확장하기 위해서 서정적 관점으로 행동한다. 작품「들」의 주인공인 나는 자아와 대상을 융합하는 서정적 화자이며 주인공이다. 나는 자연 속에 자아를 투사하고 자아를 자연 속에 용해하는 생태적 상상력을 통해 대상을 포착한다.

눈을 돌리면 눈물이 푹 쏟아진다. 벌판이 새파랗게 물들어 눈앞에 아물아물한다. 벌판이 새파랗게 물들어 눈앞에 아물아물한다. 이런 때에는 웬일인지 구름 한 점도 없다. 곁에는 한 묶음의 꽃이 있다. 오랑캐 꽃, 고들빼기, 노고초, 새고사리, 까치 무릇, 대계, 마타리, 차치광이, 나는 그것들을 섞어 틀어 꽃다발을 걸기 시작한다. 각색 꽃판과 꽃술이 무릎 위에 지천으로 떨어진다. 그것은 헤어지는 석류알보다도 많다. [35]

---

34) Ralph Freedman, "The Lyrical Novel"

「들」의 주인공은 자연 속에서 완전히 용해되어 자연의 일부로 융합되고 있다. 나는 대상과 용해되어 서사적 거리가 소멸되기 때문에 들의 벌판은 "대상의 전체성"으로 형상화되는 것이 아니라 "새파랗게"라는 이미지의 감각으로 체험된다. 이효석의 자연 묘사는 인식 주체가 대상에 완전히 투사되어 대상과 용해되므로 시적 언어로 표현된다. 김상태는 "효석은 언제나 대상과 일정한 거리를 유지하지 못한다. 특히 그 대상이 자연일 때는 별안간 근접하여 가서 그 자신을 자연 속에 용해하거나 자연을 그 자신 속에 용해하여 버린다."[36]며 서술상의 문제점을 지적한 바 있다. 이것은 시적 상상력이 주체와 대상을 상호 융합하여 그 경계를 해체하기 때문이다. 그러므로 서정 소설의 주인공은 주체와 대상, 인간과 자연을 상호 융합하는 간 주체적 인격체(inter character)이다.

서정적 주인공은 바로 세계사적 개인이나 긍정적 주인공, 적극적 주인공이 아닌 주변적 인물이다. 그의 작품 속에 등장하는 인물은 「산」의 중실과 같은 머슴, 「메밀 꽃 필 무렵」의 허생원이나 조선달, 동이와 같은 장돌뱅이, 「들」의 학생 운동으로 퇴학당한 좌절당한 지식인들은 권력의 중심으로부터 밀려난 주변적인 인물이다. 역사의 중심이 아닌 주변적 인물에 대한 생존권의 인식을 생태적으로 조명한 것도 서정적 주인공의 특징으로 볼 수 있다. 변두리적 인물(marginal man)[37]들은 서사 공간에서 환경과 대결하는 능동적 인물이 아니라 정한, 애수, 설움과 같은 정서적, 감정적으로 대응하는 수동적 인물이다. 특히 서정적 인물들은 식민지 근대화로 인해 민

---

35) 이효석,<들>, 『이효석 전집2』, 앞의 책, p.9
36) 김상태, 『문체의 이론과 해석』, 새문사, 1982, p.219
37) 김윤식, 『한국근대 문학 사상 비판』, 일지사, 1978, pp.179-191

족 공동체가 와해되는 현실에서 몰락해가는 계층들로서 김유정, 이태준의 서정 소설을 통해서도 등장하고 있다.[38]

6. 산문 언어의 해체와 미메시스의 언어

1) 산문언어의 해체

> 꽃다지. 질경이, 나생이, 딸장이, 민들레, 솔구장이, 쇠민장이,
> 길오장이, 달래, 무릇, 시금치, 돌나물, 비름, 능쟁이,
> 들은 온통 초록 전에 덮여 벌써 한 조각의 흙빛도 찾아볼 수
> 없다. 초록의 바다.
> 초록은 흙빛보다 찬란하고 눈빛보다 복잡하다. 눈이 보얗게 깔
> 렸을 때에는 흰빛과 능금나무의 자주빛과 그림자의 옥색빛밖에는
> 없어 단순하기 옷 벗은 여인의 나체와 같은 것이- 봄은 옷 입고
> 치장한 여인이다.[39]

'꽃다지. 질경이, 나생이, 딸장이, 민들레, 솔구장이, 쇠민장이, 길오장이, 달래, 무릇, 시금치, 돌나물, 비름, 능쟁이'처럼 「들」에서 단어들은 문장으로부터 독립된다. 각각의 어휘들은 주어와 술어의 문법적 통제로부터 해방된다. 시적이다. '초록의 바다'는 하나의 구로서 문장으로부터 자유롭다. 이처럼 플롯뿐만 아니라 각각의 문장은 부분으로 해체되어 독립성을 구현한다.

서사 언어가 해체되는 현상은 산문 문장의 연속성이 파기되는 시적 언어의 특징으로 나타나고 있다. 독립된 단어군의 병치, 이미지의 언어, 반복적인 단어나 어구의 사용등은 대상과의 서사적 거

---

38) 김해옥, 『한국 현대 서정 소설론』, 앞의 책, p.195
39) 이효석, 「들」, 앞의 책, p.7

리를 소멸하는 시적 문체의 특징으로 나타난다. 특히 산문 언어의 선조성이 파괴되면서 개별적인 어휘들은 전체의 문장으로부터 해방된다. 카프 문학의 이데올로기에 의해 억압된 언어의 감성이 회복되고 제국의 언어(한자어, 일본어)로부터 민족 언어, 지방 언어가 해방된다. 그러므로 이효석의 서정 소설은 당대에 가장 민족적인 한국어로 쓰인 작품으로 보인다.

2) 미메시스의 언어

위에 인용된 들의 배경 묘사에서 '초록빛, '흙빛, '눈빛, '보얗게, '자줏빛'등의 감각적인 어휘들이 많이 사용되고 있다. 서정성안에서 인식 주체는 대상에 자신의 감정을 투사하는 세계의 자아화가 이루어지기 때문에 대상과의 서사적 거리가 소멸되어 시각, 촉각, 후각, 미각, 청각등 감각으로 대상을 지각하게 된다.[40] 서정 소설에는 시적 언어로서 형용사나 부사어와 같은 감각언어가 많이 등장한다.

이러한 감각언어는 주체와 대상이 상호 의사소통하도록 하는 미메시스의 주술적 언어이다. 미메시스의 언어는 인간, 동물, 식물의 대상들이 자연과 동화하도록 기능하게 된다. 주체와 객체가 서로 동화되는 서정성안에서 인간의 입장에서 자연대상을 객체로서 동일화시키는 개념어나 접속사와 같은 논리적인 산문언어들이 배제된다. 「메밀 꽃 필 무렵」에서도 달빛과 하얀 메밀꽃의 이미지의 언어는 서정적인 정조를 통일하면서 자아와 세계의 완벽한 동화, 미메시스를 이루어내고 있다. 미메시스의 언어는 주어 없는 문장이나 인물 주어를 회피하는 문체적 특성을 통해서도 구현되고 있다. 주

---

40) 에밀 슈타이거 저/ 이유영, 오현일 공역, 『시학의 근본 개념』, 삼중당, 1978, p.71

어 없는 문장이나 인물 주어가 아닌 문장들은 인물이 중심이 아닌 자연 생태 전체의 상황을 중심으로 전개되는 생태 소설의 언어관을 형성하고 있다.41)

이효석의 생태적 문학관은 그가 활발하게 문학 작품을 창작하던 식민지 시대에는 시대의 어두움을 도피한 자연문학과 성 문학으로 비판받기도 하였다. 그러나 이효석의 작품 세계는 인간이 중심이 되는 이야기, 인간 중심적인 서사가 아니라 생태계 전체 속에서 인간의 생존권이 위협당하는 당대 현실을 배경으로 창작하였다. 이것은 그의 작품 형상화 방식이 소설과 시가 혼성된 "서정 소설"의 독특한 장르 실험으로 나타나기도 하였다.42)

이효석은 우주의 생체 시스템을 조망해낸 생태작가로서 생태 인문학이 세계적으로 주목을 받고 있는 현재의 시점에서 문학사적으로 새롭게 평가되어야 한다. 이효석의 시적 상상력 안에서 인간의 삶은 자연의 식물- 동물- 해와 달의 우주의 생태계 전체와 은유적 관점으로 병치된다. 「산」, 「들」, 「메밀 꽃 필 무렵」은 사실 인간이 중심이 되는 이야기가 아니라 작품의 제목대로 '산', '들', '메밀 꽃 필 무렵'의 자연 그 자체의 생태에 관한 이야기이다. 작가는 「산」, 「들」, 「메밀 꽃 무렵」의 자연 속에 배치된 동물, 식물, 별, 달과 똑같은 자연물로 인간을 다루고 있다. 많은 비평가들은 이효석의 작품에서 인물 형상화가 잘되지 않는다거나 사회, 역사적인 상황이 배려된 인간 삶의 냄새가 묻어나지 않는다고 비판한다. 역설적으로

---

41) 정한모는 통계자료를 통하여 이효석이 김동인 보다 주어 없는 문장을 6배나 많이 쓰고 있음을 보여주었다.
　　정한모, 『현대작가 연구』, 범조사, 1959, p.158
42) 김해옥, 『이효석 소설 연구-서정 소설의 특성을 중심으로』, (연세대학원, 1993), 『한국 현대 서정 소설론』, (새미출판사, 1999)

이효석은 인간이 세계의 중심으로 권력화되지 않은 이야기, 인간이 중심이 아닌 서사를 썼다고 볼 수 있다.

작가는 왜 파시즘이 극렬화되던 시기에 이러한 생태적인 조화를 인간과 세계사이의 대립을 해결할 수 있는 전망으로 제시하고 있을까? 생태적 상상력 속에서의 자연은 은유적으로 제 1세계에 의해 억압당하고 있는 이항대립적인 타자 전체(자연, 감성, 여성, 육체, 달, 제 3세계)를 포함하고 있다. 작가는 제 1세계와 제 3 세계사이의 극단적인 대결을 해결할 수 있는 대안으로서 자연 속의 조화로운 생존이라는 생태원리를 제시하고 있다. 특히 이효석은 자연 생태계의 생명 에너지의 흐름을 조망하면서 인간 이성에 의해 억압된 성욕의 정체를 본다. 제국주의 폭력! 그것은 인간의 자연적인 성욕의 흐름이 막혀 썩고 고인 것이다. 이효석의 성문학이 보여주는 극단적인 쾌락주의는 이성의 아래 억압된 성욕을 해방시키고 리비도의 '욕망하는 생산'을 소생시켜서 인간의 자연적인 생명 에너지를 회복하고자 하였던 것으로 볼 수 있다.

1930년대 후반에 쓰인 심미적인 특성을 보여주고 있는 이효석의 작품들은 제국에 대한 작가의 현실 대응방식의 표현으로 제 3세계 문학의 한 흐름을 보여주고 있다. 전체성의 이념에 의해 극도로 억압되었던 미의식이 한 순간에 폭발한 형상! 제국주의와 민족주의, 카프와 공산주의, 혁명등…….당대에 풍미했던 광기 어린 전체주의의 중심을 폭파하는 개별성의 미학적 반란은 세계 대전을 앞두고 일제 파시즘이 가열된 시기에 역설적으로 반도의 작은 식민지에서 심미적인 서정 소설로 발현되었다고 볼 수 있다.

이효석 소설에서 서사적 플롯의 리좀적 구조는 인간 중심적인 서사를 해체하지만 이 해체를 통하여 다시 인간중심의 수목적 체계를 완성한다. 작가는 시의 은유적 관점을 투사하여 식물- 동물- 인간들의 생존 조건을 등가의 원리를 배치하여 인간만이 생존권을 박탈당한 모순의 현실, 문명의 야만성을 반어적으로 제시하고 있다.

「들」은 자연 생태계의 상호 공존과는 대조적으로 인간만이 생존을 위협받는 당대의 상황을 자연 대상물과의 은유적 관계(병치)를 통해 조망하였다는 점에서 제 3세계 생태 문학의 가능성을 보여주고 있다. 여기서 작가 이효석이 보여준 시정신(생태적 상상력)은 도구적 이성에 의해 억압된 인간의 감성, 자연성으로서의 성적 욕망을 회복시키려는 작가 의식의 소산으로 볼 수 있다.

Ⅲ. 이효석의 서정 소설과 시적 상상력

1. 주인공과 원초적 세계의 화합

「메밀꽃 필 무렵」에서도 '문명의 공간'과 '자연의 공간'이 이원화되고 있으며 자아와 세계의 대립을 문명의 공간으로, 자아와 세계의 화해를 자연의 공간으로 설정하고 있다. 화자가 병치에 의한 은유, 인간과 대상이 시적으로 결합되는 상징[43]을 통해 세계 인식을 표현하기 때문에 낮/밤, 해/달, 뜨다/지다 등의 자연 대상물이나 역동성이 화자의 인식이 투사되는 이미지로 기능하게 된다.

작품 전체를 포괄하고 있는 시적 이미저리는 해와 달의 원형 심상[44]이다. 그러므로 작품의 도입 부분은 "해가 중천에 있다 - 해가

---

43) Philip Ellis Wheelwright는 <Metaphor and Reality>에서 은유를 통해 실재를 의식하는 사고의 유형이 반복성과 지속성을 가질 때 상징의 형태로 정착되는 것으로 설명하고 있다. 그는 인간이 하나의 대상에 대해 동일하거나 유사한 실재 의식을 갖게 되는 상징을 원형 상징이라고 분류하고 있는데, 이러한 원형 상징이 영향 관계가 없는 이질 문화 사이에서도 동일하게 나타나는 것은 인간의 육체적·심리적 구성이 유사하기 때문이며, 따라서 대상에 대한 실재 의식도 유사성을 갖게 된다고 한다. 이와 같이 대상에 대한 원초적인 감정으로서의 원형 상징은 인간에게 세계에 대한 보편적인 실재 의식을 환기시킨다는 점에서 의식의 객관성을 투시해 낼 수 있는 기능적 언어로 중요하다. 『은유와 실재』, 김태옥 역, (문학과 지성사, 1991), pp.94-129
44) 윤홍로, 『한국문학의 해석학적 연구』, (일지사, 1980년), pp.178-180
    김상태, 『문체의 이론과 해석』, p.232

기울다”로 시작하여 “달이 뜨렸다―달이 부드러운 빛을 흐뭇이 흘리고 있다”로 발전되고 “달이 어느 정도 기울어졌다”로 끝나는 극적인 우주의 드라마이다. 말하자면 해와 달의 거대한 우주의 자연 현상에 조응하는 인간·동물·식물의 유기체적 생명 원리를 서사화하고 있는 그야말로 ‘메밀 꽃 필 무렵’의 자연 그 자체에 대한 이야기이다.

해는 문명의 공간으로 분열된 세계상을 상징하며 달은 자연의 공간으로 원초적 세계를 상징하고 있다. 한낮의 문명 공간에서는 허생원이 세계와 갈등을 겪는 사건이 형상화되고 있다. 충주집을 시샘하여 동이와 싸움을 벌이게 되는 사건, 나귀가 밧줄을 끊고 아이들에게 놀림을 당하게 되는 사건 등은 주인공과 세계와의 대립을 나타낸다.

주인공이 세계와의 갈등을 내면화하는 과정은 화자의 관점으로부터 점차 인물의 시점으로 이동하면서 화자의 발화와 인물의 발화가 혼합되어 나타나고 있다.

A:그다지 마음이 당기지 않는 것은 쫓아 갔다. B:허생원은 계집과 연분이 멀었다. 얼금뱅이 상판을 처들고 대어설 숙기로 없었으나 계집편에서 정을 보낸 적도 없었고, 쓸쓸하고 뒤틀린 반생이 이었다. C:충주집을 생각만 하여도 철없이 얼굴이 붉어지고 발밑이 떨리고 그자리에 소스라쳐 버린다.45)

허생원은 얼금뱅이이며 왼손잡이라는 신체적 결함과 장돌뱅이라는 사회적 신분 때문에 평생 동안 정착된 생활을 해보지 못한 불행

---

45) 이효석, 『메밀꽃 필 무렵』, p.88 인용

한 인물이다. 그는 자신의 삶을 '쓸쓸하고 뒤틀린 반생'으로 회감할
만큼 '회한(悔恨)'이라는 정서로 세계와의 갈등을 내면화하고 있다.
A는 인물의 의식이 인물의 언어로 재현되는 인물 시각적 시점에서
서술되지만, B에서는 인물을 '허생원'으로 지칭하는 화자의 개입이
나타나고 있다. 화자는 허생원의 반평생을 자신의 언어로 요약 서
술하고 있다. C에서는 서사적 거리를 전제하는 화자의 관점이 사라
지고 인물의 의식 체험이 현재 시제로 서술된다. 이와 같이 화자의
발화와 인물의 발화가 혼합되면서 과거와 현재 시제가 병치되고 있
다.

해와 문명의 공간에서는 주인공과 세계와의 갈등이 제시된 반면,
달과 자연의 공간에서는 주인공과 세계가 화합하는 과정이 제시되
고 있다.

『달밤에는 그런 이야기가 제격이거든』
조선달 편을 바라는 보았으나 물론 미안해서가 아니라 달빛에
감동하여서였다. 이지러는 졌으나 보름을 가제 지난 달은 부드러
운 빛을 흐뭇이 흘리고 있다. 대화까지는 칠십리의 밤길, 고개를
둘이나 넘고 개울을 하나 건너고 벌판과 산길을 걸어야 된다. 길
은 지금 산 허리에 걸려 있다. 밤중을 지난 무렵인지 죽은 듯이
고요한 속에서 짐승같은 달의 숨소리가 손에 잡힐 듯이 들리며,
콩포기와 옥수수 잎새가 한층 달에 푸르게 젖었다. 산허리는 온
통 메밀 밭이어서 피기 시작한 꽃이 소금을 뿌린 듯이 흐뭇한 달
빛에 숨이 막힐 지경이다. 붉은 대궁이 향기 같이 애잔하고 나귀
들의 걸음도 시원하다. 길이 좁은 까닭에 세 사람은 나귀를 타고
외줄로 늘어섰다. 방울소리가 시원스럽게 딸랑딸랑 메밀밭께로
흘러간다. 앞장선 허생원의 이야기소리는 꽁무니에 선 동이에게
는 확적히는 안 들렸으나, 그는 그대로 개운한 제멋에 적적하지

는 않았다46).

　인간·동물·식물·산과 같은 자연의 존재들이 달빛에 젖어 용해됨으로써 동등한 자연의 공동체를 이루고 있다. '짐승 같은 달의 숨소리' 같은 직유와 의인법이 혼합된 표현에서 화자가 동물(짐승)—우주의 현상(달)- 인간(숨소리)을 병치하고 있다. 이 장면에서 인간은 완전히 중심이 해체되고 객체에 동화된다. 중심이 해체된 인간이란 주체의 입장에서 객체를 동일화하는 인간이 아니라 타자와 동화된 인간을 말한다.

　객체와 상호 융합하고 침투할 때 인간은 세계와 의사소통할 수 있게 되어 달의 짐승 같은 숨소리도 들을 수 있다. '산허리' '달의 숨소리' '향기같이 애잔한 붉은 대궁이' '걸음도 시원한 나귀'와 같은 자연물들은 하나 같이 인간만큼이나 소중하게 인격화되어 있다. 산, 달, 개울, 길, 메밀꽃, 옥수수, 콩포기, 나귀, 세 장돌뱅이가 한 공간에 병치된 회화적 구도는 인간—동물—식물—우주 현상을 병합하여 物我一體, 인간과 자연의 조화를 표상하는 동양의 산수화를 연상케 한다. 이 회화적인 장면에서 외줄로 늘어선 인간은 세계의 중심이 아니라 거대한 자연의 일부일 뿐이며 나귀, 메밀꽃, 콩 포기와 동일한 자연의 생명체일 따름이다. 「메밀꽃 필 무렵」에서 서사의 이야기체를 회화적 구도로 감각화한 표현법은 모더니즘의 새로운 표현 기법으로 주목받고 있다.47)

　이 부분에서 시·청각적 이미지의 언어들은 자아와 세계를 상호 침투하도록 미메시스하는 주술적 언어이다. 미메시스의 언어는 인

---

46) 이효석, 「메밀꽃 필 무렵」, 『전집 2』, pp.92-93 인용
47) 서준섭, 『한국 모더니즘 문학 연구』, p.32

간, 동물, 식물의 대상들이 '메밀꽃 필 무렵'의 자연 속에서 닮아
동화되도록 기능하게 된다. 주체와 객체가 서로 동화되는 서정성
안에서 인간의 입장에서 자연 대상을 객체로서 동일화시키는 개념
어나 논리적인 산문언어들은 배제된다. 이 부분이 시청각적 이미지
의 심상으로 심미적으로 그려지는 것은 서정적 주체인 허생원이 세
계와 화합했던 서정적인 경험을 자신의 내면 의식 속에서 회상하고
있기 때문이다. 말하자면 이 부분은 현실의 경험이 아니라 신화적
경험으로 존재하는 서정적 순간이다. 달빛과 하얀 메밀꽃의 시각적
심상은 서정적인 정조를 통일하면서 자아와 세계의 완벽한 동화를
이루어내고 있다.

허생원은 '쓸쓸하고 뒤틀린 반생'을 살아온 소외된 인간형이지만
자연의 생명체가 차별 없이 동등하게 존재화되는 달밤의 자연 공간
에서 세계와 즉자적으로 화합할 수 있었다. 성처녀와 허생원의 만
남은 인간의 의지가 아니라 거대한 자연의 섭리로 설정되어 있다.
성처녀와 허생원의 결합은 생명이 성장하는 여름의 계절—메밀꽃이
만발한 식물의 생명 원리—보름달의 우주 현상과 동시적으로 병치
되고 있다. 허생원이 성처녀를 만난 것은 '달이 너무도 밝은 까닭에
옷을 벗으러 물방앗간으로' 들어갔기 때문인데 이것은 서사의 인과
성의 원리로 볼 때는 우연한 사건이지만 인간과 보름달의 풍만한
생명력을 병치하고 있는 작가의 은유적 관점에서는 자연의 필연적
인 의지가 내포된 사건 설정이다.

허생원이 세계와 화해하게 되는 서정적 순간은 동이의 등에 업힌
허생원이 발을 헛디뎌 물에 빠지는 순간의 행위로 표현된다. '물'은
원형적 상징의 의미로서 '정화나 생명의 지속성'48)을 나타낸다. 이

---

48) Wheelwright, 앞의 책, p.126 참조.

장면에서 자아와 세계가 화해를 이루는 순간에 허생원이 물에 빠지는 행동은 주인공의 정신의 정화, 존재의 거듭남을 암시하고 있다. 자연 공간에서 주인공과 세계가 화해하는 순간은 "걸음도 해깝고 방울 소리가 밤 벌판에 한층 청청하게 울렸다"는 화자의 시적 표현 속에 함축적으로 암시되고 있다.

이 작품도 상호 독립적인 사건들이 공간을 중심으로 병치되는 비유기적인 구성을 보여 주고 있다. 공간의 동시성에 의한 병렬적 구성에 의해 인간과 동물이 병치되고 있다. 인간과 동물의 동일화에 의해 허생원과 늙은 나귀는 작품 전체를 통해 비유적 관계로 설정되어 있다.[49]

계기적 구성: 장터-------- 메밀꽃 핀 달밤----------- 개울
(허생원과 동이의 싸움)-(허생원과 동이의 동행)-(허생원과 동이의 화해)

병렬적 구성:(나귀가 바를 끊는 사건)   (나귀가 새끼를 게 됨)

인물 형상화 방식에서도 허생원과 퇴화된 늙은 나귀의 이미지는 동화되고 있다. 또한 주인공인 허생원의 운명은 늙은 나귀의 운명에 비유되어 병치되고 있다. 시장터에서 충주집 때문에 동이와 싸움을 벌이는 사건은 늙은 나귀가 암샘을 내다가 아이들에게 놀림을 당하는 사건과 병치되고, 늙은 나귀가 강릉집 피마로부터 새끼를 얻게 된 것과 허생원이 동이를 혈육으로 찾게 된 과정도 병치된다. 병치의 플롯은 인간과 동물을 동화시키게 되며 이것은 모든 생명체를 자연의 동등한 인격체로 투시하고 있는 작가의 서정적 전망에

---

49) 이 작품의 플롯을 복합적 서술 기법에 의한 이중적 플롯으로 논의한 평자도 있다. 김우종, 「화려한 순수에의 미몽」, 『문학사상』, 1974.2, pp.309-310

의해 구축된다.

장돌뱅이인 허생원의 운명에 역사·사회적인 문맥이 제시되어 있지 않고 성처녀와의 사랑과 같은 에피소드로 허생원의 인생이 낭만적으로 미화된다. 서정 소설의 주인공은 화자의 지각이 투사되는 시적 이미지로 기능하기 때문에 일반적인 서사의 행동적 주인공과는 달리 심미적인 형상으로 나타난다. 서정 소설의 주인공에 나타난 심미적 특성 때문에 이효석은 주인공의 비극이나 고통까지도 서정적으로 미화하고 있는 작가로 평가받기도 하였다.[50]

서정적 순간의 자아와 세계의 화합은 달밤의 자연을 배경으로 하는 신화적 공간에서만 이루어진다. 신화적 공간은 현실의 공간이 아닌 근대적 인간이 상실한 삶의 원형을 상징한다. 대낮의 시장터는 근대 문명사회로 자아와 대립을 겪는 현실의 삶을 표상한다면, 신화 속에 존재하는 주·객 합일의 서정적 순간은 근대인이 이미 잃어버린 이상향이다. 허생원과 성처녀와의 만남이 신화적 공간에서 이루어졌듯이 허생원과 동이의 화해도 현실의 공간이 아닌 달밤의 자연을 배경으로 한 삶 속에서만 가능하다. 허생원과 세계가 화합하는 서정적 순간은 원형의 삶인 신화 속에서만 가능한 것으로서 근대의 삶은 이미 그러한 유토피아를 상실했다는 점에서 서정적 주인공은 현실과 내면의 갈등을 겪게 된다.

작가의 서정적 전망 속에서 인간과 자연은 동화된다. 이때 동·식물의 다른 자연물들과 인간을 병치함으로서 자연성으로서의 성적 욕망의 억압을 투시 할 수 있게 된다. 인간의 원초적 삶과 근대의 삶을 대비할 때 근대인의 소외와 결핍은 '성적 욕망의 억압'이라는 미시적 구조로 투시할 수 있다. 「돈」의 식이와 「메밀꽃 필 무렵」의

---

50) 조연현, 『한국현대작가론』, (청운출판사, 1965), p.218

허생원의 결핍감은 근대 소설의 인물들처럼 경제적 분배의 불평등에 의한 소외가 아니다. 허생원은 한평생 계집과 인연이 없었던 자신의 인생을 '쓸쓸하고 뒤틀린 반생'으로 휘감할 만큼 성적 욕망의 결핍자로 드러난다. 충주집을 사이에 두고 시장터에서 벌어진 허생원과 동이의 싸움은 '암샘을 내는 나귀'와 똑같은 수컷들의 암투일 뿐이다. 허생원이 현실과의 갈등이 아무리 격렬해도 '옛처녀나 만나면 모를까 난 거꾸러질 때까지 이 길 걷고 저 달 볼테야'라고 장돌뱅이로서 강인한 생명력을 보여준 것은 단 한 번의 욕망 충족의 경험이 그의 반생을 버텨줄 만한 긍정적인 힘으로 작용했기 때문이다. 허생원에게 문명사회는 욕망 결핍의 공간이지만 원초적 자연은 심리적 갈등을 해소시켜 삶의 에너지를 충전시켜 주는 활력의 공간이다. 이처럼 서정 소설은 근대의 지배 권력에 의해 인간의 기본적인 욕망이 억압되고 있음을 투시한다. 이것은 인간의 자연성이 근대 문명에 의해 억압당하고 있음을 드러내는 것이다.

「산」, 「들」, 「메밀꽃 필 무렵」의 작품은 화자의 인식이 시적 이미지로 나타나면서 서정성과 서사성이 결합되는 장르의 접점을 보여주고 있다. 이 작품들에는 인간의 내면성이 잘 투사되는 자연 대상물이 많이 등장하고 있다. 화자의 인식이 자연의 제재물을 통해 시적 이미지로 표현되는 이 시기의 작품들은 자연에의 은둔이나 현실 도피적인 경향으로 평가받는 경우가 많았다. 즉 이효석의 성과 자연의 세계는 식민지라는 시대 상황으로 도피하여 역사적 현실을 외면하기 위한 순응적 태도의 한 방편[51]으로, 또는 이효석의 자연주의는 저항 의식과 비판 의식이 결여된 현실 도피의 수단으로 해석되었다.[52]

---

51) 정명환, 「위장된 순응주의」, 앞의 논문, pp.141-153

이 시기의 작품에 등장하는 자연 제재물은 화자의 인식이 시적 이미지로 나타나는 서정 소설의 특징이다. 화자는 자아와 세계를 상호 융합하는 서정적 관점으로 대상을 인식하기 때문에 자연 대상은 화자의 내면 의식이 잘 투사되는 제재로서 등장한 것이다. 인간은 자연과 동화되었던 원초적 경험을 가지고 있기 때문에 원초적 행복이 깨어진 현실 속에서 내면의 동경으로서 잃어버린 유토피아를 자연의 기호로 환기하게 된다. 이것은 서정시에서 서정적 주체의 내면 의식이 자연 제재물에 투사되어 표현되는 것과 유사하다.

2. 반문명과 에너지로서의 성(性)

이효석의 작품 세계에서 이 시기에 반복되는 제재로 나타나는 성은 도시와 자연의 공간을 이원화하여 보여 주는 기능을 한다. 이효석은 성의 제재가 당대의 비평가들에 의해 단순한 에로티시즘으로 평가되는데 대해 다음과 같이 반론을 제시한 바 있다.

> "반드시 애욕을 위한 애욕을 그리려는 것이 아니었다. 인간의 본연적인 것, 건강한 동력과 신비성—— 이라고 할 것을 추구하고저 하는 그 한 표현으로 애욕의 주제가 뚜렷이 눈 앞에 떠올랐다. 인위적인 것을 떠나 야생의 건강미를 영탄한 것이 「산」, 「들」, 「돈」이었다. 「오리온과 능금」에서는 생명의 원소를, 「고사리」에서는 생명의 성장을, 「메밀꽃 필 무렵」에서는 애욕의 신비성을 각각 그려보려 하였다. 생명의 신비성이 재앙에 한해서 온전히 우대받은 것이 「일기」였다. 「성화(聖畵)」에서는 금제된 애욕의 타부를 그려보았고 「장미 병들다」에서는 반대로 허랑한 애욕면을 그려보았다. 다 같이 생명의 비밀을 구명해보려고 했음에 지나지 않는

---

52) 김영기, 「이효석 연구」, 『현대문학』, 1972.11, p.375

다. 병든 장미를 찬미한 것도 아니요, 매음의 사실에 한눈을 판 것도 아니다. 병든 장미의 타락한 인물이나 성화의 점잖은 인물들이나 작가에게는 우열이 차별이 없는 똑같은 본연의 생명체로 보일 뿐이다. 생명체의 건강을 바라보는 나머지의 한 역유(逆喩)로 불건강한 면을 취해 보았을 뿐이지 「병」의 제목만 대사(大寫)하려고 한 것이 작가의 본의는 아니었다.”53)

작가는 문명·인위적인 것에 대립하는 의미에서 야생·자연성을 주제로 선택하고 있으며 자연인의 유기체적 생명력으로서의 성은 이러한 작가의 의도에 잘 부합하는 제재로 선택하고 있다. 자연 공간에서는 인간과 세계가 화합하는 건강한 생명력으로서 성을 제재화하고 있으며 도시의 공간에서는 분열된 세계상을 암시하기 위해 타락한 성의 부정적 측면을 그리고 있다. 「분녀」와 「고사리」는 자연 공간에서 세계와 화합하는 건강한 생명력으로서의 성을 제재화한 작품이다.

「분녀」는 시간의 선조성으로 특징지어지는 서사적 과정과 공간의 동시성으로 나타나는 서정적 과정이 혼합되어 있다. 이 작품의 구성상의 특징은 인과성이 없는 상호 독립적인 모티브가 반복되고 있다는 것이다. 그리고 주제를 구축하는 모티브는 분녀라는 주인공이 여러 남성들과 맺게 되는 성적 결합으로 설정되어 있다. 모티브란 한 작품 속에 지속적으로 반복되는 요소로서 작품의 주제를 구축하고 형식적 통일감을 주는 중요한 단위이다.54)

1) 첫번째 모티브: 명준과의 만남

---

53) 이효석, 「건강한 생명력의 추구」, 『전집 6』, p.257 인용
54) 이상섭, 『문학비평용어사전』, (민음사, 1980), pp.68-69

2) 두번째 모티브: 만갑과의 만남
3) 세번째 모티브: 천구와의 만남
4) 네번째 모티브: 왕가와의 만남
5) 다섯번째 모티브: 상구와의 만남
6) 여섯번째 모티브: 명준과의 재회

이와 같이 독립적인 모티브의 반복은 불연속적인 단어들의 병치가 그렇듯이 서사 문학에서 시간의 흐름을 해체하는 대표적인 특성이다. 이러한 반복 모티브를 통해 작중 세계 속에는 분녀라는 인물과 매개된 객관적 현실이 포착되고 있다. 분녀와 첫번째 관계를 맺게 된 명준은 가난한 농촌 현실 때문에 금광을 찾아 고향을 떠나 만주로 가게 되고, 다섯번째로 관계를 맺은 상구는 금지된 서적을 읽고 운동을 하다가 수색, 검거 당한다. 이 작품은 상호 독립된 모티브와 연관되어 화자의 단편적 인식이 서술되고 있기 때문에 시간의 연속성을 따라 당대 현실의 전체성이 형상화되지는 않는다.

인물에 의해 작중 세계가 중개되는 인물 시각적 관점이 우세하기 때문에 문명 세계의 갈등을 알 수 없는 원초적인 분녀의 의식 내부로 세계에 대한 관점이 제한되는 경향이 있다. 이와 같이 화자의 개입이 사라지고 인물 매체에 의해 서술되는 경우 그 인물의 정신적·지적 특성은 작중 세계에 외적 현실을 포착하는 기능을 하게 된다.55)

　　A : 분녀는 그렇게 눈떴다.
　　B : 인생의 고패를 겪은 지 이태에 몸은 활짝 피어 지난 비밀의 자취도 어스레하다. 껍질에 새긴 글자가 나무가 자람을 따라

---

55) Stanzel, 앞의 책, pp.96~97

어느결엔지 형적이 사라진 격이다.

이제 아닌 때 별안간 불풍나게 두번째 경험을 당하려고 하는 자리에 문득 옛생각이 떠오르지 않을 수 없었다. 흐르는 향기같이 불시에 전신을 휩싼다. 피가 끓으며 세상이 무섭고 가슴이 두근거리며 손가락이 떨린다. 물동이를 깨뜨린 때와도 같이 겁이 목줄을 죄인다.

대체 어떻게 하여서 또 이 지경에 이르렀나 생각하면 눈앞이 막막하다.

거리에 자주 삐죽거린 것이 잘못일까. 만갑이게는 어찌되어 이렇게 허름하게 보였을까. 돈도 없으면서 가게에 들어가서 이것저것 탐내는 것부터 틀렸다. 집안이 들구 날 판에 든벌의 옷도 과남한데 단오빔은 다 무엇인가. 돈 있는 사람들의 단오놀이지 가난한 멀떠구니의 아랑곳인가. 이곳 질숙 저곳 기웃하며 만져보고 물어보고 눈을 까고 한숨 쉬고 하는 동안에 엉뚱한 딴군에게 온전히 깐보이고 감잡히웠다. 만갑이는 가게에 사람이 비인 때를 가늠보아 미처 겨를 사이도 없게 몸째 덜렁 떠받들어 뒷방에 넣고 안으로 문을 잠근 것이다.56)

인용한 부분에서 화자의 발화와 인물의 발화가 혼합되면서 현재와 과거의 시제가 혼합되고 있다. A는 화자의 요약적 서술이지만, B에서는 현재형 시제로 화자의 인식이 서사적 거리 없이 직접 제시되고 있다. 그러나 화자는 인물의 언어로서 발화하기 때문에 마치 인물 시각적 시점에서의 서술처럼 화자의 서술이 인물의 체험으로 객관화되고 있다.

특히 이 부분의 현재형 서술 시제는 서술 주체와 대상 사이의 거리를 단축시켜 독자가 인물의 내면세계를 직접 대면한 것과 같은 위치에서 분녀의 감정 체험을 공유하게 한다. 이와 같은 초기 작품

---

56) 이효석, 「粉女」, 『전집 1』, pp.356~357 인용

에 나타난 시적, 수필적 화자의 주관적인 서술 시점이 중기의 작품에서는 점차 인물의 시점으로 객관화되어 있다고 볼 수 있다. 인물 시각적 시점은 서술의 주체를 화자로부터 인물로 대치하여 화자의 개입을 사라지게 함으로써 드라마적 상황에 근접한 서술 상황을 보여 준다57). 독자는 극화된 서술에 의해 작중 세계에 대한 분녀의 정서적 반응이나 의식을 지속적으로 공유하게 된다.

반복되는 모티브는 시적 구도에서 반복되는 언어가 상징적 의미를 띠는 것처럼 화자의 인식이 투사된 내포적 의미를 갖게 된다. 이 작품에서는 문명 세계의 모순을 인식할 수 없는 원초적 인간으로서의 분녀가 거듭되는 성 체험을 통해 점차 인간의 본능적인 생명 의지에 눈뜨게 되는 의식의 변화 과정이 제시되고 있다. 따라서, 분녀는 도시의 문명성에 대립하는 원초적 인간의 건강한 생명력을 표현하기 위해 설정된 인물이다.

작가가 분녀와 같이 문명화된 세계와의 갈등을 인식할 수 없는 원초적인 인간을 등장시켜 인간의 강인한 생명성을 제시하는 것은 당대 현실에 대한 반어적인 대응 방식으로 볼 수 있다. 자연 공간에서 원초적 세계와 화합하는 인간의 강인한 생명성을 제시한 반면 분열된 세계로 표상하는 문명의 공간에서는 타락한 성의 부정적 측면이 그려지고 있다. 말하자면 도시화·근대화된 현실의 부정성을 드러내기 위해 원초적 인간으로서 자연인의 건강한 성(性)을 제재로 설정하고 있다.

이와 같이 문명 공간에서의 분열을 경험하지 못한 원초적 인간들이 자연 공간에서 세계와 화합하는 강인한 생명성을 표현한 작품으로 「개살구」가 있다. 이 작품에서도 화자의 서술이 인물의 관점과

---

57) Stanzel, 앞의 책, p.101

혼합되고 있다. 그러므로 모티브의 반복에 의해 인물이 의식의 성장을 자각 단계로 그려나간 성장 소설58)로 볼 수 있다. 성장 소설에서는 서술적 자아와 체험적 자아 사이의 긴장이 소설의 의미 구조를 형성하게 된다. 이 작품에서도 과거와 현재의 시간이 병치되면서, 인동의 의식의 성장을 가져오게 되는 과정이 현재화되어 서술적 자아와 체험적 자아의 거리가 단축되어 있다고 할 수 있다.

    A:홍수에게서 갑내집 이야기를 들었을 때 인동은 피가 불끈 솟으며 소름이 돋았다. B:춤이 불같이 달다. C:홍수의 한마디 한마디를 놓치지 않으려고 몸이 별안간 그에게로 기울어지며 콧방울이 긴장되었다.

인용된 예문은 주인공이 어른들의 세계를 탐색하는 행동을 하고 난 뒤의 의식의 체험이 서술된 부분이다. A는 화자에 의해 인동의 내면의 풍경이 서술되고 있는데 주인공을 인동으로 지칭하는 화자의 개입이 나타나고 있다. B는 인물의 의식 체험이 인물의 언어로서 직접 인용되고 있으나 화자의 발화처럼 인용 부호가 없이 지문에 혼합되어 있다. 이와 같이 구문과 구문 사이에서는 현재와 과거의 시제가 혼합되고 화자의 발화와 인물의 발화가 혼합된다. 그러면서 주인공의 의식의 변화가 화자와 시간적 거리를 둔 과거의 사건으로 그려지는 것이 아니라 현재의 체험인 것처럼 극화되고 있다.

인동은 어른의 세계를 이해하게 되며 이러한 내면의 자각은 자신의 삶에 대한 적극적인 열정으로 나타나고 있다. 이 작품은 순진한

---

58) 이상옥, 『이효석 —그 문학과 생애』, 앞의 책, p.277

소년 주인공의 의식 내부를 통해서 외적 현실이 포착되기 때문에 당대 현실에 대한 구체적인 조명은 이루어지지 않고 있다. 이 작품에서는 세계와의 분열을 체험하지 못한 원초적인 인간으로서의 소년, 소녀들이 육체적인 성장과 함께 자연스럽게 찾아온 세계에 대한 의문을 해결하고 세계와 화합해가는 생명성을 제시하고 있다.

작가는 인동과 홍수와 같은 자라나는 새 세대의 강인한 생명성을 '고사리(작품의 표제)'와 같은 식물의 생명 원리에 비유하여 표현하고 있다. 말하자면 인간과 식물의 생명 원리를 은유적 관점에서 동일하고 있다고 할 수 있다. 이것은 작가가 인간을 동·식물의 자연의 생명체와 동일시하고 있는 것으로서 작가의 서정적 인식은 바로 인간과 객체의 동화(미메시스)를 시도하고 있음을 알 수 있다.

이와 같이 성의 제재는 자연의 공간에서는 세계와 화합하는 원초적 인간들의 강인한 생명성으로 표현되고 있는 반면, 도시의 공간에서는 자아와 세계가 분열된 타락한 세계상을 상징하고 있다.

3. 주체의 내면의 붕괴와 시적 대상물

도시 공간에서 인간의 생명성이 점차 병들어 가는 상황은 이효석의 작품에서 원초적인 인간들이 자연 공간에서 누리는 건강한 생명성과는 대조적으로 인식되고 있다. 도시 공간에서 삶의 이상을 상실해 가는 서정적 주인공의 내적 좌절을 그린 작품으로 「장미 병들다」와 「막」이 있다.

「장미 병들다」는 도시를 배경으로 인간이 생명성을 상실해 가는 과정을 성(性)을 제재화하여 제시하고 있는 작품이다. 「장미 병들다」의 현보는 대상들의 병치에 의해 내면 의식을 직접 펼쳐내는 화자로 나타나기도 하며, 행동으로 세계와 접촉하고 현실을 자각해가는 내성화된 인물로 등장한다. 서정 소설의 미학적 개념으로 볼 때, 서정적 화자와 서사적 인물의 기능을 결합하고 있는 현보와 같은 인물은 서정적 주인공으로 볼 수 있다.

> 의젓하고 유유하게 대꾸하면서 약질의 피투성이의 얼굴을 넌 짓 쳐들었을 때 현보는 그 끔찍한 꼴에 소름이 쳐서 모르는 결에 남죽의 소매를 끌었다. 남죽도 현장에서 얼굴을 피하며 재촉을 기다릴 겨를 없이 급히 발을 돌렸다. 한참 동안 말이 없었다. 우연히 목도하게 된 그 돌연한 장면에서 받은 감격이 너무도 컸다.
>
> 강하고 약하고 이기고 지고 …… 이 두길 뿐. 지극히 간단하다. 강약이 부동으로 억센 장골 앞에서는 약질은 욕을 보고 그 자리에서 폭삭 쓰러져 버리는 그 일장의 싸움 속에서 우연히 시대를 들여다 본 듯하여서 너무도 짙은 암시에 현보는 마음이 얼떨떨하였다. 흡사 그 약질같이 자기도 호되게 얻어맞고 피를 흘리며 쓰러져 있는 듯도 한 실감이 전신을 저리게 흘렀다.[59]

서정적 화자와 서사적 인물의 기능이 혼합된 이 작품의 주인공은 서정적 순간에 민감하게 반응하는 인물이다. 주인공은 약자와 강자가 싸우는 한 사건을 목격하고 점차 당대의 현실에 대한 인식을 확장하게 된다. 다시 말해, 주인공은 한 장면의 싸움을 목격한 후 연상 작용으로 자신 또한 약자로서 세계의 외압에 의해 이상이 좌절된 현실을 내성적으로 성찰하게 된다.

이 때 서정적 주인공의 의식에서 극화된 싸움의 한 장면은 「목격자」라는 영화의 한 장면과 오버랩 되고 있다. 영화의 한 장면의 이미지로부터 서정적 주인공은 의식의 불연속적인 연상과 회상을 펼

---

59) 이효석, 「장미 병들다」, 『전집 2』, p.177 인용

처 보인다. 불연속적인 의식들은 서정적 주인공의 상호 독립적인 내면의 체험들로 제시되며 의식의 흐름을 따라 과거와 현재의 사건이 병치되고 있다. 이와 같이 화자의 의식 속에서 시간이 병치되면서 서사의 시간적 흐름이 공간으로 짧게 압축되어 제시되고 있다. 극단 문화좌를 설립하여 지방 순회공연을 하게 된 사건, 두 주일 전에 공연이 금지되고 검거되었다가 풀려난 사건, 여주인공인 남죽과 우연하게 만나게 된 사건 등이 현보의 회상을 통해 그려지고 있다.

이 작품도 서정적 주인공의 의식의 흐름을 따라 세계에 대한 인식이 점차 확장되어 대상의 정체를 밝혀가는 탐색의 플롯으로 구성되고 있다. 서정적 주인공이 현실에 대한 인식을 완성하는 심리적 계기를 제공하는 대상은 우연히 칠년만에 만나게 된 남죽이라는 젊은 여인으로 설정되어 있다.

남죽은 어린 나이에 철이 들어서 가게에 벌려 놓은 진보적 서적을 모조리 읽은 나머지 마지막 학년 때에는 오돌지게도 학교에 일어난 사건을 지도하다가 실패한 끝에 쫓겨나고 말았다. 학업을 이루지 못한 채 고향에 내려갈 수도 없어 그 후로는 별 수 없이 가게 일을 도울 뿐 날을 지우는 수밖에는 없었다.

소설을 닥치는 대로 읽어대고 아름다운 목청을 놓아 노래를 불러대곤 하였다. 목소리를 닦아서 나중에 성악가가 되어 볼까도 생각하고, 얼굴의 윤곽이 어글어글한 것을 자랑삼아 영화배우로 나갈까도 꿈꾸었다. 그 시기의 그를 꾸준히 관찰할 수 있는 기회를 가졌던 현보는 그 남다른 환경에서 자라가는 늠출한 처녀의 자태 속에 물론 시대적 열정과 생장도 보았으나 더 많이 아름다운 감상과 애끓는 꿈을 엿보았던 것이다. 단발한 머리를 부수수 헤뜨리고 밋밋하고 건강한 육체로 고운 멜로디를 읊조릴 때에는

그의 몸 그대로가 구석구석에 아름다운 꿈을 함빡 머금은 흐뭇한
꽃이었다. 건강한, 그러나 상하기 쉬운 한송이의 꽃이었다.
　　　……(중략)……
　　칠년후에 우연히 만나고 보니 시대의 파도에 농락되어 꿈은 조
각조각 사라지고 피차에 그 꼴이었다. 하기는 그나마 무대 배우
로 나타난 남죽의 자태에 옛 꿈의 한 조각이 아직도 간당간당 달
려 있는 셈인지도 모르나 아담하던 꽃은 벌써 좀먹기 시작한 그
어디인지 휘줄그러진 한 송이임을 현보는 또렷이 느꼈다[60].

남죽은 칠년 전 진보적 서적을 읽고 운동을 주도할 만큼 삶에 대
한 열정과 건강한 생명력을 지닌 여성으로, 주인공의 내면에서 아
름다운 꽃의 이미지로 투영되어 있다. 그러나 7년 후 우연히 남죽
을 만난 주인공은 아름다운 꽃의 영상이 병든 꽃의 이미지로 변화
되어 있음을 자각하게 된다. 이러한 주인공의 자각은 남죽의 과거
에 대한 의문으로 확장되어 남죽에 대한 탐색과 관찰이 지속적으로
그려지게 된다.

현보가 남죽과 만남으로써 당대 현실에 대한 인식이 점차 심화되
고 확장되어 간다. 현보는 남죽과의 공연 취소, 검거 사건과 남죽의
여비를 구하기 위해 만나게 된 친구를 통해 어려운 생활 현실을 자
각하고, 또한 남죽으로부터 성병을 얻게 된 사건, 고향 갈 여비를
마련하기 위해 남죽이 몸을 팔게 된 사건을 통해 이상을 펼칠 수
없는 현실의 모순을 점차 깨닫게 된다.

　　굳건한 꿈의 주인공이 칠년후 한다하는 밤의 선수로 밀려 떨어
질 줄은 생각할 수 없었던 것이다. 아담하던 꽃이 좀이 먹었을

---

60) 이효석, 「장미 병들다」, 『전집 2』, pp.180~181 인용

뿐만 아니라 함빡 병들어 상하기 시작하지 않았던가.61)

주인공은 아름다운 꽃으로 이미지화된 남죽이 성병으로 생명력을 상실해 가는 과정을 통해 아름다움이 아름다움으로 지켜질 수 없는 당대 현실62)의 부정성을 점차 깨닫게 된다. 남죽이라는 대상화된 인물을 탐색해 가는 과정에서 서정적 주인공의 점진적인 자각이 이루어지기 때문에 남죽은 주인공의 의식의 탐색 과정이 투사되는 이미지화된 인물로 생각할 수 있다. 즉 '병든 장미'란 도시 문명으로 표상되는 분열된 세계에서 생명성을 점차 상실하게 된 근대의 문명인을 상징하는 것으로 볼 수 있다. 그러므로 「장미 병들다」에서 이상을 펼칠 수 없는 주인공의 자아 상실감은 병든 장미로 비유되는 남죽이라는 인물의 이미지를 통해서 감각적으로 시각화되고 있다.

「막(幕)」에 등장하는 세운도 현실과 심리적 갈등을 겪는 서정적 인물이다. 세운은 선친의 뜻을 받들어 잡지사를 경영하면서 문화 사업에 이바지하려는 이상을 갖게 되지만 도시적 인간관계의 비정함과 자신의 과한 허영심으로 인해 오히려 경제적 손실과 함께 사람들의 비웃음만 사게 된다. 이상이 좌절된 주인공은 점차 현실과 갈등을 겪게 되고 가정생활까지 파탄에 이르게 된다. 다음 인용문에서는 아내가 음독하기 위해 준비한 약사발을 빼앗아 던진 것이 선친이 생전에 손수 심어 놓은 향나무 뿌리 위에 쏟아져 향나무가 점차 시들어가는 사건, 주인공이 삶의 이상을 상실해 가는 과정이 제시되고 있다.

---

61) 이효석, 『장미 병들다』, 앞의 책, p.195 인용
62) 신동욱, 「이효석 소설에 관한 연구」, 『삶의 투시로서의 문학』, pp.144-145

밀창을 열고 의자에 앉아 맑은 바람을 맞을수록 정신이 들면서 마음은 괴로와만 갔다. 뜰앞 향나무를 정면으로 마주 대하고 앉은 것은 오래간만이었다. 향나무를 대할 때마다 돌아간 선친의 의용을 접하고 그 목소리를 듣는 듯한 것이었으나 이날 그가 눈을 새삼스럽게 뜨고 놀란 것은 독한 약사발의 세례를 받았던 나무가 눈을 돌린 그 며칠 동안에 무섭게도 시들어 버렸음이다. 처음에는 한 부분이 탔을 뿐으로 그대로 소생할 희망이 있거니만 생각했던 것이 어느덧 나무 전체가 시들었을 뿐이 아니라 탄 자리는 점점 헤져서 나무의 반 이상이 누렇게 말랐던 것이다. 운명의 날은 벌써 시각을 다투고 있었다. 세운은 모르는 결에 시선을 돌려 하늘을 우러러 보았다. 가슴이 아파지며 그자리에 쓰러져 통곡이라도 하고 싶었다.

세상 사람이 세운을 말할 때는 반드시 선친의 이름을 들었다. 늘 선친의 공에 비겨서 아들의 하는 일이 판단되었다. 아들의 하는 일은 선친의 공을 한층 빛내거나 그렇지 않으면 욕되게 하는 두 가지 길 밖에 없다. 세운이 잡지사업을 생각한 것은 선친의 사업에 한가지를 더하고자 함이었음은 물론이다. 사업을 처음 시작할 때에는 세상은 부전자전의 공덕이라고 찬양하면서 세운의 뜻을 한없이 칭찬하던 것이 한번 실패하게 될 때의 인심의 표면은 손바닥을 뒤집는 것보다도 빨랐다.

요사이의 세운의 처신은 온전히 선친의 이름을 그르치고 욕되게 함에 지나지않는 셈이었다. 자기 한 몸의 번민뿐만이 아니라 선친의 사적까지를 들어서 생각할 때 세운의 괴롬은 뼈를 가는 지경이었다. 향나무의 운명은 선친의 운명만이 아니라 세운 자신에게 보내는 암시가 너무도 컸던 것이다[63].

이 작품도 화자의 관점과 인물의 관점이 혼합되어 서술되고 있다. 주인공을 '그'나 '세운'으로 지칭하여 화자의 개입이 나타나고

---

63) 이효석, 「막」, 『전집 2』, pp.210~211 인용

는 있으나, 인물의 의식 내부를 통해 작중 세계가 중개되는 인물 시각적 관점이 우세하다. 인용된 부분에서는 주인공의 심리적·정신적 붕괴 과정이 독약을 맞고 죽어가는 향나무에 비유되고 있다. 처음에는 독약을 맞아 한 부분이 소실되었으나 점차 나무 전체가 시들어 누렇게 죽어가는 향나무의 시각적 이미지는 주인공이 점차 삶의 이상을 상실해가는 의식의 몰락 과정을 암시해 주고 있다. 이와 같이 서정적 주인공의 심리적 좌절감은 향나무라는 시적 대상물의 이미지를 통해 시각적으로 표현된다.

이 작품은 도시의 비정한 인간관계와 문명화된 세계의 새로운 문화적 가치에 적응하지 못하는 주인공의 좌절 과정이 인물의 관점에서 투시되고 있다. 특히 주인공과 여자와의 애정 관계가 좌절되면서 주인공의 심리적인 몰락은 극대화된다.

「막(幕)」과 같이 전통적 가치와 새로운 가치의 충돌로 부정의 현실과의 갈등을 내면화하는 것도 1930년대 소설의 한 특성으로 볼 수 있다. 이 시기에는 현실과의 갈등을 개인의 의식 속에 나타난 문화적 가치의 갈등을 통해 사회적 갈등을 암시하는 작품이 등장하였다[64].

이 시기의 작품들에서는 성(性)의 제재가 공간의 이원성에 의해 도시에서는 타락한 인간의 본성으로, 자연에서는 원초적 인간의 강인한 생명력으로 표현되었다. 특히 외적 세계의 모순의 인식은 남녀간의 애정의 갈등이나 이상이 좌절된 인간의 심리적 좌절감과 같은 섬세한 인간 내면의 의식으로 표출되기 때문에 내성적 경향을 보여 주기도 하였다. 이와 같이 이 시기의 소설이 인물의 행동보다

---

64) 윤병로, 「1930년대 소설의 일연구 ─ 「메밀 꽃 필 무렵」, 「땡볕」, 「무녀도」를 중심으로」, 『대동문화연구』 제23집, (성균관대학교 대동문화연구원), pp.39-40

는 인간의 내면을, 외부 세계보다는 내면세계를 추구하여 현실적 갈등을 내면화하는 특성은 소설 미학적 변화를 의미하는 것이다65).

이와 같이 소설이 주관주의 미학으로 기울어지는 이유는 행동으로 객관 현실과 대결할 수 없는 부정의 현실에 대응하는 방식이다. 행동적이며 능동적인 서사적 주인공의 설정이 불가능한 상황에서 서정적 주인공을 등장시켜 인간의 내면에 남아 있는 삶에 대한 열정을 통해 객관 현실과의 갈등을 표현하는 방식이다.

4. 의식 공간과 원초적 세계

이효석의 초기 작품들은 소설적 형상성은 떨어지지만 식민 자본주의로서의 근대와 도시 문명에 대한 비판적 관찰을 제시함으로써 현실에 대한 서사적 전망을 제시하였다. 1930년대 중반 이후 사회적 통합에 대한 작가의 신념이 깨지면서 인간과 세계가 화합했던 원초적 삶을 자연의 공간으로 표상하여 삶의 이상을 상실한 근대적 삶을 반어적으로 환기시키는 서정 소설을 창작하였다.

이효석은 후기 작품에 갈수록 식민지 당대 현실에 대한 역사의식의 부재, 조선의 변경에 위치한 소도시의 인텔리로서 현실에 대한 전망의 부재로 점차 환상이나 신화적 세계로 관심이 옮겨간다. 「황제」, 「화분」, 「산협」과 같은 극단적인 심미주의적 경향의 작품들은 삶과 예술이 분리되는 현상을 잘 보여 주고 있다.

---

65) 서준섭, 앞의 책, p.179
  이 시기의 소설에 내성화, 심리주의적 경향이 나타나는 것은 전형적 인물을 등장시켜 사회적 총체성을 추구하던 전대의 소설 창작 방법으로 현실을 그리는 것이 더이상 가능하지 않았기 때문에 작가의 개별성과 내면성을 통해 개별화된 인물들의 의식을 탐구하는 모더니즘의 창작 방법으로 변화한 것으로 보고 있다.(p.31)

이효석의 후기 소설에서 객관 현실이 사라지는 것은 현실의 부정성에 대한 환멸을 드러낸 것이다. 현실이 부정적일수록 심미성을 지향하는 이효석의 문학적 실천 속에서는 당대의 현실이 문학 작품 속에 그 존재를 드러낼 수 없을 만큼 추한 것으로 인식된다. "현실이 아무리 추할지라도 그것을 아름답게 표현하는 것이 문학의 기능"이며 "문학의 심미역이 인간 구제의 길"로 인식했던 이효석은 한국 근대 소설작가 중 사회적 자아와 예술적 자아를 철저히 구분했던 소설가의 한 사람이다. 보들레르의 「악의 꽃」의 탐미주의적 경향이 더 이상 비정치적인 유미주의로 해석되지 않는 것[66]처럼 이효석의 후기 작품에 나타나는 이상주의적·탐미주의적 경향은 미적 모더니타와 사회적 모더니티가 분리되는 모더니즘 문학의 특징으로 해석할 수 있다.

1930년대 후반에는 심리주의적인 소설은 인물의 행동이 의식에 종속되는 현상과 의식의 흐름이나 내적 독백의 서술 기법으로 인간 의식을 언어로 재현하려는 특성을 보여 주고 있다. 이효석이 1939년에 발표한 「황제」는 의식의 흐름 수법으로 인물의 심리적 갈등을 극화시켜 제시하고 있다.

> …… 어둡다 요란하다 우뢰소리 번갯불 바람은 천지를 쓸어가련건가 구름은 우주를 뭉개버리련가 파돗소리 저 파돗소리 절벽을 물어뜯는 저놈의 파돗소리 수십 길 절벽을 뛰어넘어 이 집을 쓸어가려는 듯 차라리 쓸어가버려라 집까지 섬까지 한 모금에 삼켜버려라 오늘은 어인 일고 아침부터 이 바람소리 파돗소리 오월이라 며칠이냐 날짜까지 까마아득 내 세월을 잊고 지낸 지 오래거니 이 외로운 섬에서 롱웃의 쓸쓸한 언덕에서 세월을 잊은 지

---

66) 칼 하인츠 보러/ 최문규 옮김, 『절대적 현존』, 앞의 책, p.313

오년이라 육년이라 지내온 세상 일이 벌써 등뒤에 아득하게 멀구
나 자연이 무심할소냐 그대만이 나를 알아주누나 내 마지막을 일
러주누나 오늘의 그대의 이 뜻을 내 모를 바 아니요 이 어두운
천지의 조화와 부질없는 대서양의 파돗소리가 무엇을 재촉하는지
를 내 모를 바 아니다 오늘이 올 것을 마음속에 생각하고 있었고
기다리고 있었다 며칠전에 섬 위로 쏜살 같이 혜성이 떨어짐을
내 보았으니 옛적 시이저가 세상을 떠날 때 떨어지던 그 혜성이
이 섬에 떨어짐을 보았으니 내 무엇을 모르랴 그러나 내 무엇을
겁내랴 「광야의 사자」인 내 감히 무엇을 겁내랴 차라리 이 불측
한 곳을 한시 바삐 떠나구 싶다 이 무례한 고장을 얼른 떠나구
싶다67)…….

「황제」는 나폴레옹의 일생을 그린 서사적 전기물로 서술적 자아
가 의식의 흐름을 따라 체험적 자아를 재구성하는 서술 양상을 보
이고 있다68). 이 작품은 의식의 흐름에 따라 기술되고 있음을 감지
할 수 있는 언어적 특징을 보여 준다. 문장에 휴지부나 종지부가
없는 것은 주인공의 의식이 연속적으로 지속되고 있음을 나타내며
작품의 시작과 끝이 '…… ……'로 되어 있어 의식의 한 토막을 잘
라내어 작품화한 것임을 보여 주고 있다69).

주인공의 의식의 흐름에 따라 과거와 현재의 시간이 동시적으로
병치되기 때문에 현재의 서술적 자아와 과거의 체험적 자아 사이의

---

67) 이효석, 「황제」, 『전집 3』, pp.15~16 인용
68) 이효석은 이 작품을 창작하기 전에 직접 나폴레옹의 전기를 읽었던 것으로 추
   측된다. <학생에게 추천하는 서적>이라는 잡고에서 자신이 요즘 필요해서 나
   폴레옹의 전기와 예수의 전기를 읽고 있는데 이 책들은 누구나 일독할 필요가
   있다고 생각되기 때문에 추천한다고 밝히고 있다. 『전집 6』, p.275
   이와 같은 역사 전기물에서 소설의 제재를 선택하게 된 것은 당대의 역사 소
   설의 발생과 같이 자아와 세계의 갈등을 직접 다룰 수 없었던 억압적인 현실
   에 대한 문학적 대응 방식으로 볼 수 있다.
69) 신동욱, 「이효석 소설에 관한 연구」, 『삶의 투시로서의 문학』, p.147

거리가 단축되어 있다. 주인공의 의식 속에서 연상, 회상을 통해 의식의 밀도를 더해가며 현재와 과거의 시간은 동일화되고 있다.

　인물의 의식을 따라 서술하는 양식으로 일반화되어 있는 것은 내적 독백이지만 이 작품은 주인공의 의식 내부가 인물의 언어에 의해 나타나게 된다. 즉 내적 독백은 인물의 의식 내부가 서술자에 의해 요약적으로 서술되는 것이지만, 극적 독백(dramatic monologue)70)은 인물의 의식이 서술자의 개입 없이 직접 극화된 것이다. 여기서 극화란 보여주기(showing)의 방법으로 인물의 의식을 독자가 그림을 보는 것처럼 경험할 수 있도록 하는 서술의 직접성을 의미한다. 이때 인물의 의식이 직접 전달되는 것은 현재와 과거의 병치로 인물의 내면과 독자 사이의 서사적 거리가 단축되기 때문이다. 말하자면 서사 문학의 서술의 중개성이 사라지면서 인물의 독백과 의식의 흐름이 독자에게 직접 전달되는 상황이다.

　그러므로 인물의 의식 내용은 대상과 사건으로 독자가 시각적으로 체험할 수 있도록 펼쳐지게 된다. 의식의 흐름은 외부의 대상에 의한 주인공의 내면 의식의 결합으로 나타나고 있다. 섬의 음산한 날씨, 대서양의 찬 바람, 사면을 둘러싼 망망대해는 주인공의 정서를 자극하여 고향과 어머니에 대한 그리움의 서정이 펼쳐진다. 또 일생 동안 인연을 맺었던 여인들과 자식에 대한 회상이 의식의 흐름에 따라 전개되고 있다. 의식의 흐름을 따라 현재와 과거의 시간이 빈번히 교차되기 때문에 의식의 풍경은 공간화 되어 독자와의 서사적 거리가 단축되는 것이 특징이다. 이때 이 작품에서 대상화하고 있는 세계에 대한 관점은 주인공의 의식 세계와 동일하다. 왜

---

70) Wallace Martin, <The Grammar of Narration>,
　　 ≪Recent Theories of Narrative≫, (Ithaca: Cornell Univ. Press, 1986), p.140

냐 하면 서술 주체가 대상과의 서사적 거리를 유지할 수 없기 때문에 화자의 서술은 주체의 내면세계에 대한 반영으로 축소된다.

혁명을 완성한 영웅으로서의 과거의 나폴레옹과 전쟁의 패배로 몰락하게 된 현재의 나폴레옹은 주인공의 의식의 성찰 속에서 동시적으로 병치되고 있다. 점층적인 의문문의 반복 속에서, 주인공이 과거의 영광과 현재의 패배가 교차하는 인간 삶의 희비적 순환을 삶의 보편적 법칙으로 깨닫게 되는 인식의 자각 단계가 그려지고 있다.

「황제」에서처럼 인간의 내면세계를 지속적으로 극화하는 경향은 모더니즘 소설의 특성으로 볼 수 있다. 이러한 극화된 의식에 의해 독자들은 인물의 입장에 치환되어 그의 심리적 체험과 정서를 지속적으로 공유하게 된다. 서정적 인물의 의식 세계를 서술하는 경향은 이 시기의 이효석의 작품에 나타나는 내성화, 심리주의적인 경향으로 볼 수 있다. 「산」, 「들」, 「메밀꽃 필 무렵」과 같은 작품에서는 서정적 주체의 내면의 동경이 자연의 기호로 표상되었다면, 「황제」에서는 인물의 내면 의식만으로 서사의 공간이 채워진다. 이것은 주체로 하여금 행동적인 실천을 불가능하게 하는 당대 현실에 대한 문학적 대응 방식이라 할 수 있다.

이 작품에 나타나는 심리주의적인 경향은 서사 문학의 객관적 특성이 약화되고 주관주의적 경향이 우세해지는 1930년대 후반의 소설 미학적 특성이다.

일제 시대의 문학적인 경향의 한 큰 분기점을 1930년대의 서정적 굴절에서 찾아 볼 수 있는데 그런 관점에서 그 주요 특징의 하나가 바로 서사문학의 객관주의적 미의식이 서정적 주관주의 미의식으로 전환된 사실에 그 근거를 둘 수 있다.

······(중략)······

　이러한 서정적 인물들은 시대의 장벽에 부딪쳐 자아의 내면세
계에 눈을 돌리고 서사적 의지를 가열화한 경우에는 골계적 특징
인 풍자적 및 해학적 성격이나 그러한 태도로 전환되어 나타나거
나 부조리를 인식하거나 자연의 순수에 동질화하는 것으로 드러
난다. 그렇지 않으면 최명익의 주인공처럼 절망을 수용하고 피학
적인 인물로서 일종의 정신질환적 우울증의 환자로 드러난다. 이
렇게 볼 때 1930년대 중기 이후의 소설 문학이 양식적으로 서정
소설로 기울만한 역사, 사회적 근거가 명백한 것이고 이러한 논
리선상에서 자의식의 문학이 의식의 흐름이나 내적 독백을 통하
여 새로운 미적 지평을 자신의 내부에서 찾을 수밖에 없었던 이
른바 의식의 사실주의를 이룬 저간의 문학사적 흐름을 이해할 수
있다고 하겠다.71)

　이와 같이 내성화된 심리주의 소설의 등장은 세계와의 대립을 서
사의 적극적 주인공을 등장시켜 형상화할 수 없었던 1930년대 후반
의 시대적 상황과 밀접한 연관성이 있다. 서사 문학이 전체성과 개
별성을 통합할 수 없었던 시대적 맥락에서 서사 문학이 주관적인
경향으로 기울어지면서 서정 소설이 발생되었음을 알 수 있다.

　특히, 서사 문학의 주관주의적 경향은 심리주의적인 소설에서 가
장 잘 나타나고 있다. 심리주의적인 소설에는 행동하는 적극적 인
물보다 의식의 흐름을 통해 외적 현실을 자각, 성찰하는 내성화된
주인공이 등장하게 된다. 서정적 주인공이 등장하는 경우 서사의
공간은 주인공의 의식 내부로 응축된다. 따라서, 이효석의 「황제」는
이상이 좌절된 인물의 내면화된 갈등을 의식의 흐름과 내적 독백으
로 극화한 대표적인 작품이다.

---

71) 신동욱, 앞의 책, p.171 인용

세계와의 극단적 갈등을 겪고 있는 현재의 서술적 자아와 과거의 체험적 자아가 의식의 동시성에 의해 병치되고 있다. 현재와 과거가 병치되어 과거에는 존재했으나 현재에는 상실해 버린 '있어야 할 가치'에 대한 동경을 표현하고 있다. 현재의 시간은 세계와 갈등을 겪는 분열된 현실로, 과거의 시간은 세계와 화합했던 화해의 현실로 인식하게 된다. 좌절된 인물들의 내면의 상실감은 '있어야 할 가치'에 대한 작가의 동경을 표현하고 있다.

「산정」도 과거에는 있었으나 현재에는 상실해 버린 '있어야 할 가치'에 대한 화자의 동경을 표현하고 있는 작품이다. 전체의 구도는 현재의 문명의 삶을 살고 있는 화자가 원초적인 자연 속에서 세계와 화합했던 삶을 회상하는 서술 양식으로 전개되고 있다. 이때 화자의 의식의 동시성에 의해 현재와 과거의 시간이 병치되기 때문에 두 자아 사이의 서사적 거리가 압축된다. 의식의 흐름에 따라 화자의 서정적 인식이 펼쳐지는 과정과 인물의 행동으로 구성되는 서사적 과정이 혼합되고 있다.

> 목청을 놓아 노래를 부르면서 돌을 모아서는 화덕을 만든다. 검불을 긁어서 불을 피우고 숯을 얹으니 산비탈에 아닌 아지랑이가 아롱아롱 피어오른다. 이윽고 고기 굽는 연기가 피어 오르고 양념 냄새가 사방에 흩어지면서 조그만 살림살이가 벌어지고 사람의 경영이 흙과 초목사이에 젖어든다. 금목수화토 오행이 모두 결국 사람의 경영을 도와줄 뿐이요, 광막한 누리 속에 그득히 차 있는 그 무엇 하나 사람의 그 경영을 반대하고 멸시하는 것은 없다. 술잔이 거듭 돌아간 잎이 너볏너볏 퍼질 때 마음은 즐겁고 멀리 내려다 보이는 속세가 아무 원한 없는 담담하고 하잘 것 없는 것으로 차라리 그립게 바라보인다.[72]

교수의 직책과 윤리를 떠나 평범한 야인으로 돌아온 세 사람이 등산길에서 자연과 일체화된 원초적인 경험을 하게 되는 과거의 체험이 주체의 내면 의식 속에서 현재화되고 있다. 현재의 화자가 과거의 체험적 자아를 회상하고 있는데 과거의 체험이 현재의 시제로 서술되고 있다. 이것은 서술적 자아와 체험적 자아 사이에서 서사적 거리로서 시간성이 소멸되고 있음[73]을 나타내는 것이다.

이와 같이 화자는 세계와 화합하였던 과거의 원초적 삶을 동경함으로써 현재의 갈등을 극복할 수 있는 생활의 원동력으로 전환해 가는 과정을 제시하고 있다. 이효석의 소설에서 자연 속에서 세계와 화합했던 경험이나 원초적인 인간으로서 누리는 전원적 행복에 대한 내면의 동경은 단순한 현실 도피나 자연에의 은둔[74]으로만 볼 수 없다. 다시 말해, 자연의 공간에서의 인간과 세계의 근원적 화합은 문명의 공간에서 자아와 세계 사이의 대립을 표현하고 있는 것이다[75]. 그러므로 이 작품에서 화자의 자연의 삶에 대한 동경은 순수한 자연과 동질화되는 의식의 체험으로서 현실과의 갈등을 초극할 수 있는 삶의 원동력이 되고 있음이 주목된다.

서정 소설에서 과거나 현재의 시간은 일반 서사에서와 같은 시간적인 질서로 지각되지 않는다. 서정성 안에서는 과거-현재-미래와 같은 시간 질서의 개념은 존재하지 않는다. 서정적 주체는 시각적 질서로 존재하는 세계의 시간을 자아화하여 자아의 시간으로 경험하기 때문이다. 보통 현실과 심리적 갈등을 겪고 있는 서정적 주

---

72) 이효석, 「산정」, 『전집 3』, p.11 인용
73) 서정적 인식 태도에서는 과거·현재·미래 사이의 시간적 거리가 소멸되기 때문에 작가는 시간을 자유로이 회감할 수 있게 된다. (에밀 슈타이거, 앞의 책, pp.88-90)
74) 정명환, 「위장된 순응주의 下」, 『창작과 비평』, 1969, 봄호
75) 루카치, 『소설의 이론』, pp.149-150

체는 현재는 결핍의 시간으로, 과거는 세계와 화합할 수 있는 충족의 시간으로 체험하게 된다. 여기서도 현재의 화자는 과거의 서정적 경험을 의식 속에 반추함으로써 현실 결핍감을 이겨낼 수 있는 원동력을 얻게 되는 것이다. 의식의 흐름류의 서정 소설에서 현재란 바로 자아와 세계가 대립하는 분열된 시간의 표상이며 과거란 자아와 세계의 화합이 존재했던 시간의 표상이다.

이 시기의 이효석의 소설에서는 보편적 인간으로서 있어야 할 가치에 대한 그리움, 향수나 애수와 같은 페이소스적인 서정적 정조로서 당대 현실에 대한 갈등이 내면화되어 있다. 인물의 의식 내부를 극화하여 표현하는 것도 당대 현실과의 갈등을 자아의 내부로 응축하여 내성화하는 특성이다. 이 시대의 소설은 사회적 총체성보다는 개별성이나 삶의 단편성을 미학적으로 추구하는 모더니즘 경향을 보여 준다. 당대 소설작가 중 박태원은 '우울과 무력감'[76]으로서, 이상은 '권태와 자아 상실감'[77]으로 이효석은 '있어야 할 가치의 상실감, 그리움, 비애'의 정서로 현실과의 갈등을 내면화하였다. 1930년대 후반의 서사 문학에서의 내성화 경향은 사회적인 억압을 개인의 심리적 갈등으로 함축하는 문학적 표현 방법이라 할 수 있다.[78]

5. 현실과 신화적 세계의 병치

1940년 무렵은 일제가 2차 세계 대전을 앞두고 전시 체제에 돌입

---

76) 박태원의 「피로」, 「거리」, 「소설가 구보씨의 일일」과 같은 모더니즘 소설이 이에 속한다.
77) 이상의 「날개」는 대표적인 내성 소설로서 외적 세계와의 단절로 인한 권태와 자아 상실감을 보여 주고 있다.
78) 이 시대의 내성화된 소설은 사회적 총체성보다는 작가의 개별성이나 삶의 단편성을 추구하고 있다는 점에서 모더니즘 소설로 분류되기도 한다. (서준섭, 『한국 모더니즘 문학 연구』, pp.91-92)

하면서 조선 식민지의 역사적 상황은 더욱 악화되던 시기였다. 이 시기에 이효석은 자신이 재직하던 학교가 신사 참배를 거부했다는 이유로 폐교되자, 학교를 퇴임하였으며 일제가 조선어 말살 정책의 일환으로 우리말 대신에 일어로 작품을 쓰라는 압력까지 받게 되었다고 한다.[79] 이 시기에 발표된 이효석의 작품들은 이러한 시대적 압력을 반영하여 객관적 현실의 문제의식으로부터 점차 인간의 보편적인 삶과 연관된 갈등을 포착하는 방향으로 변화되고 있다[80]. 특히 삶과 죽음, 성, 결혼, 생식 등의 보편적인 인간의 지상적 경험을 원형 상징이나 비유와 같은 시적 요소로서 서사 문학 속에 결합시키는 제재적 특성을 보여 주고 있다.

이 시기에는 서사 문학 속에 신화적 제재를 도입한 「화분」, 「산협」과 같은 작품이 발표되었다. 소설 속에 신화적 제재가 도입되는 것은 시간을 공간화하는 모더니즘 미학의 대표적인 특징이라고 한다. 신화란 무시간성의 영역으로서 공간적 형식의 한 구현 방법으로 나타나게 된다. 왜냐 하면 신화의 세계에서는 역사로서의 시간적 연속성은 존재하지 않고 오직 영원한 원형(prototype)만이 존재하기 때문이다. 그러므로 모더니즘의 문학은 시간의 흐름이 개입되지 않은 세계, 즉 신화에서 그 적합한 표현 방법을 찾게 된다. 따라서 당대의 세계와 신화적 세계를 병렬시켜 동일화하는 것은 모더니즘의 인식적 경향으로 볼 수 있다[81]. 이효석의 「화분」, 「산협」 등도

---

79) 이상옥, 앞의 책, pp.278-279
80) 작가가 '시대나 역사·정치적인 문제에 대한 관심이 종속적인 것이 될 때 보편적·심리학적·형이상학적 주제로 전환되는데 이것은 작가의 비전의 문제로 볼 수 있다. (Norman Friedman, 『*Form and Meaning in Fiction*』, The University Georgia Press, 1975)
이효석의 후기 소설에는 보편적인 인간 삶의 자아와 세계의 갈등을 다루고 있는데 이런 성향은 2차 세계 대전에 의한 당대 현실의 불안한 시대적 배경과 깊은 연관성이 있다고 보인다.

당대 현실과 신화의 원초적 세계를 병치, 유추하여 표현한 작품이다. 이 시기의 작품에서는 당대 현실과 원형의 세계를 병치함으로써 인간 삶의 원형을 제시하는 제재적 특성을 보여 주고 있다.

「화분(花粉)」은 1939년 1월부터 조광에 연재된 장편소설이다. 특히 이 작품은 장편 소설이면서도 시간의 계기성과 공간의 동시성이 혼합되어 있다.

도입 부분은 푸른 집의 장면 묘사로 화자의 인식이 이미지의 언어로 극화되는 서정적 과정이 제시되고 있다. 이 작품의 중심적인 공간 배경으로 등장하는 '푸른 집'은 자아와 세계가 원초적으로 화합할 수 있는 신화적 공간으로 설정되어 있다.

> 오월을 잡아들면 온통 녹음 속에 싸여 집안은 푸른 동산으로 변한다. 삼십평에 남는 뜰안에 나무와 화초가 무르녹을 뿐만 아니라 사면 벽을 둘러싼 담장으로 해서 붉은 벽돌 굴뚝만을 남겨 놓고 집 전체가 새파란 치장으로 나타난다. 모습부터가 보통 문화 주택과는 달라 남쪽을 향해 엇비슷하게 선 방향이며 현관 앞으로 비스듬히 친 차양이며 그 차양을 고이고 있는 푸른 기둥이며 … 모든 자태가 거리에서 볼 수 없는 마치 피서지 산비탈에 외따로 서 있는 사치한 산장의 모양이다[82].

인용 부분에서 '푸른'이라는 감각적 이미지의 언어와 현재형 서술 시제는 화자의 인식이 현재화된 장면으로 극화되고 있음을 보여 준다. 이 때 자아와 대상을 융합하는 시적 언어와 구문 사이의 시간의 흐름이 정지된 현재형 시제는 '푸른 집'을 현실과는 분리된

---

81) Joseph Frank, ≪Spatial Form; An Answer to Critics≫, 오세영, 앞의 논문, pp.411-413
82) 이효석, <花粉>, 『전집 4』, p.71 인용

신화적 공간으로 인식하게 한다. 시간의 흐름을 초월하는 것은 일상적 삶의 인식을 낯설게 하는 표현 방법이다. 이러한 모더니즘의 기법을 커모드는 비논리적 예술(non discursive art)이라고 설명했는데 이것은 주·객 동일성의 의식을 깨뜨려 비동일성의 의식으로 낯설게 만든다. 「화분」에서 푸른 집이라는 공간은 일상적 삶의 인식과 낯설게 된 신화적 세계로서 자아와 세계가 원초적으로 화합할 수 있는 원형의 공간으로 등장하고 있다.

작품의 원형적 배경에서 등장인물들은 나무, 풀, 꽃의 자연 대상물과 같이 병치되고 있다. 봄을 맞아 라일락, 찔레꽃이 만발하게 되는 식물의 생명 현상과 미란이 봄의 정기에 의해 성숙한 여성으로 성장해 가는 과정이 공간의 동시성으로 병렬되고 있다. 미란이 찔레순을 꺾다가 뱀을 발견하게 되는 사건에서는 봄을 맞은 인간-식물-동물의 생명 원리를 푸른 집의 공간 속에 배치하고 있다.

등장인물들은 우주의 계절 현상에 화합하는 서정적 관점에서 행동하게 되는데, 즉 자아와 세계를 통합하는 화자의 인식은 인물의 행위로 그려진다. 봄을 맞아 푸른 집의 정원의 풀, 나무와 같이 등장인물들이 생명의 개화를 위한 성적 욕구가 발현되는 과정이 사건으로 그려지고 있다. 인간의 성장이 최고의 정점에 이른 미란과 단주는 봄의 정기에 자극받아 푸른 집을 탈출하게 된다.

> 「봄의 힘인가. 무엇에든지 거역하라구… 근실거리는 몸으로 문을 뚫고 도망질을 치라구 봄이 충동질하는 모양인가.」[83]

인용된 부분은 미란과 단주가 푸른 집에서 탈출하는 것을 보고

---

83) 이효석, 「花粉」, 『전집 4』, p.88 인용

현마가 세란과 대화를 나누고 있는 장면인데, 자연 현상과 인간의 욕구를 통합하고 있는 시적 의미를 보여 주고 있다. 서정적 과정에서의 화자의 인식은 다양한 등장인물의 행동과 인식 행위의 서사적 과정으로 변형되고 있다. 그러므로 미란, 단주, 현마, 세란, 옥녀 등의 등장인물들은 화자의 자각이 투사되는 대체적인 인격체이다.

인물들이 세계에 화합하는 행동은 여름을 맞아 정점에 이르게 된다. 여름이라는 계절에 대한 화자의 인식은 장면 묘사로 다음과 같이 직접 서술되고 있다.

시절은 시절만을 위해 있는 것이 아니라 사람을 위해 있는 것이다. 여름이 한창 짙어서 날이 무덥고 초목이 무성해진 것은 「푸른 집」의 정원을 빈틈없이 울창하고 짙은 녹음 속에 무르녹게 해준 것이요, 따라서 집안 사람들의 감정까지도 거기에 맞도록 변해 주자는 것이었다. 나무잎은 우거질 대로 우거지고 풀은 자랄 대로 자라고 꽃은 필 대로 피어서 뜰안은 모래를 깐 하아얀 지름길만을 남겨 놓고는 전면 푸른 바다요 찬란한 색채의 동산이었다. 기운에 넘치는 풀줄기는 때로는 지름길의 경계선을 넘어서 길 위를 덮어버려 이른 아침에 첫길을 헤치는 사람은 흔한 이슬로 해서 옷자락과 발을 흠뻑 적시고야 만다. 옷을 적시게 하는 것은 이슬 뿐이 아니어서 화단 위 꽃들도 벌써 남은 봉오리가 없이 활짝 피어나서 오색의 화려한 색채가 눈을 아프게 하고 꽃밭에 들어서는 날이면 어느 결엔지 모르게 옷자락 군데군데에 꽃물이 들어버리는 것이었다. 모든 것이 자랄 대로 자라고 필 대로 피어서 청춘이라는 것, 생명이라는 것을 한껏 내보이며 그 이상 더 자랄 틈이 없는 마지막 가위에 이른 듯했다. 뜰 안은 아름답고 찬란하고 자랑이 있고 힘이 넘치고 으늑한 그늘이 져서 그림자와 깊이가 생겼다. 그것은 그대로 바닷속을 흐르는 세찬 조수와도 같이 사람에게 옮아오고 영항을 주어서 창을 덮고 대청 안

을 물들이는 푸른 빛에 그대로 젖으면서 모르는 결에 자연의 풍
속을 본받고 모방하고 그것과 완전히 화해하고 일치되어 제물에
청춘의 자랑을 배우고 자극을 흡수하고 생명력의 발전을 계획하
고 비밀을 음모했다. …(중략)… 이렇게 해서 집안 전체가 시절의
영향을 입고 자연의 숨결을 받아서 다 각각 자기의 경영에 잠겨
있는 것이었다.[84]

화자의 인식은 대상과의 거리가 압축되어 수필적 필치로 직접 서
술되고 있다. 이 부분의 화자는 작품 「들」에 등장하는 서정적 주인
공과 거의 동일하게 지적, 감각적 능력을 소유한 작가의 자아 반영
적인 인격체이다. 「들」의 서정적 주인공이 공간화된 장면 속에 초
록으로 감각화된 만물의 생명 현상에 대한 지적 사색을 보여 주었
던 것과 같이 이 작품의 화자도 푸른빛으로 감각화된 생명의 근원
적인 현상에 대한 지적 탐색을 보여 주고 있다. 이 작품도 서정 소
설의 일반적 특성인 탐색의 플롯을 보여 주나 「들」에서는 화자의
인식이 이미지의 언어로 시각화되었던 반면, 「화분」에서는 등장인
물의 행동이나 사건으로 제시된다.

화자는 사계절의 순환이라는 우주의 리듬을 따라 인간의 생명이
개화 - 성장되어 가는 과정을 자연의 풍속 속에서 우주의 섭리에
화합하는 인물들의 행동으로 그려가고 있다. 성장의 계절인 여름의
피서지에서 현마가 원초적 자연에 자극받아 미란에 대한 사랑을 행
동으로 옮기게 되고, '푸른 집'에서는 옥녀와 단주가 푸른 집의 녹
음 속에서 원초적 인간으로서 생명의 욕구를 행동으로 보여 준다.
이러한 인물들은 세계에 대립하기 위해 행동하는 것이 아니라 세계
에 화합해 가는 행동을 보여 주고 있다.

---

84) 이효석, 「花粉」, 『전집 4』, pp.200~201 인용

화자가 대우주로서의 세계와 등장인물들을 조응시키기 때문에 만물의 생명이 퇴락하는 가을은 비극의 공간으로 설정되어 있다. 봄과 여름이 이상과 꿈의 공간이라면 가을은 비극과 현실의 공간으로 나타나고 있다. 등장인물들의 욕망 충족에 따른 인간적 갈등이 마침내 비극으로 현실화되고 있다. 이와 같이 자연의 현상과 등장인물들의 삶을 병합하는 시적 특성 때문에 이 작품은 전형적인 신화적 구조의 패턴을 보여 주고 있다[85]. 그러나 봄에서 초겨울에 이르는 계절의 흐름 속에서 자연의 순환이라는 반복적인 리듬에 따라 인간의 생명 욕구의 발현과 그 충족을 둘러 싼 갈등을 그려주고 있기 때문에 서사로서의 시간적 연속성도 나타나고 있다.

이 작품의 배경이 되고 있는 '푸른 집' '아파트' '피서지'와 같은 공간들은 인간들이 세계와 화합할 수 있는 원형의 공간으로 제시되고 있다. 「메밀꽃 필 무렵」에서 허생원과 성처녀가 세계와 화합하는 원초적 체험의 배경으로서 메밀꽃 핀 달밤의 원형 공간이 설정되듯이, 이 작품에서도 심미적이고 이상화된 서사 공간은 동일한 기능을 하고 있다. 화자는 시적 언어에 의해 자아와 세계를 융합시킴으로써 등장인물들이 세계와 화합할 수 있는 원형 공간을 조성하고 있다. 김현은 시적 언어의 특성에 주목하면서 「화분」은 언어가 인물들의 행위를 감싸고 있기 때문에 소설이 아닌 시라고 규정한 바 있다[86]. 「화분」의 시적 언어는 자아와 세계가 융합하는 문체적 특성으로서 이효석의 소설이 심미적·이상주의적 경향을 띠는 가장

---

85) 이 작품의 신화적 패턴은 N. Frye의 원형 비평 이론을 적용하여 분석할 수 있다.
　　봄과 여름은 희극과 로맨스의 공간으로서 인물들은 순진무구한 이미지로 등장하며 가을은 비극의 공간으로서 경험과 현실의 유추로 등장하게 된다.
　　N. Frye, 임철규 역, 『비평의 해부』, (한길사, 1982), p.228
86) 김 현, 「이효석과 花粉」, 『사상계』, 1966. 3, p.272

근원적인 요인이 되고 있다87).

　이 작품은 도입 부분과 종결 부분에서 '비너스와 아도니스'라는 그리스 신화88)의 인물과 등장인물들이 대비되고 있다. 현실 세계와 신화의 세계가 병치되면서 「화분」은 계기적 구성과 병렬적 구성이 혼합되고 있다.

　　얼굴을 발갛게 물들이는 소년의 자태, 그는 미란보다도 못지 않게 미목이 수려하다.
　「고와요 … 무어라고 할까요, 마치 … 옛적 비너스 같은.」
　「미란이 비너스라면 단주는 무얼꼬? … 아도니스. 신화속의 미소년 아도니스 … 그게 단주야.」89)
　　미란 때문에 그렇게 맘이 뛰노는 게지. 날 속일 수는 없어 -비너스와 아도니스의 사랑은 신화속에서도 아름답지 않나90).

　도입 부분에서 신화 속의 비너스는 등장인물인 미란에 비유되고

---

87) 이상옥은 이효석 소설의 심미적·이상주의적 경향을 19세기 '세기말 사조'의 영향으로 보았으며 「화분」을 예술지상주의 작품으로 평가한다. (이상옥, 「이효석의 심미주의」, 『문학과 지성』, 1977 봄), p.195
88) 그리스 신화에 나오는 '아도니스'는 스뮈르나(향나무)의 아들이다. 키프러스 섬의 키뉘라스왕의 아내는 자기 딸인 스뮈르나가 아프로디테 여신(비너스)보다도 아름답다고 자랑삼아 이야기 한 것에 화가 난 여신이 복수를 계획한다. 여신은 스뮈르나가 아버지인 키뉘라스왕에 대한 열렬한 연정을 품게 하여 술에 취한 아버지와 그녀가 동침하도록 한다. 후에 딸의 뱃속에 든 아이가 손자이며 동시에 아들임을 알게 된 아버지는 분노하여 스뮈르나에 칼을 대지만 스뮈르나는 여신에 의해 향나무로 변하고 두 동강난 향나무에서 아도니스가 탄생된다. 아도니스는 그 후 아프로디테 여신에 의해 망령 세계의 여왕인 페르세포네에게 맡겨지며 그의 情夫가 된다. 미모의 아도니스를 둘러싼 여신과 여왕의 다툼이 벌어져 마침내 제우스신에 의해 판결이 내려진다. 이후부터 아도니스는 일년을 삼등분하여 두 여신과 각각 삼분의 일씩 살고 나머지는 혼자 지내게 된다.
　강봉식 역, 『그리스, 로마 신화』, (을유문화사), pp.116-118
89) 이효석, 『화분』, 앞의 책, p.80 인용
90) 이효석, 『화분』, p.84 인용

있고, 아도니스는 미소년인 단주에 비유되고 있다. 미란과 단주의 관계는 신화 속의 비너스와 아도니스의 사랑으로 비유된다.

> 거리에서 굶주리고 헤매이는 것을 데려다가 길러주고 사랑해 준 미소년 아도니스의 반항인 것이다[91].
> 미소년 아도니스는 참으로 멧돼지에게 물려 벌판에 쓰러질 것인가. 그 피 흐른 자취에서 아네모네가 피어날 것인가[92].

단주는 신화 속의 아도니스의 운명과 대비되면서 우주의 원리에 조화되지 않는 타락한 성의 비극을 상징하고 있다. 화자는 신화 속의 인물들과 등장인물을 병합하여 등장인물들의 행위를 원형의 체험으로 보여주고 있다.[93] 이것은 한 공간 속에서 등장인물들이 신화적 인물들과 병렬적 구성에 의해 동화되기 때문이다. 이것은 「돈」, 「메밀꽃 필 무렵」과 같은 작품에서 등장인물과 동물의 비유와 유사하다.

신화 속의 인물과 등장인물들이 나란히 배치되면서 현재의 시간은 신화의 시간과 동일화된다. 이렇게 하여 등장인물들의 운명은 역사적 시간성이 배제된 원형의 삶으로 나타나게 된다. 또한 등장인물들 사이에 교체되는 성적 결합과 원형의 공간으로의 돌아옴과 탈출이라는 불연속적으로 반복되는 모티브도 시간을 공간화하는 형식적 특성이다. 이 작품은 사계절의 순환이라는 시간의 흐름에 따라 계기적 구성이 형성되면서 현재의 시간과 신화의 시간이 병렬되는 구성이 혼합되는 서정 소설로 볼 수 있다. 서정 소설은 1인칭의

---

91) 이효석, 『화분』, p.264 인용
92) 이효석, 『화분』, p.273 인용
93) 김 현, 「이효석과 花粉-존재에의 잠김」, 『사상계』, 1966, p.272

시점을 선호하지만, 「화분」과 같이 전지적 화자의 시점에서 등장인물과 서사적 장면을 병렬적 구성으로 조절함으로써 시와 소설이 통합되는 양상으로 나타나기도 한다. 프리드만도 소설과 시가 혼합되는 양상이 1인칭 소설로부터 전지적 화자의 시점까지 다양하게 나타나고 있기 때문에 가장 전형적인 소설의 형태로부터도 시적 요소를 발견할 수 있다고 설명한다.

「화분」은 현실 세계와 신화 세계를 비유하여 인간 삶을 시간성이 개입되지 않은 보편적인 차원에서 접근하면서 등장인물들의 운명을 삶의 원형으로 표현하고 있다. 이 작품에서 화자는 자아와 세계를 융합하는 시적 인식으로 인간의 생명성에 대한 지적 관찰과 사색을 제시해 주고 있다. 「화분」은 인간의 생명력으로서의 성(性)을 사계절의 순환이라는 자연 현상과 조응시켜 표현한 작품이다. 자연적 인간으로서의 본능적 욕망의 추구가 현실적 인간으로서는 비극으로 결말되는 과정을 보여줌으로써 지상적 존재로서의 인간의 한계를 투시하고 있다. 「화분」은 이효석의 후기 소설에서 중심 제재가 되고 있는 성(性)과 연관된 세계와의 갈등을 통해 인간 존재에 대한 근원적인 탐색 과정을 보여 준 작품이다.

6. 신화적 진리와 시적 상상력

「산협」은 이효석이 죽기 1년 전인 1941년 「춘추」지에 발표한 작품이다. 이 작품은 전지적 화자가 스토리의 외부에서 이야기 속의 인물과 사건을 서술하는 외적 초점화94)로 제시되고 있다. 이와 같이 후기의 이효석의 서정 소설은 일반적인 서사의 형태 속에 시적

---

94) S. 리몬 케넌, 『소설의 시학』, 앞의 책, p.115

요소가 혼합되어 있다. 작품의 표제가 되는 '산협'은 화자의 인식이 투사되는 의미 공간이다. 화자는 등장인물－식물－동물－우주의 현상을 의미 공간 속에 배치하기 때문에 화자의 인식은 시적 상징이나 비유로 나타나게 된다.

도입 부분은 주인공인 공재도가 소금받이 연례행사를 갔다가 소금바리 대신 씨받이 여인인 원주집을 소 잔등 위에 태우고 돌아오는 장면으로 시작되고 있다. 이 장면에서 화자는 계절의 순환-농경 사회에서 일년을 단위로 시작되는 식물의 한 살이－다양한 인물들의 삶을 융합해 가고 있다. 봄을 배경으로 농경 사회의 씨 뿌리기가 시작되는 과정과 주인공인 공재도가 혈통 계승을 위해 행동을 전개하는 과정이 나란히 배치되고 있다. 봄으로부터 농경 사회에서 일년을 단위로 한 식물의 순환적 삶이 시작되는 것과 등장인물의 혈통 계승을 위한 욕망이 펼쳐지는 과정이 병렬적 구성으로 동일화되고 있는 것이다.

소금받이로 상징되는 '씨(밭) 구해오기' 사건의 장면화는 외양간의 초야 의식의 장면으로 이동하면서 '씨를 뿌리고 경작하는 행위'로서의 원형 상징이 제시되고 있다.

> 저녁 무렵은 되어 외양간의 짚과 멍석을 펴고 신방이 차려질 때까지도 돌아가려고들은 안 하고 외양간 반지틈으로 첫날밤의 풍습을 엿볼 양으로 눈알을 굼실굼실 굴리며들 설렜다. 소의 본성을 본받아 잘 낳고 잘 늘라는 뜻이기는 했으나 그 당돌한 첫날밤의 풍습에 색시는 얼굴을 붉히며 서슴거리는 것을 여자들은 부끄럽긴 무에 부끄러워서, 소같이 튼튼한 아들을 낳아서 송씨 일문의 대를 이어야만 장한 일인데 라고 우겨서 외양간 안으로 밀어 넣는 것이다.[95]

공재도와 원주집이 외양간에서 벌이는 결혼 초야 의식이 현재형 시제에 의해 공간화된 장면으로 제시되고 있다. '외양간 의식'은 농경사회에서 풍요와 다산을 기원하는 '씨 뿌리기'의 원형적 이미지로 볼 수 있다. 소는 농경 사회의 가장 중요한 동력이므로 외양간 의식이라는 원시적 제의 속에는 인간의 신화적 사고가 잠재되어 있다. 이 원시적인 제의 속에는 소의 생식 능력과 다산성을 통해 식물의 생식력이 증장되어 풍년을 기원하고자 하는 시적 상상력이 함축되어 있다. 이 작품에서 인간의 생식력을 상징하는 대상으로서 '소'는 핵심적인 동물 심상으로 등장하고 있다. 화자가 인물—동물—식물을 동일화하여 배치하고 있기 때문에 자연 대상물은 화자의 인식이 투사되는 시적 이미지로 기능하게 된다.

화자의 인식은 등장인물들의 동일한 행위의 반복, 동일한 모티브의 반복으로 독자가 상징성을 인식할 수 있는 시적 이미지로 나타나게 된다. 외양간의 초야 의식은 송씨가 수태를 위해 고산 치성길을 떠나기 전날 밤에도 반복적인 모티브로 등장한다. 이로써 화자는 이 원시적인 제의가 생명력의 성장을 기원하는 인간 의식의 상징임을 제시하고 있다.

이와 같이 자아와 세계를 융합하는 화자의 인식은 등장인물의 행동으로 나타난다. 만물의 생명이 소생하는 봄이 시작되면서 산협이라는 신화적 공간의 주인공인 공재도가 대를 잇기 위한 성의 종족 보존 행위가 시작된다. 이 때, 산협에는 주인공의 욕망 성취를 둘러싼 인물들의 갈등이 나타난다. 원주집과 본부인인 송씨의 싸움, 재도에게 아들을 양자로 주고 재산을 얻으려던 재실 부부의 꿈이 원주집의 등장으로 좌절되는 과정, 원주집의 수태로 인한 송씨의 자

---

95) 이효석, 「산협」, 앞의 책, p.168 인용

살 사건 등이 그것이다.

초목과 농작물이 성장하는 여름에 원주집과 본부인이 수태를 하게 되는 사건은 봄의 혼례로부터 시작된 주인공의 욕망 성취에 대한 기대감이 계절의 순환과 조응하고 있음을 보여 준다. 가을에 주인공의 욕망 성취 단계는 절정을 이루게 되는데 두 여인의 배가 불러 만삭이 되는 것은 예년 없이 풍년이 든 추수기의 자연 현상과 나란히 진행된다.

그해 가을은 예년에 없는 풍년이 들어 추수는 어느 때보다도 흡족했다. 마당에는 볏단과 조잇단의 낟가리가 덤덤이 누른 산을 이루었고 뒤주간에는 잡곡이 그득 재어졌다. 낟이 굵은 콩도 여러 섬이 되어서 내년 봄 소금받이에도 흔하게 싣고 갈 수 있을 것이다. 밤 대추의 과실도 제사에 쓰고 남으리만치 뜯어 들였고 현씨는 마을 여자들과 날마다 먼산에 가서는 서리 맞은 머루 다래 돌배에다 동백을 몇광주리고 따왔다. 집안에는 그 열매 냄새와 함께 잘 익은 오곡 냄새가 후끈후끈 풍기고 두 사람의 아내는 부를 대로 부른 배에 진종일 머루를 먹었다. 반년 동안 신공한 덕이라고는 해도 배를 두드리며 지낼 한가한 겨울이 온 것을 생각할 때 재도는 몸을 흐뭇이 적시어 주는 행복감에 마음이 개나른해짐을 느꼈다. 이 가장 행복스러울 때 불행도 왔다. 그 불행이 오려고 그 때까지 행복이 준비되어 있었던지도 모른다. 어이없는 커다란 불행이 재도에게는 그렇게 밖에 여겨지지 않았다. 안온하던 마음이 뒤집힐 듯 번져지면서 한 몸의 불운을 통곡하고 싶었다.96)

인용된 부분에서 여인의 둥그렇게 불러오는 배와 둥그렇게 쌓이

---

96) 이효석, 「산협」, 『전집 3』, pp.184~185 인용

는 곡식의 낟가리는 시각적 이미지의 유추로 병치되어 식물의 생산적 결실과 인간의 생산적 결실이 비유적으로 표현된다. 봄—여름—가을의 순환에 따라 <씨뿌리기—성장—결실>의 식물적 삶의 순환은 <씨뿌리기—수태—만삭>의 인간 생명의 주기적 재생과 동일화된다.

서릿발 내리는 늦가을이 되자 꿈의 공간이었던 산협은 현실과 비극의 공간으로 변화된다. 공재도의 행복의 절정은 커다란 불행의 시작으로 극적 반전을 이루게 된다. 소와 바꾸었던 아내와 태어날 자식을 찾기 위해 원주집의 남편인 대장장이가 나타난 사건과 조카 중근이 가출하는 사건은 늦가을을 배경으로 발생된다. 주인공의 욕망 성취에 대한 기대감이 비극적으로 좌절되는 사건이 우주의 계절적 순환과 조응하여 제시되고 있다. 원주집이 떠나고 다음 해에 본부인 송씨가 아들을 낳았으나 송씨가 자살을 기도하는 비극적 사건이 연속된다. 공재도의 비극적 운명의 절정은 조카 중근과의 불륜의 씨인 태아가 갑자기 죽게 되는 사건이다. 공재도는 비극적 파멸에 이르는 세계와의 극단적 갈등을 겪고 산협을 떠나게 된다.

이 작품에서 등장인물들이 산협으로 돌아옴과 떠남이라는 중심 모티브가 반복되고 있다. 즉 소금받이 행사를 위한 공재도의 떠남과 돌아옴, 원주집의 산협으로의 도착과 떠남, 송씨와 조카 중근이 백일기도를 위해 산협을 떠났다가 돌아오는 행위가 반복된다. 이러한 모티브의 반복은 서사의 시간적 흐름을 단절시킨다. 또한 사계절의 순환으로서의 리듬, 원시적 제의나 원형 상징으로서 신화의 시간과 현실의 시간이 동일화되는 것도 은유 구성의 특징이다.

「산」, 「들」, 「메밀꽃 필 무렵」에서 문명의 세계와 자연의 세계로 이원화된 세계 인식은 「산협」에서는 자아와 세계가 화합했던 원초적 삶과, 자아와 세계가 분열된 현실의 삶으로 이원화된다. 「산협」
의 공간은 신화적 삶과 현실의 삶이 동일화되는 원형의 공간으로
볼 수 있다. 원형의 공간 속에서 현재의 시간과 고대의 시간이 병
치되어 등장인물들의 운명은 인간 삶의 원형으로 제시되고 있다.
이 작품은 전통적인 농경 사회의 가부장제 문화 속에서 혈통 계승
에 대한 주인공의 욕망 추구가 근원적인 생식 불능으로 좌절되는
비극적 결말을 통해 지상적 존재로서 인간의 한계를 포착하고 있
다.

　「산협」은 혈통 계승을 둘러싼 동기와 욕망의 갈등이 다양한 인물
의 관계로 나타나고 시간과 장소의 적절한 배열이 플롯을 이루고
있다. 「산협」은 서정성에 기초하여 병렬적 구성으로 이루어진 소설
이면서도 사계절이라는 시간의 흐름에 의해 서사의 계기적·인과적
구성과 혼합되고 있다. 그러므로 이 작품은 일반적인 소설의 형태
속에 원형 상징이나 자연 상징으로 화자의 인식이 시적 구도로 혼
합되어 나타나고 있다.

　그러므로 등장인물들은 성의 풍요와 불모를 상징하는 대상물로
등장한다. 주인공인 공재도는 그의 성(姓)인 공(void, 空)이 암시하
듯이97) 성의 불모성을 상징하는 인물이다. 특히 등장인물들의 생식
성은 농경사회의 동력의 원천인 소의 이미지에 비유되고 있다. 도
입 부분에서 씨받이인 원주집이 소를 타고 산협으로 들어오는 장면
에서 소의 화신으로서의 원주집은 강한 여성의 생식력을 나타나고
있다. 또한 수태를 하지 못하는 송씨는 '둘소'로 불려지며 남원리에
서 가장 힘센 중근의 남성적 위력은 황소의 이미지로 비유되고 있
다. 공재도가 수태하지 못하는 강영감집 소와 산협을 떠나게 되는

─────────────

97) 이혜경, 앞의 논문, p.109

마지막 장면에서는 생식 불능인 인간과 동물이 동일화되고 있다.

　이효석의 서정 소설은 병렬적 구성에 의해 동물 심상과 식물 심상의 비유가 많이 등장하게 된다. 이것은 작가가 근대적 인간의 중심을 해체하여 동·식물과 인간을 자연의 유기적 생명체로 동일화하고 있기 때문이다. 「메밀꽃 필 무렵」의 허생원은 늙은 나귀와 동일시되고 「돈」에서는 씨돝과 주인공, 암퇘지와 분이가 동일시되며, 「수탉」에서는 주인공과 수탉이 동일시되어 인물의 성격이나 외모를 시적 유추에 의해 형상화하게 된다. 「산협」에서 곡식의 낟가리나 나무의 식물 이미지는 여성적 생식력을, 농경 사회의 동력의 원천인 소의 이미지는 남성의 생식력을 상징하고 있다. 식물 이미지는 「오리온과 능금」, 「장미 병들다」에서 꽃, 능금의 자연 대상이 여성을 상징하는 것과 동일한 시적 상상력의 체계로 볼 수 있다[98]. 이처럼 작가의 시적 상상력은 근대의 자아와 세계의 대립을 미메시스를 통한 화합의 관계로 전환하려는 시도이다.

　「산협」에서 공재도의 운명은 인간 삶의 원형을 상징하게 된다. 이와 같은 일상적인 삶의 시간성을 배제하고 인간 삶을 원형으로 접근하게 되는 것은 흄의 불연속적인 세계관에 입각해 볼 때 과학적 지성이나 일상적 삶의 인식으로부터 벗어나고자 하는 모더니즘의 새로운 인식 방법의 하나이다. 자아와 세계를 즉자적으로 통합하는 시적 상상력으로서의 이미지의 언어는 원초적 진리를 회복하고자 하는 인간적 갈망의 표현이라는 것이다[99]. 이효석의 후기 서정 소설에서는 시와 소설이 혼합되는 구도 속에서 주술 시대의 신

---

98) 이재선은 이효석 소설에 나타난 이미지의 심상이 식물적 자연은 여성 원리를, 동물적 자연은 남성 원리를 은유하고 있다고 보았다.
　　이재선, 「한국현대소설사」, 앞의 책, p.348
99) 오세영, 앞의 논문, p.413

화적 진리를 회복하려는 새로운 인식의 시도를 보여 주고 있다. 즉 작가의 서정적 전망은 인간이 자연이나 타자와 동화된 미메시스적 삶에 대한 동경으로 나타난다. 「산협」에서 인간 삶의 원형으로 제시된 공재도의 상징성은 자아와 세계의 원초적 화합을 통해서만이 인간과 세계와의 갈등이 근원적으로 해소될 수 있음을 암시하고 있다.

7. 서정적 전망과 유토피아

1930년대 도시 문명을 비판하고 인간과 자연의 화합을 통해 당대 현실과의 갈등을 반어적으로 표현했던 이효석의 작품 세계를 통시적으로 고찰하였다. 특히 시와 소설의 장르 통합 양상으로 나타나는 이효석 소설의 문학적 특성을 고찰하기 위해 시적 서사를 평가할 수 있는 이론적 관점을 정립하고자 하였다. 서사성과 서정성의 원론적 고찰을 통해 서정 소설의 개념을 확립하고 그 이론적 관점을 토대로 당대의 시대적 배경과 서정 소설의 발생 과정을 고찰하였다.

1930년대는 일제의 군국주의 강화와 카프의 해체로 문학 전반의 창작 경향이 크게 위축되면서 사회적 갈등을 개인의 내면적 갈등으로 암시하거나, 반어로써 갈등을 표출하는 방법으로 서사 문학 속에 서정성이 강화되고 있다. 이 시기의 서사문학 속에 나타나는 주관주의적인 경향은 소설의 관점이 인물의 행동과 외적 현실보다는 인간의 내면세계를 탐구하려는 변화로서 모더니즘 소설과 미적 특성을 공유하고 있다. 이효석의 소설에 나타난 작가의 자아 반영적인 관점과 시간의 흐름이 공간으로 병치되는 구성, 이미지의 언어

에 의해 서술이 극화되는 것은 시와 소설의 장르가 접합되는 양상
이면서 모더니즘 문학의 특성을 보이고 있다.

이효석의 초기 소설에는 도시 공간으로 상징되는 제국주의의 식
민지 현실에 대한 인식이 점차 확장되어 가는 자각 단계를 제시하
고 있다. 「도시와 유령」이나 「기우」, 「마작철학」에서는 내성화된 화
자의 현실에 대한 비판적 관찰이 나타나고 있으며, 「노령근해」, 「상
류」, 「북국사신」에서는 사회주의 국가를 동경하는 화자의 내면 의
식으로 현실과의 갈등을 표현하기도 하였다.

이 시기의 작품에는 화자의 인식이 주관적 서술로 제시되기 때문
에 서정성은 서사 문학의 객관적 특성을 약화시키는 관념적·주관
적 요인으로 작용하고 있다. 또, 화자의 주관적인 단편적 인식은 장
면 전환과 같은 공간 구성으로 나타나기 때문에 서사의 시간적 흐
름이 압축되기도 한다. 서사 속에 공간의 동시성과 은유적 병치와
같은 서정적 관점이 도입되면서 시간의 흐름에 기초한 근대 소설이
공간적 구성의 모더니즘 소설로 변형되어 가는 과정을 보여 주고
있다.

1935년 이후 일제의 문화적 탄압이 강화되면서 창작 환경이 크게
악화되자 서사적 갈등을 내면화하거나 암시하는 우회적인 표현 방
법이 나타났다. 1933년에 발표된 「돈」을 기점으로 화자의 인식이
이미지로 표현되고 있으며 현실과의 갈등은 시적 비유나 상징으로
표현된다. 이 시기의 작품은 특히 화자의 인식이 공간화를 지향하
면서 공간의 상징성이 두드러진 특성으로 나타나고 있다. 자아와
세계의 대립은 문명 공간으로, 자아와 세계의 화합은 자연 공간으
로 이원화되고 있다. 이와 같이 그의 중기 작품에서는 인간과 자연
의 원초적 화합으로 문명 공간에서의 자아와 세계의 분열을 반어적

으로 표현하는 서정 소설의 양식화 원리가 나타나고 있다.

이 시기의 작품에는 인물 시각적 시점이 우세하여 초기의 작가적 서술 시점으로부터 점차 서술이 객관화되고 있으며, 이미지의 언어를 통해 서술자의 개입이 사라짐으로써 서술이 극화되는 특성을 보여 주기도 하였다. 또한 서사의 시간적 흐름이 공간의 동시성과 혼합되어 시간의 선조성에 기초한 계열적 플롯이 짧게 압축되기도 하였다. 그러므로 「산」, 「들」, 「메밀꽃 필 무렵」과 같은 공간 구성의 소설이 등장하고 언어로 된 이야기가 아니라 이미지에 의해 회화적으로 극화된 서사(그림으로 된 이야기)를 지향하기도 하였다. 이와 같이 장면 제시나 인물 시각적 관점으로 서술이 극화되는 것은 시간의 지속성을 전제하는 화자의 서술이 줄어들기 때문에 시간이 공간화 되는 서사의 기법으로 볼 수 있다.

1930년대 말 일제 파시즘의 강화로 작가와 환경 사이의 분열이 더욱 심화되면서 소설의 형상화 방식에도 많은 변화가 나타나게 된다. 이 시기에는 현실과의 갈등을 내면화하여 인물의 주관적인 심리묘사에 치중한 내성 소설이 등장하게 되는데, 이효석의 후기 소설에도 의식의 흐름이나 내적 독백으로 이루어진 심리주의적 경향이 나타난다. 의식의 흐름이나 내적 독백의 서술에서는 의식의 동시성에 의해 현재와 과거 사이의 서사적 거리가 단축되어 시간이 병치되는 특성을 보여 주기도 하였다. 이 시기에는 신화적 제재를 도입한 작품이 등장하는데, 이들 작품에서는 당대 현실과 신화의 원초적 세계를 병치, 유추하여 표현하고 있다. 신화의 도입은 시간의 흐름을 초월한 원형적 세계를 당대 현실과 병합하여 인간 삶의 원형인 미메시스적 삶에 대한 동경을 표현하고 있다. 이 시기의 작품에는 전지적 화자가 등장하여 스토리의 외부에서 서술하는 외적 초점화의 경향을 보여 주고 있다. 이효석의 후기 소설은 이와 같이 일반적 서사의 형식 속에 시적 요소를 상징적으로 배치한 서정 소설의 형태를 보여주고 있다.

이상에서 살펴본 바와 같이 이효석의 서정 소설은 서사 문학 속에 서정성이 혼합되어 시간의 흐름에 기초한 근대 소설이 공간의 병치로 구성되는 모더니즘 소설로 변화되어 가는 과정을 보여 주고 있다. 그러므로 서정 소설은 서사의 시간적 흐름을 공간의 동시성으로 짧게 압축함으로써 단편 소설의 형식적 완결감을 보여 주기도 한다. 소설이 시간의 흐름을 공간적 형식으로 변형하는 것은 시간의 지속을 통해 대상의 총체성을 반영하는 전대의 소설 창작 방법으로부터 서정적 순간을 통해 총체성을 포착하려는 새로운 표현 기법의 시도로 볼 수 있다. 이와 같이 서정 소설은 서사성과 서정성이 결합되면서 소설과 시 장르가 만나는 접점을 보여 주고 있다. 1930년대 서정 소설의 등장은 서사적 갈등을 내면화할 수밖에 없었던 당대 현실에 대한 문학적 대응 방식이며 소설의 관점이 인물의 행동이나 외적 세계보다는 내면세계와 의식의 탐구로 전환되는 과정을 보여주는 것이다.

Ⅳ. 반근대성과 주체의 소외
— 이태준론 —

1. 반근대성의 이념과 상고주의

이태준의 소설들은 내용면에서 순수 문학을 지향하고[1] 형식적으로 단편 소설의 기법을 발전시켰다는 양면적인 평가를 받아 왔다. 단편 소설의 완성자, 상고주의와 연민의 정조, 반도시성과 흙에로의 예찬[2] 등은 이태준의 서정적인 단편 소설에 대한 일반적인 평가이다. 그러나 이태준 문학은 서정적 특성 때문에 패배적 인간형, 역사 부재를 담고 있어 현실과 유리된 순수 문학으로 비판받기도 하였다.[3] 이것은 문학의 내용과 형식을 이분법적으로 분리하여 접근하기 때문에 이태준 소설의 서정적 측면을 해명하는데 한계를 보여준다. 이태준 소설의 서정성은 단순히 1930년대 순수 문학의 기교주의를 넘어서 반근대성의 이념을 구현한 모더니즘의 특성으로 접근할 때 그 본질을 해명할 수 있다. 서정적 특징을 반근대성의 이

---

1) 백철은 이태준 문학을 ‘사상이나 사조에 의거하지 않는 순문학’으로 규정하고 한국적인 애수에 바탕을 둔 감상주의를 특성으로 거론하고 있다. 백철, 『신문학 사조사』, (백양당, 1949), p.214.
2) 이재선, 『한국 현대 소설사』, (홍성사, 1979), pp.364~370.
   정한숙, 『한국 현대 문학사』, (고대출판부, 1982)
3) 김우종, 『한국현대 소설사』, (성문각, 1982)

넘과 연관지어 설명할 수 있을 때 우리는 해방 공간의 이태준의 문학적 활동과 월북 후 작품 경향을 초기 작품과의 연장선 속에서 이해할 수 있다.

1930년대 일제의 군국주의가 강화되면서 카프가 해체되어 이념 지향적인 창작 활동을 할 수 없게 되고 객관 현실과 거리를 둔 심미성을 추구한 소설이 등장한다.4) 이 시기에는 개인의 삶의 문제를 부각시켜 속에 나타난 문화적 가치의 갈등으로 암시한 현실과의 갈등을 작품이 등장하게 된다.5) 이로써 보편성이라는 메타 주관 아래 억압되었던 개인의 내면 의식이 소설 속에 형상화되었다. 이태준의 소설도 개별성의 관점에서 당대의 여러 사회 계층들의 의식과 현실과의 갈등을 포착하였다.

이태준 소설에서의 딜레탕티즘6)이나 상고주의7)는 반제국주의 및 반근대성의 이념을 구현하기 위한 중심 제재의 성격을 띠고 있다. 도시화·문명화를 비판하는 반근대성의 이념은 이태준에게는 반제국주의나 탈식민화의 대응 이념으로 선택되고 있기 때문이다. 이태준은 제국주의와 근대 문명을 등식으로 보고 상고주의를 표방함으로써 반어적으로 도시성·문명성에 대한 비판 의식을 표현하고 있다. 제국주의 식민지로 파괴된 근대 현실과 갈등을 겪는 서정적 주

---

4) 이태준은 「문장강화」에서 아름다운 언어란 의미와 표현이 합치되는 데서 얻어지는 것이 아니라 시적 어휘와 마찬가지로 질감을 갖는 문장미를 뜻한다. 이는 고도의 언어적 간결성, 언어의 절약에 의해 달성된다고 하였다. 『문장강화』, 앞의 책, p.336.
5) 윤병로, 「1930년대 소설의 일연구」, 『대동문화 연구』, (제 23집, 성균관대학교 대동문화연구원), pp.39~40면.
6) 김현/김윤식 공저, 『한국문학사』, (민음사, 1973), p.199.
   이태준의 딜레탕티즘은 개인의 안위와 골동품에 대한 기호심의 소산이며 지조나 이념을 기반으로 하는 선비 기질과는 다르다고 보았다.
7) 김윤식, 『근대문학사상 비판』, (일지사, 1978)

체는 전근대적 삶에서의 자아와 세계가 화합했던 유토피아를 동경하기 때문에 근대 소설을 해체하는 경향이 나타난다. 서정적 전망이란 세계와의 화합을 열망하는 주체의 내면의 동경을 표현한 것이다.

여기서 상고주의, 딜레탕티즘, 골통품화처럼 전근대적 삶이 아름답게 미화된 것은 근대성에 의해 파괴된 전근대성을 '있어야 할 것(유토피아)'의 으로 설정하기 때문이다. 이것은 식민지 근대화라는 파행적인 역사의 전개 과정에서 작가가 세계와의 소통과 화합을 지향하기 때문이다.

이태준의 서정 소설은 대체로 두 가지 부류로 나누어진다. 하나는, 작가와 유사한 인격체의 주체가 등장하여 제국주의의 침략으로 와해되어가는 식민지 조선의 현실을 자각해하는 인식의 플롯을 구축하는 자전적 경향의 소설이다. 「고향」, 「장마」, 「패강냉」 같은 작품들에서 자아 반영적인 화자는 사건이나 인물의 서사적 요소들을 내면 의식으로 여과하여 제시하기 때문에 다분히 감상적 경향이 나타나고 있다. 서정적 화자는 작가와 유사한 인격체로 등장하여 실제 삶을 투영하기 때문에 수필적 특징을 갖는다.

서정적 화자는 서사적인 인물이나 사건에 감정이나 정서를 투사하게 되며 이야기의 전달보다는 서정시의 자아처럼 주관적인 감정 표현을 목적으로 서술을 전개한다. 이때 화자는 제국주의 식민지로 몰락한 당대 현실의 모순을 자각해 가는 서정적 인식의 순간을 화자의 파편화된 인식을 따라 전개하기 때문에 행동의 완결성을 그리는 서사의 유기적 구성은 해체된다.

이태준의 서정적 소설의 두 번째 부류는 화자가 주변 인물들에 대한 자신의 동정과 감상을 표출하는 작품들이다. 이때 서정적 주체의 주요 탐색 대상인 등장인물들은 주로 근대화의 시대적 흐름과 절연되거나 적응하지 못하고 몰락해가는 전근대적(봉건적)인 인물이다. 이들은 주로 유학자, 노인, 이농민, 기생(퇴기)들이며, 작가는 이들에 대한 관찰과 사색을 제시한다. 작가가 근대화의 중심에서 밀려난 변두리적 인물들에 대한 서정을 자주 다루고 있는 것은 근대화로부터 소외된 인물들의 운명을 통해 제국주의 근대화의 파행성 속에서 몰락해 가는 현실을 자각하는 인식의 여로(旅路)를 그리고 있기 때문이다.

「봄」, 「꽃나무는 심어놓고」에서도 근대화의 중심에서 밀려난 이농민들이 도시 빈민으로 몰락해 가는 비극적 운명을 통해 식민지 모순을 점진적으로 자각해 가는 과정을 그리고 있다. 이때 봄, 꽃나무와 같은 자연 대상물의 원초성은 문명성과 대비되면서 자연을 지배하는 근대화가 인간을 억압하는 권력의 실체임을 투시하고 있다. 이태준의 소설이 서정적인 경향으로 기울어지는 것은 작가가 인물과 환경과의 갈등을 인간의 보편적인 행위가 아니라 개인의 심리적 억압으로 투시하기 때문이다.

2. 자기 인식의 여로와 현실과의 갈등

이태준의 인식의 여로를 그리고 있는 서정적 소설의 대표적인 작품은 1931년 동아일보에 발표된 「고향」이다. 일본 동경 유학생인 김윤건은 일본에서 조선으로 돌아오는 여정에 조국의 변모된 실상을 깨닫고 일제의 식민지로 전락한 조선의 현실을 자각하게 되는 인식의 변화를 겪는다. 일반 서사가 행동의 완결성을 그리는 것과 같이 서정적 소설은 화자의 자각 행위를 완성해 간다. 작가의 자아가 반영된 화자는 일본-현해탄-부산-서울의 공간적 이동에 따라 화자의 탐색을 점진적으로 발전시켜 간다.

이 작품은 선택적 전지의 시점8)으로 김윤건의 내면 의식을 초점화하고 있기 때문에 김윤건의 주관적인 서정에 따라 서술이 전개된다. 특히 일본 유학생이며 지식인인 김윤건의 의식에 비춰진 당대의 현실은 고향이 아니라 전쟁터(戰場)로 인식된다.

김윤건은 배 안에서 만난 유학생 김이 조선의 현실은 아랑곳하지 않고 은행에 취직된 것을 자랑으로 삼는 속물근성을 목격하고 분노하며, 조선인 노동자들이 일제에 의해 노동력만 착취당한 채 귀향하는 이야기를 듣고 민족적 울분을 느낀다. 또한 하관에서부터 초량까지 자신을 미행하고 불심 검문을 하는 형사들로부터 개인의 자유를 억압하는 현실에 분노를 느낀다. 서울에서 만난 선생과 친구들의 이기적이며 기회주의적인 행동, 사회주의 운동가인 박철의 변절을 보고 점차 속물화되어 가고 세속화되어 가는 현실에 울분을 느낀다. 화자는 현실을 관찰하는 지각자로서 사건이나 인물을 통해 자신의 주관적인 감정을 투사하기 때문에 이 작품은 김윤건의 내면 의식이 집중적으로 초점화되고 있다.

이처럼 화자는 타향에서 고향으로 돌아오는 여로에서 조국의 변화된 현실을 인식할 수 있는 자각의 대상을 선택적으로 점묘하고 있다. 김윤건은 일제의 침략과 파행적인 근대화로 고향의 원형적 행복이 깨어져 가는 현실과 심각한 부조화를 겪게 된다. 이러한 갈

---

8) 선택적 전지의 시점이란 특정한 인물을 선택하여 전지적 관점을 부여하는 경우를 말한다. 내성화된 소설에는 사회적 총체성보다는 작가나 인물의 개별화된 내면 의식을 주로 반영하기 때문에 서정적 주인공에게만 선택적으로 전지적 관점을 부여하는 경우가 많다. (Norman Freedman, ≪Form and Meaning in Fiction≫, The University Georgia Press, 1975)

등은 친구와 술을 마시고 폭력을 행사하는 극단적인 행동으로 표출
되고 있다.

 조선의 몰락한 현실을 자각한 화자는 지식인으로서 자신의 무력
감을 깨닫게 되고 울화나 울분의 감정으로 현실과의 갈등을 내면화
한다. 환경과 행동으로 대립하는 적극적인 인물이 사라지고 현실의
수동적인 지각자로서 갈등을 내면화하는 주인공이 등장하는 것은
1930년대 후반 소설의 특징으로 볼 수 있다. 이상, 최명익의 소설에
서도 인물의 행위를 내면의 자각 행위로 재체험하는 수동적인 지각
자로서의 서정적 주인공의 존재를 확인할 수 있다.

 이와 같이 서정적인 화자의 주관적인 감정 투사가 서사의 구성을
해체하여 서정적 특징으로 변형시켜 가는 작품으로 「장마」가 있다.
「장마」는 이상을 펼칠 수 없는 지식인이 지루한 하루의 일상 속에
서 겪게 되는 무력감과 권태로움의 서정을 표현하고 있다.

 이 작품은 거의 작가와 유사한 인격체의 화자가 등장하여 경제적
빈곤으로 인해 아내(실제 인물과 유사)와 갈등을 겪는 과정을 그리
고 있다. 또한 이상, 구보, 빙허, 수주, 노산, 일석 등 당대의 문단
작가들이 등장하기 때문에 수필에 가까울 만큼 신변잡기적인 사소
설적인 경향을 보여 준다. 특히 모더니티의 대상물로서 낙랑의 찻
집, 명치 제과, 전차, 뻐스, 맥주들이 등장하여 당대의 삶 속에 제국
주의 문명의 산물이 침투한 실상이 포착된다. 서정적인 작가로서
이태준의 감각은 제국주의 권력의 침투를 전통적인 우리 문화의 파
괴로 미시적으로 투시하고 있다.

　(1) 버스는 오늘도 놀리고 간다. 우산을 접으며 뛰어가려니까
　　출발해버린다. 나는 굳이 버스의 뒤를 보지 않으려, 그 얄미운 버

스 뒤에다 광고를 낸 어떤 상품의 이름 하나를 기억해야 할 의무
를 가지지 않으려, 다른 데로 눈을 피한다.

　벌써 삼년째 거의 날마다 집을 나와서는 으례 버스를 타지만,
뛰어오거나 와서 기다리거나 하지 않고 오는 그대로 와서, 척 올
라탈 수 있게, 그렇게 버스에 알맞게 만나본 적은 없다. 그 여러
백번에 한두 번쯤은 그런 경우가 있는 편이 도리어 자연스러운
일일 것 같은데 아직 한 번도 그 자연은 오지 않는다.

……(중략)……

　(2)안국동(安國洞)서 전차로 갈아탔다. 안국정(安國町)이지만 아
직 안국동이래야 말이 되는 것 같다. 이 동(洞)이나 이(里)를 깡그
리 정화(町化)시킨 데 대해서는 적지 않는 불평을 품는다. 그렇게
비지니스의 능률만 본위로 문화를 통제하는 것은 그릇된 나치스
의 수입이다. 더구나 우리 성북동(城北洞)을 성북정(城北町)이라
불러보면, ‘이주사’라고 불러야할 어른을 ‘리상’이라고 남실거리는
격이다. 이러다가는 몇 해 후에는 이가니 김가니 박가니 정가니
무슨 가니가 모두 어수선스럽다고 시민의 성명까지도 무슨 방법
으로든지 통제할런지도 모른다.
　<u>모든 것에 있어 개성(個性)을 살벌하는 문화는 고급한 문화는
아닐 게다</u>[9].

　(1)의 부분에서 버스에 의해 놀림을 당하고 버스 뒤에 붙은 광고
를 외면하는 화자는 버스라는 모더니티의 대상물에 얄미움의 감정
을 투사할 만큼 도시 문명에 대해 반감을 갖고 있다. (2)에서의 화
자는 자아 반영적인 특징 때문에 거의 수필적 화자에 가깝다. 특히
일제의 제국주의 침략이 일어 전용과 같은 문화 말살 정책으로 자

---

9) 이태준, 「장마」, 『이태준 전집2』, (깊은 샘, 1988), pp.23~25 인용.

행되는 것을 비판하고 제국주의의 강압적인 문화 통제를 위기의식으로 느끼는 화자의 심정이 직접 토로되고 있다. 이 작품은 거의 작가의 자전적인 소설에 가깝다. 작가가 전통적인 문화를 미적 아름다움의 가치로 숭상하는 것, 즉 상고주의가 반근대성의 대응 이념으로 선택된 것임을 알 수 있다.

이 작품은 화자의 심리적 추이를 따라 현재의 의식 속에 과거의 사건을 병치하기 때문에 시간의 계기성이 해체된 비유기적 구성으로 되어 있다. 이 작품에서 화자는, 박태원의 「소설가 구보씨의 일일」의 도시의 산책자처럼 성북동-외출-조선중앙일보사-낙랑-비내리는 포도-진고개-대판옥점-성북동(을 향함)과 같은 원점 회귀의 여로로 공간을 이동하면서 인식을 완성해 간다. 이 작품도 행동적 플롯이 심리적 플롯으로 대체되기 때문에 서정적인 특성을 보여 준다.

주인공은 '버스 승객과 감독과의 싸움, 신문사 친구들의 바쁜 일상과 말동무가 그리운 현실속'을 선택적이고 점묘적으로 관찰한다. 그러나 작품의 결말 부분에서 싸운 아내와 화해를 시도하는 주인공의 의식 속에는 세계, 또는 타자와 화합을 열망하는 서정적 전망이 제시되고 있다.

「패강냉」에도 일제의 제국주의 침략에 의해 조선의 전통적인 문화 가치가 훼손되어 가는 현실을 고통스럽게 지각하는 지식인으로서 작가의 인격이 반영된 화자가 등장한다. 이 작품의 공간적 배경은 평양 대동강변으로 화자는 평양과 대동강변을 산책하며 조선의 전통적인 원형의 미가 깨어지고 있음을 인식한다. 대동강변의 변화된 모습은 화자에게 슬픔의 정서를 유발하고 친구 박의 속물화된 모습 속에서 갈등을 느낀다. 화자는 이처럼 의식 속에 포착되는 대

상물을 통해 주관적인 감정을 투영하면서 자기 인식의 여로를 그려
가기 때문에 서정적인 정조를 유발하고 있다.

　　다락에는 제일강산이라, 부벽루라, 빛낡은 편액들이 걸려 있을
뿐, 새 한 마리 앉아 있지 않았다. 고요한 그 속을 들어서기가 그
림이나 찢는 것같이 현은 축대 아래로만 어정거리며 다락을 우러
러본다.
　　질픽하게 굵은 기둥들, 힘 내닫는 대로 밀어던진 첨차와 춧가
지의 깎음새들, 이조(李組)의 문물다운 우직한 순정이 군데군데서
구수하게 풍겨 나온다.
　　　……(중략)……
　　현은 피우던 담배를 내던지고 저고리 단추를 여미었다. 단풍은
이제부터 익기 시작하나 어느덧 손이 시리다.
　　[조선 자연은 왜 이다지 슬퍼 보일까?]
　　현은 부여에 가서 낙화암이며 백마강의 호젓함을 바라보던 생
각이 난다10).
　　정거장에 나온 박은 수염도 깎은 지 오래여 터부룩한데다 버릇
처럼 자주 찡그러지는 비웃는 웃음은 전에 못 보던 표정이었다.
그 다니는 학교에서만 찌싯찌싯 붙어 있는 것이 아니라 이 시대
전체에서 긴치 않게 여기는, 찌싯찌싯 붙어 있는 존재 같았다. 현
은 박의 그런 찌싯찌싯함에서 선뜻 자기를 느끼고 또 자기 작품
들을 느끼고 그만 더 울고 싶게 괴로워졌다11).
　　현은 평양여자들의 머리 수건이 늘 보기 좋았다. 현은 단순하
면서도 흰 호접과 같이 살아 보였고 , 장미처럼 자연스런 무게로
한 송이 얽힌 댕기는, 그들의 악센트, 명랑한 사투리와 함께 ‘피
양내인’들만이 가질 수 있는 독특한 아름다움이었다. 그런 아름다
움을 제 고장에 와서도 구경하지 못하는 것은 평양은 또 한마디

---

10) 이태준, 「패강냉」, 『이태준 전집2』, 앞의 책, p.209 인용.
11) 이태준, 『이태준 전집2』, 앞의 책, p.210 인용.

의미에서 폐허라는 서글픔을 주는 것이었다.[12]

　이 작품도 현이라는 주인공의 선택적 전지 시점으로 서술되는데 화자는 슬픔·괴로움·서글픔과 같은 감정 투사 형용사를 그대로 서술하면서 감정을 전달하고 있다. 화자는 슬픔, 서글픔, 괴로움의 정조로 통일하여 이러한 감정 양상과 관련 있는 사건이나 인물들을 선택적으로 제시하기 때문에 심리적 플롯이 구성된다. "찌싯찌싯한" 박의 자신감 없는 비굴한 태도에서 현은 무력한 자신의 존재를 본 것 같은 갈등을 느낀다. '찌싯찌싯'은 이 시대 지식인과 예술가의 무력감을 하나의 형용어로 표현한 것으로서 필요한 존재로서의 당당함과 자신감을 상실한 지식인의 존재론적 상황을 암시한다.

　현은 평양 여자들의 독특한 아름다움이었던 흰 머리 수건이 사라지고 기생 영월이 퇴락해 가는 모습 속에서 몰락해 가는 평양의 운명을 자각한다. 특히 옛서울이지만 빛낡은 편액들과 새 한 마리 날아들지 않는 폐허의 평양은 몰락해 가는 민족의 운명을 암시하는 것 같다. 여기서 흰빛의 시각적 심상은 우리의 민족성을 환기하는 심상으로 선택되고 있다. 흰빛의 시각적 심상은 「복덕방」에서 몰락해 가는 안초시의 때묻은 옷과 대조적으로 제시되어 하얀 구름의 시각적 심상으로, 「그림자」에서 기생 소련이가 입은 흰 모시 저고리와 흰 모시 치마에서 반복해서 제시되어 하나의 시각적 이미지가 대상의 전체상(조선 민족)을 환기하도록 배치하고 있다. 이처럼 서정적인 인식은 하나의 대상과 내면 의식이 만나는 서정적 순간의 이미지를 통해 대상의 전체성을 환기하기도 한다.

　근대화로 인해 모든 가치가 속물화되어 가는 현실이지만 예술가

---

12) 이태준, 『이태준 전집2』, 앞의 책, p.211 인용.

만은 현실의 부정성에 물들지 않고 진정한 가치를 추구해야 하는 존재라고 말한 것이다. 현은 타락한 현실과 거리를 둠으로써 현실을 비판할 수 있는 것이 세속화된 현실에서 예술가의 책무임을 자각하고 있다. 현은 식민 자본주의의 속물화, 비인간화되어 가는 세태와 심리적인 부조화를 경험하게 된다.

[어떻게 채려야 실속인가?]
[팔릴 글을 쓰란 말일세. 자네들 쓰는 걸 인제부터 누가 알아야 읽지 않나? 나두 가끔 자네 이름이나 점 읽어볼까 해두 요미미꾸꿋데…… 도-모이깡……(읽으려 해도……잘-안되……)]
[아니꺼운 자식……너희 따윈 안 읽어두 좋다. 그래 방향 전환을……뭐……어디 가 글쓰는 놈이 선견이구 어쩌구 하는구나? 똥내나는 자식……]
[나니?]
김이 발끈해진다. 김이 발끈해지는 바람에 현도 다시 농담기가 걷히고 눈이 번쩍 빛난다.
[더러운 자식- 나닌 무슨 말라빠진……]
하더니 현을 술을 깨려고 마시던 사이다컵을 김에게 사이다 채 던진다. 깨어지고 뛰고 하는 것은 유리병만이 아니다. 기생들이 그리로 쏠린다. 뽀이들도 들어온다.
[이자식? 되나 안되나 우린 이래뵈두 예술가다! 예술가 이상이다. 이 자식……]
하고 현은 두리두리해진, 눈엔 눈물이 핑-어리고 만다13).

현은 팔리는 글을 쓰도록 방향 전환을 하라는 김의 충고에 격분하여 사이다병을 김에게 던지며 항의한다. 현은 속물화되어 가는

---

13) 이태준, 「패강냉」, 『이태준 전집2』, 앞의 책, pp.218~219 인용.

세태에 예술가마저 돈벌이로 타락해 가는 현실에 서글픔을 느낀다. 이처럼 현은 근대화로 전통적인 가치가 와해되어가는 폐허의 평양을 관찰, 사색하며 친구 박, 김과의 만남을 통해 인간마저 속물화되어 가는 현실을 비판적 의식으로 포착한다.

현은 '이상견빙지(서리를 밟거든 그 뒤에 얼음이 올 것을 각오하라)'라는 주역의 말을 생각하며 현실의 부정성을 각성하게 된다. 이때 현은 밤의 대동강 강물을 '시체와 같이 차고 고요하다.'는 정서로 느끼게 되는데 이것은 식민지 근대화로 변화되어 가는 조선의 현실을 시체의 이미지로 포착하고 있는 내면 풍경을 암시하는 것이다.

이와 같이 작가의 자아 반영적인 화자는 현실의 점묘적 관찰과 사색을 통해 조선의 근대화는 곧 일본 제국주의의 침탈로 인식하기에 이른다. 작가는 내면의 동경 속에서 근대화로 인해 상실한 전통적인 가치를 '있어야 할 이상'으로서의 유토피아로 설정하고 있다. 이러한 작가의 근대성에 대한 비판적 인식은 식민지 근대화의 변동 속에서 역사의 중심으로부터 밀려나 소외되어 가는 변두리적인 인물들을 관찰하며 연민과 동정을 투사하는 경향의 작품으로 이어지고 있다.

3. 변두리적 인물과 갈등의 내면화

이태준은 근대화의 시대적 흐름에 적응하지 못하고 몰락해 가는 전근대적인 인물로서 유학자, 노인, 이농민, 기생(퇴기)들에 대한 관찰과 사색을 제시하였다. 작가가 근대화의 중심에서 밀려난 변두리적 인물(marginal man)들에 대한 서정을 자주 다루고 있는 것은 전근대적 인간들의 운명을 통해 제국주의의 침략으로 몰락해 가는 민족의 운명을 자각하는 인식의 여로(旅路)을 그리고 있기 때문이다.

　소설 속의 인물이 환경에 대해 합리적으로 사고할 수 없거나 능동적으로 대응할 수 없는 경우 이들은 세계의 중심으로부터 벗어나 변두리적(marginal man)[14]이 된다. 변두리적·주변적 인물들은 서사 공간에서 환경과 대결하는 인물이 아니라 정한, 애수, 설움과 같이 정서적·감정적으로 대응하는 수동적 인물로 등장한다. 이들에게는 세계와의 갈등을 합리적으로 인식할 수 있는 계기는 주어지지 않고 이미 그들이 대결하고 있는 현실은 자아와 극심한 갈등을 겪고 있다는 점에서 환경에 대한 패배는 필연적이라 할 수 있다.

　이와 같이 이태준이 소멸해 가는 계층의 인물들을 서정적으로 점묘하는 경향은 감상주의적이며 패배적인 인간형[15]만을 다루었다고 부정적으로 평가받았다. 이태준은 변두리적 인물들을 등장시켜 것은 식민지 근대화로 인해 민족 공동체가 와해되어 가는 현실과 몰락해 가는 계층들의 심리적 갈등으로 포착하고 있다.

　「봄」, 「꽃나무는 심어놓고」는 일제의 농업 정책에 의해 농촌 공동체가 와해되면서 토지로부터 이탈된 이농민이 등장하는데 이들은 삶의 근거지를 잃고 문명의 중심인 서울로 유입되어 도시 빈민으로 전락하기에 이른다. 「봄」은 도시 빈민이며 노동자인 박씨가 벚꽃 핀 봄날 자연으로부터 소외되어 슬픔과 외로움, 마침내 울분의 감정으로 현실과 불화를 겪는 과정을 제시하고 있다.

　박은 시골의 땅을 경매로 잃고 서울로 올라와 천 여 원의 남은 돈마저 날려버린 뒤 도시 빈민으로 전락하였다. 도시 빈민촌에서 아내는 전염병 얻어 죽고, 딸은 담배 공장의 노동자가 되었으며 자

---

14) 김윤식, 『한국 근대 문학 사상 비판』, (일지사, 1978), pp.179~191.
15) 김우종, 『한국 현대 소설사』, (선명문화사, 1979), p.241.

신도 인쇄소의 노동자가 되었다. 이처럼 전근대적인 농촌의 생활 터전을 빼앗기고 토지로부터 이탈된 이농민들은 근대화의 본질을 합리적으로 파악할 수 없기 때문에 타향(도시)에서 몰락할 수밖에 없는 운명에 처한다. 박은 아내의 죽음으로 가족이 파산하여 세계와의 화합은 깨어지고 만다. 현재 주인공의 욕망 결핍은 고향에서 아내와 보냈던 전원적인 행복에 대한 그리움과 과거적인 것에 대한 향수를 통해 반어적으로 제시된다.

　　자기 고향은 인근에서는 산수 좋기로 치는 것이엇다. 이만 때
　가 되면 진달래가 앞뒷산에 불붙듯 피어올라 강물과 동리가 온통
　꽃빛에 붉어 있었다. 자기는 개울에서 고기를 잡다가, 아내는 둔
　덕에서 나물을 캐다가
　　[꽃도 되운 폈소……]
　하고 앞 뒤 산을 번갈아 바라보던 생각도 났다16).

　아내와 행복하게 살았던 과거의 고향은 박의 내면 속에 심상화된 이미지로 아름답게 간직되어 있다. 진달래의 붉은 빛으로 심상화된 고향은 박이 고기를 잡을 때 아내는 나물을 뜯는 등 인간과 자연이 조화를 이루었던 화합의 공간으로 표상되고 있다. 이처럼 이 작품의 배경은 자아와 세계가 화합했던 고향(농촌)과, 자아와 세계가 대립하는 타향(도시)으로 이원화되어 있다. 고향과 타향의 공간은 주인공의 내면 의식이 투사된 의미 공간으로서 제시된다.

　　참말 아름다운 날이었다. 하늘은 가을처럼 맑고 해는 여름처럼
　　빛난다고 할까. 게다가 밤새로독 가는 빗발에 촉촉히 눅은 땅은

─────────────────────

16) 이태준, 「봄」, 『이태준 전집1』, 앞의 책, pp.76~77 인용.

꽃처럼 훈훈하고 향기로웠다. 구석구석이 키를 다투듯 자라나는 풀잎들이며 그윽한 벌의 소리, 나비날음, 누구에게 안 그랬으랴마는 박에게는 온전히 경이의 세계였다.

　[참 세상은 아름답구나. 이렇게 좋은 봄날을 우리는 우리 것으로 누려 보지 못하는 구나, 풀 한포기 없는 세멘트 바닥에서 윤전기나 돌리구……어디 새 소리 한마디 들을 수 있나, 왼종일 오장육부가 되흔들리는 엔진 소리에 귀가 먹먹해 사는 것밖에……]

　박은 세상이 원망스럽다는 듯이 보지도 않고 손이 던져지는 대로 풀 한웅큼을 잡아 뜯었다. 잡아뜯는 풀을 가까이 갖다 보니, 그냥 풀만인 줄 알았던 것이 좁쌀알만한 꽃들이 무수히 달려 있었다. 그것을 본 박의 마음은 더욱 다감하였다[17].

　창경원과 남산의 벚꽃이 만발한 서울은 박씨에게는 소외적 공간으로서 타향이며, 고향의 원형적 행복이 깨어진 분열의 공간이다. 고향 산촌의 진달래꽃과 도시 서울의 벚꽃의 대조적인 이미지는 고향의 원형적 행복과 타향(도시)의 불행을 대비적으로 제시한다. 도시의 노동자로 전락한 박은 화창한 날씨에 벚꽃이 만개한 봄의 자연을 누릴 수 없다. 박은 타향의 이방인으로서 심리적인 소외감 때문에 자연과 화합할 수 없는 상태에 이르게 된다. 아내의 죽음과 일요일에도 잔업을 위해 공장에 나가야 하는 어린 딸, 시멘트 바닥에서 윤전기나 돌려야 하는 자신의 처지는 화창한 봄날 박을 심각한 심리적인 소외자로 만든다.

　"참 세상은 아름답구나. 이렇게 좋은 봄날을 우리는 우리 것으로 누려 보지 못하는 구나"라고 박은 독백적으로 탄식한다. 박이 고향에서 화합했던 동일한 자연 대상물이지만 도시의 타향 생활 속에서

---

17) 이태원, 『이태원 전집 1』, 앞의 책, p.77 인용.

자연은 박과 대립하며 박을 소외시킨다.

이처럼 「봄」에서는 외부 현실과 주인공의 내면세계가 첨예하게 대립한다. 화창한 봄날의 따뜻하고 밝은 이미지는 박이 누워 있는 방안의 어둡고 음산한 분위기와 대비적으로 제시된다. 꽃구경을 나온 인파로 세상이 번잡할수록 주인공은 시끄러운 현실로부터 슬픔의 서정을 느낀다. 여기서 박과 같은 이농민들이 세계와 자연으로부터 소외될 수밖에 없는 근대적 소외의 새로운 양상이 포착되고 있다. 근대적 소외란 인간의 자연 지배의 결과 인간이 다시 자연이나 타자(아름다운 세상)로부터 소외되는 반어적인 사태를 가리킨다.

마지막 결말 부분에 박이 일요일에 공장에서 잔업 하는 딸을 위해 꽃나무를 꺾었다가 산지기에게 들켜 매를 맞는 장면은 주인공의 심리적인 갈등을 고조시킨다. 자연조차 누릴 수 없는 현실을 깨닫자 박은 딸의 화병을 발로 차는 폭력적인 행동으로 현실에 대한 울분을 표출하게 된다.

도시 빈민으로 전락하여 식민지 근대화의 새로운 소외 계층으로 등장한 이농민들은 현실과의 갈등을 가장 예각화하여 표출할 수밖에 없다. 이 작품은 박씨의 내면 의식에 따라 전개되기 때문에 독립적인 사건들이 선택적으로 제시된다. 이태준의 소설이 서정적인 경향으로 기울어지는 것은 작가가 소외된 인물의 심리적인 억압을 포착하여 투시하기 때문이다.

이태준의 소설에서도 이효석, 김유정과 같이 시간·공간적 배경에 화자의 내면 의식이 투사 되어 내포적 의미를 갖게 된다. 과거의 전근대적 삶, 고향은 세계와 화합했던 유토피아의 공간이다. 근대화된 현재, 타향인 도시의 삶은 과거의 원형적 행복이 깨어지고 진정한 가치가 소멸된 삶인 디스토피아의 공간이다.

이태준은 고향/ 타향, 농촌/도시, 자연/문명, 화합/ 분열, 진정성/ 부정성, 전근대성/ 근대성을 유토피아와 디스토피아의 이항 대립적인 구도 속에 투사하고 있다. 이태준 소설에서 고향/ 타향은 특히 화합/분열의 공간으로 의미화된다. 「고향」이라는 작품에서 일본 유학생인 김윤건은 조선으로 돌아오는 배 안에서의 조선의 국토 전체를 자신의 고향으로 인식하고 있다.

> 내고향은 철원도 아니요, 배기미도 아니요, 서울도 아니다. 부산 부두에 발을 올려딛는 때부터 내 고향이다. 내고향은 편안히 쉬일 자리를 줄 리가 없다. 그것을 바라고 그것을 꾀할 나도 아니다.18)

김윤건은 이미 자신의 고향이 원형적 행복을 보장하지 않는 분열의 공간으로 변화하였으며 타향과 같은 소외적 공간임을 자각한다. 말하자면 농촌을 떠나 타향에서 소외자가 된 박씨처럼 조선 민족 전체는 고향을 잃어버린 식민지 민족으로서 소외감을 겪게 되는 현실을 자각 한다.

「꽃나무는 심어놓고」도 근대화의 본질을 합리적으로 파악할 수 없는 전근대적 인물인 이농민들이 도시 문명으로부터 소외되어 몰락해가는 운명을 그린 작품이다. 농민 방씨 일가는 32년 동안 김진사네 소작인으로서 '그리운 것이 없이 살았다.'고 할 만큼 행복한 삶을 살았다. 그러나 김진사의 아들이 일본 사람과 금광 동업을 하다가 망하여 몰락하자 일본 사람의 회사로 땅주인이 바뀌면서 비극적인 운명을 맞게 된다. 이 때부터 일본인 지주의 악랄한 착취가

---

18) 이태준, 「고향」, 『이태준 전집3』, 앞의 책, p.8 인용.

시작되고 방씨는 마침내 늘어나는 빚을 갚기 위해 소와 집을 팔고 고향을 떠날 수밖에 없게 된다.

방서방네 동네에 이농민이 늘어나자 마을의 군에서는 사꾸라 나무를 사랑하는 마음이 강해지면 마을을 떠나는 이농민이 없어진다 하여 사꾸라 나무 200주를 심도록 한다. 마을 주변에서 잘 자라는 사쿠라나무와는 달리 방서방네 동네 사람들은 빚에 쪼들려 고향을 떠나는 이주민이 늘어만 간다. 이농민의 문제를 해결하기 위해 사꾸라 나무를 심는 군의 행정 정책은 당시 농민의 생활 실상과는 동떨어진 것으로 식민지 농업 정책의 허구성을 드러낸다.

이농민으로 서울로 이주한 방서방 가족은 추운 겨울을 다리 밑에서 지내야 하는 도시 빈민으로 전락한다. 방서방이 일자리를 구하지 못하여 양식이 떨어지자 아내 김씨는 밥을 구걸하러 나갔다가 길을 잃고 헤맨다. 김씨는 친절을 가장한 도시의 비정한 매파에 의해 어디론가 팔려간다. 어린 딸마저 병을 얻어 병원 치료비가 없어 죽자 방서방네 일가는 완전히 파산하고 만다. 이듬해 봄의 방서방은 고향에서 누렸던 원형적 행복을 상실한 소외자가 되어 슬픔의 감정으로 현실과의 갈등을 내면화하게 된다.

> 봄이 왔다. 그렇게 방서방을 춥게 굴던 겨울은 다 지나가고 그 대신 방서방을 슬프게 구는 봄이왔다. 진달래와 개나리꽃 가지들은 전차마다 자동차마다 젊은 새악시들처럼 오락가락하고, 남산과 창경원에 사쿠라꽃이 구름처럼 핀 때였다. <u>무딘 힘줄로만 얼기설기한 방서방의 가슴에도 그 고향 그 딸, 그 아내를 생각하기에는 너무나 슬픈 시인이 되게 하는 때였다.</u>
> 하루 아침, 그 날따라 재수는 있어 식전바람에 일본 사람의 짐을 지고 남신정 막바지까지 가서 어렵지 않게 오십 전 한 닢이

들어왔다. 부리나케 술집을 찾아 내려오노라니 일본집 뜰안마다
가지가 휘어지게 열린 사쿠라 꽃송이, 그는 그림을 구경하듯 멍
하니 서서 바라보았다. 불현듯 고향 생각이 난 것이었다.

　[우리가 심은 사쿠라나무도 저렇게 피었으려니……동네가 온통
꽃투성이려니……]

　그때 마침 일본 여자 하나가 꽃 그늘에서 거닐다가 방서방과
눈이 마주쳤다 방서방은 무슨 죄나 지은 듯이 움찔하고 돌아섰
다. 꽃결같이 빛나는 그 젊은 여자의 얼굴! 방서방은 찌르르 하고
가슴을 진동시키는 무엇을 느끼며 내려왔다.

　……(중략)……

　그러나 술만 깨면 역시 세상은 견딜 수 없이 슬픈 세상이었다.

　[경칠놈의 세상같으니!]

　하고 아무데나 주어앉아 다리를 뻗고 울고 싶었다.19)

　이 작품을 통일하는 정조는 이농민 방서방의 슬픔과 울분의 감정
이다. 도시로 이주하여 가족을 모두 잃고 도시 빈민으로 전락한 방
서방은 '경칠 놈의 세상'이라고 저주하며 현실과의 갈등을 내면화
하고 있다. 「꽃나무는 심어놓고」에서 전체 작품은 사쿠라라는 객관
적 상관물을 통해 서정적 구도로 짜여진다. 방씨는 도시의 일본집
안마당에 피어 있는 사쿠라나무를 통해 연상작용으로 고향에 심어
놓은 사쿠라 나무를 회상한다. 고향에는 봄이 되어 사쿠라꽃이 만
발하였지만 농민들은 반대로 고향을 떠나야만 하는 반어적인 상황
이 제시되고 있다. 방씨는 사쿠라꽃의 연상을 통해 아내와 딸을 잃
고 고향의 행복을 상실한 현실의 아픔을 심리적 고통으로 체험하게
된다. 농촌이나 서울의 공간이 온통 사쿠라꽃으로 만발한 장면들은
일본 제국주의의 문화 이식으로서 조선의 전통적인 가치가 와해되

---

19) 이태준, 「꽃나무는 심어놓고」, 『이태준 전집2』, 앞의 책, pp.111~112 인용.

고 있음을 암시한다. 이 때 봄, 꽃나무와 같은 자연 대상물의 원초성은 문명성과 대비되면서 근대화가 인간을 억압하는 권력의 실체임을 투시하고 있다.

이태준이 근대화의 중심에서 밀려나 쇠락해 가는 유학자나 노인의 소외감을 형상화한 작품으로 「복덕방」이 있다. 이 작품은 '복덕방'이라는 공간을 배경으로 근대의 시대 변화에 적응하기 위해 고투하는 전근대적 인물들이 몰락 할 수밖에 없는 냉엄한 현실을 세 노인의 의식을 통해 제시하고 있다. 복덕방 주인인 서참의는 구한말 혈기왕성한 무관이었으나 근대적인 제도의 변화에 떠밀려 신분적으로 몰락한 인물이다. 그는 현재 부동산 매매로 근근이 살아가면서 가족으로부터도 소외당하지만 울분, 비애, 체념의 감정으로 현실과의 갈등을 내면화할 수밖에 없다.

박희완 영감은 성격화가 뚜렷하게 드러나지 않지만 조카의 도움으로 대서업을 하면서 변화된 현실에 적응하기 위해 고심하는 인물이다. 이 작품의 주인공인 안초시는 성격이 좁고 경쟁심이 많아 서참의, 박희완 영감보다 훨씬 더 근대화의 변화에 약삭빠르게 적응하려고 고투하는 욕망의 인간이라는 점에서 비극성을 내포하고 있다. 안초시는 자존심 강한 자신의 성격과는 대조적으로 이기적이며 속물화된 무용가인 딸 안경화에게 경제적으로 부양을 받는 입장 때문에 현실과의 갈등이 첨예하게 드러난다.

하늘은 천리같이 트였는데 조각구름들이 여기저기 널리었다. 어떤 구름은 깨끗이 바래말린 옥양목처럼 흰 빛이 눈이 부시다. 안초시는 이내 자기의 때묻은 적삼 생각이 났다 소매를 내려다보는 그의 얼굴은 날래 들리지 않는다. 거기는 한조박의 녹두반자나 한잔의 약주로서 어쩌지 못할, 더 슬픔과 더 고적함이 품겨

있는 것 같았다.[20]

옥양목의 흰 빛같은 하얀 구름의 자연 대상은 안초시의 때 묻은 적삼과 대비되어 안초시가 자신의 몰락한 운명을 자각하는 계기를 부여한다. 안초시가 현실과의 갈등을 슬픔과 고적함의 정서로 내면화하는데 그것은 자신의 현실이 극히 불만족한 상태에 있기 때문이다.

안초시는 현실과의 교섭을 통해 운명을 반전시키기 위한 기회를 포착하고자 적극적으로 행동하게 된다. 안초시는 무엇보다 몰락해 가는 자신의 운명에 굴복하지 않고 근대화된 현실과 교섭하기를 원한다. 그것은 안초시가 돈을 매개로 근대화된 세계와의 소통을 간절하게 열망하는 내면 심리를 통해 표출하고 있다.

초시는 늙어가는 것이 원통하였다. 어떻게 해서나 더 늙기 전에 적게 돈만원이라도 붙들어가지고 내손으로 다시 한 번 이 세상과 교섭해보고 싶었다. 지금 이꼴로야 문화주택이 암만 서기로 내게 무슨 상관이며 자동차, 비행기가 파리떼처럼 퍼지기로 나와 무슨 인연이 있는 것이냐. 세상과 자기와는 자기 손에서 돈이 떨어진, 그 즉시로 인연이 끊어진 것이라 생각되었다.
[그러면 송장이나 다름 없지 뭔가?]
초시는 이런 질문을 자신에게 던진 지가 이미 오래였다.[21]

안초시는 돈이 있어야 세상과 인연을 맺을 수 있다고 생각하는 만큼 재력을 통해 근대화된 현실과 교섭하기를 열망한다. 안초시는

---

20) 이태준, 『이태준 전집2』, 앞의 책, p.37 인용.
21) 이태준, 「복덕방」, 『이태준 전집2』, 앞의 책, pp.43~44 인용.

벼락부자를 꿈꾸며 박희완 영감이 전해준 개발지 땅에 관한 정보로 무용가인 딸을 부추겨 땅 투기를 한다. 그러나 현실은 안초시와 같은 전근대적 인물들이 합리적으로 대응할 수 없을 만큼 속물화되고 타락한 세계이다. 안초시는 거짓 정보에 속아 돈을 잃고 딸에게 심한 책임 추궁을 당하자 독약을 먹고 자살할 수밖에 없는 상황에 처한다. 기회주의자인 안경화는 자신의 명예를 문제 삼아 아버지의 자살 사실을 감춘 채 장례식을 치룬다. 서참의와 박희완 영감은 안경화와 그의 조문객들이 보여 준 위선적인 행동과 시대의 변화에 분노하고 몰락할 수밖에 없는 자신들의 운명을 한탄하며 울음을 터뜨리는 것으로 결말짓고 있다.

「복덕방」에서는 안초시, 서참의, 박희완과 같은 전근대적 인물들이 근대화의 시대적 흐름으로부터 어떻게 절연되어 가고 있는지를 인물들의 심리적 갈등을 통해 포착한다. 서참의나 박희완 영감은 시대의 중심으로부터 밀려난 자신들의 운명을 체념으로 받아들이지만 안초시와 같이 적극적으로 현실과의 교섭을 열망하는 욕망의 인간형들은 세계의 힘에 패배할 수밖에 없는 냉엄한 현실이 제시되고 있다.

전근대적 인물들이 근대적 변화에 적응하지 못하고 패배하여 몰락해 가는 이야기를 형상화한 작품으로 「영월영감」, 「뒷방마냄」 등의 작품이 있다. 「영월영감」은 성익이라는 인물의 목격자 시점으로 서술된다. 성익은 영월 영감의 경제적·신분적 몰락과 마지막 임종 장면 등 영월 영감의 운명의 변화에 따라 자신의 감정을 펼쳐 나가는 서정적 주체이다. 그러므로 화자인 성익의 의식 속에서 현재의 성찰과 과거의 사건이 교차되면서 화자의 자각을 반영하는 서정적 특징을 보여 준다.

젊은 시절 영월 군수를 지냈으며 상당한 재력가였던 아저씨가 십년 만에 갑자기 성익을 찾아와 경제적인 도움을 청하게 된다. 성익은 아저씨가 고향의 땅을 팔아 금광 사업에 손을 대었다 몰락한 것으로 추측하게 된다. 성익의 의식 속에서는 과거의 영월 영감의 위풍당당한 모습과 현재의 쇠락한 모습이 대조적으로 교차되고 있다.

     ....그러나 이마와 눈시울에 잘고 굵은 주름들은 너무나 탄력을 잃었다. 더구나 머리와 수염이 반이 넘어 흰것을 뵙고는, 성익은 가슴이 뿌지지했다.

          ……(중략)……

     성익은 얼른 아래 놓인 이 아저씨의 지까다비 생각이 났다. 이분이 금광을 하시는 것이나 아닌가? 하였으나 아무 것도 묻지 말라는 말을 먼저 받았다. 아무튼 비록 초췌할 망정 생사조차 알리지 않다가 십여년만에 찾는 조카에게 자기 개인 밥값 같은 것이나 궁해서 돈 말을 할 영월아저씨로는 믿어지지 않았다. 성익은 할 수 없이 무리를 해서 모아온 고완품에 손을 대었다. 고려 청자 찻종 하나와 단계석(壇溪石) 벼루 하나를 이튿날 식전에 들고 나가 천 원은 못다하고 칠백원을 만들어다 드렸다. 돈이 칠백 원이란 말만 들었을 뿐, 영월 영감은 헤여보지도 않고 빛낡은 양복 조끼 안주머니에 넣더니 저녁때가 가까웠는데도 떠나야 한다고 나섰다. 비는 그저 지적지적 내렸다.[22]

성익의 의식 속에서 위풍당당하던 영월 영감에 대한 기억은 현재의 탄력 잃은 반객의 모습과 너무나 대조적으로 지각된다. 성익은

---

22) 이태준, 「영월영감」, 『이태준 전집2』, 앞의 책, pp.72~73 인용.

십 여 년만에 만난 조카에게 경제적 도움을 요청하는 영월 영감의 초췌한 행색을 동정하며 골동품을 팔아 돈을 마련해준다. 영월 영감의 몰락한 처지는 단지 그의 외모가 드러내는 이미지로서 지까다비, 빛 밝은 양복조끼, 초췌한 행색들에 의해 성익의 의식 속에 비춰질 뿐이다. 이처럼 서정 소설은 주체의 의식으로 세계에 대한 관점이 좁혀지기 때문에 영월 영감과 환경과의 상호 작용 속에서 시대의 전체상이 드러나지 않고 화자에 의해 초점화된 인물에 대한 정보와 감정으로 서사의 관점이 압축된다.

일년 뒤 성익에게 영월 영감이 입원하였다는 통보가 날아든다. 성익은 금광의 폭발 사고로 크게 다쳐 입원한 영월 영감을 다시 만나게 된다. 영월 영감은 금광에 뛰어들어 자신이 평생 실패를 거듭하였지만 자신의 계획이 성공하리라는 확신을 성익에게 들려준다. 영월 영감의 부탁으로 광산을 찾은 성익은 영월 영감의 계획이라는 것이 얼마나 실현되기 힘든 것인가를 깨닫게 된다. 일시에 일확천금을 노리는 금꾼들은 성익 자신의 모습이기도 하다.

> 성익은, 굴막 퇴장에 걸터않아 아무의식이 없이 머르레한 눈으로 건너산을 바라보는, 그 풍수원서 데리고 온 사람의 꼴에서 자기를 발견하는 것 같은 허무함을 느꼈다.23)

성익은 이상을 펼칠 수 없는 현실에서 실현 가능성이 없는 계획으로 현실 탈출을 기도하는 금꾼들의 투기심은 바로 자신의 현재 모습이라는 깨달음에 이른다. 영월영감은 근대로의 격동 속에서 현실에 적응하기 위해 고투하지만 결국 몰락할 수밖에 없는 인간형이

---

23) 이태준, 「영월영감」, 『이태준 전집2』, 앞의 책, p.79 인용.

다. 여기서 성익이라는 관찰자적 화자는 영월 영감의 운명을 목격하면서 가슴 뿌지지한 충격, 허무함, 동정의 감정 속에서 자신 또한 패배자가 될 수밖에 없는 현실을 자각하게 된다.

「뒷방 마냄」에는 근대화된 현실과 단절되어 소외되어 가는 전근대적인 인물형이 등장한다. 이 작품은 윤이라는 인물의 관찰자 시점으로 서술된다. 윤은 골목길에서 삼년 전 헤어진 뒷방마님의 뒷모습을 우연히 목격하고 전신이 화끈해지는 흥분을 느낀다. 뒷방마님은 윤이 태어나기 전부터 윤의 식구로서 살아온 침모였다. 그러나 윤의 집이 경제적으로 몰락하여 셋집살림으로 나서게 되자 뒷방을 잃게 된 침모는 양로원에 보내졌다. 자신의 집을 잊지 않고 찾아오는 뒷방마님이 돈 삼원이 필요하다고 말하던 기억 때문에 윤은 뒷방마님과 돈 삼원은 항상 연상하여 생각하는 버릇이 있다. 경제적으로 여유가 없는 현재의 윤은 뒷방마님에게 삼원의 돈을 주기 위해 돈을 바꾸려 하지만 끝내 돈을 바꾸지 못한 채 뒷방마님의 뒷모습을 놓치고 만다. 보름 후 양로원에서 뒷방마님의 부고가 윤에게 날아온다는 것으로 결말 되는 이야기이다. 여기서도 근대화의 시대적 변화에 휩쓸려 소멸되어 가는 뒷방마님의 존재는 윤의 의식 속에 하나의 심상화된 이미지로 포착된다.

> 이번에 나서는 골목은 제법 번화하였다. 반찬가게와 과일전도 여기저기 있었다. 뒷방마냄은 이미 세상 모든 시설이 이미 자기에겐 한 가지도 상관이 없다는 듯이 돌아보기는커녕 곁눈 한 번 팔지 않고 그냥 앞만 향해서 타박타박 걸을 뿐이었다. 마치 <u>그의 인생의 종점을 향해 나아가는 그의 운명을 보는 듯 번잡한 거리로되 그분의 그림자는 산협속에서 처럼 호젓해 보였다</u>[24].

---

24) 이태준, 「뒷방마냄」, 『이태준 전집 2』, 앞의 책, p.88 인용.

윤의 의식 속에 포착된 뒷방마님의 존재는 모든 문명세계부터 단절된 채 몰락할 수밖에 없는 자신의 운명에 순응하는 모습이다. 특히 윤은 변화된 세속과 단절되어 인생의 종점, 즉 죽음을 향할 수밖에 없는 뒷방마님의 운명을 번잡한 거리/ 산협 속의 호젓한 그림자의 대비적 이미지로 제시하고 있다. 작가는 뒷방마님과 같이 시대의 변화에 떠밀려 소외되어 가는 전근대적인 인물들의 존재를 안타까움과 동정의 시선으로 포착한다. 이 작품도 윤의 의식의 흐름에 따라 서술이 전개되기 때문에 과거와 현재의 시간이 압축적으로 전개되며 비유기적인 구성 양식을 갖는다.

이상에서 살펴본 바와 같이 이태준의 상고주의와 변두리적 인물들에 대한 연민의 정조는 도시화·문명화에 대한 작가의 비판적 의식을 표현하기 위한 제재적 특성임을 알 수 있다. 이태준이 도시 문명이나 근대화에 대한 반감을 농촌이나 자연, 고향에 대한 동경을 통해 반어적으로 표현했기 때문에 근대 소설을 해체하는 서정적 경향의 소설을 창작했던 것으로 보인다. 또는 부정의 현실에 대응하는 유토피아로서 전근대적인 삶을 지향했기 때문에 반근대성의 이념은 상고주의나 딜레탕티즘과 같이 전통 문화의 가치를 '아름다움의 이상'으로 그리게 된다.

그의 서정적 소설들은 작가가 현실의 부정성을 점진적으로 인식해가는 자각 단계를 집중적으로 투시하기 때문에 정조의 흐름을 따라 서술이 전개된다. 이때 세계의 객관적 시간보다는 자아의 내면적 시간이 중심이 되기 때문에 유기적 구성이 해체되기도 한다.

작가는 특히 제국주의 침략에 의해 파괴되어 가는 전근대적인 삶의 실상을 (황혼, 석양, (자연)-골동품, 난(대상물)-몰락해 가는 전근대적 인물들)의 병치적 관계로 투시한다. 이러한 시적 암시는 당

대의 강압적인 현실 때문에 작가의 주제의식이 내면화되었다고 할
수 있다. 당대의 역사적 상황을 시적으로 환유하면서 작가가 현실
을 우회하는 하나의 창작 방법으로 선택되었던 것으로 보인다.

Ⅴ. 욕망의 억압과 서정적 투시
―김유정론―

1. 궁핍한 현실과 소외

김유정 소설의 서정성은 소설 언어의 미학적인 차원에서는 긍정적인 평가를 받아 왔으나 서사적 갈등을 서정적 화해로 해결하고 있다는 점은 비판받아 왔다. 조연현은 "한국적 체취와 서정에 그 특색이 있는 작가"[1]라고 김유정 문학의 특징을 설명하였고 백철도 서정성을 김유정 문학의 특징으로 주목한다. 구인환은 김유정의 문학이 토착화된 생활 감정을 서정적으로 재현[2]한 것으로 평가함으로써 김유정 소설의 서정성이 당대 민중들의 생활 서정과 직접적으로 관련된다고 보았다. 김유정 소설의 서정성은 토속성과 향토성이 짙은 목가적인 전원 문학으로 분류되기도 하는데[3] 이것은 서정적 소설의 배경이 대개 농촌, 산촌이라는 점 때문이다.

김유정 소설에서 서정성은 소설 언어의 차원에서 긍정적인 평가

---

1) 조연현, 『한국현대소설의 이해』, (일지사, 1969), p.23.
2) 구인환, 「피에로의 곡예」, 『한국근대소설연구』, (삼영사, 1978), p.32.
3) 김영기, 「김유정 문학의 본질」, (현대문학사, 1986), p.423.
　이주일, 「향토적 해학과 풍자의 세계」, 『한국근대작가연구』, (삼지원, 1985), p.208.

를 받았는데 작가의 개인 언어를 넘어서서 등장인물들의 사회 계층의 이데올로기를 반영하는 다성적 언어4)로서 주목받기도 하였다. 윤지관의 '민중적 삶과 시적 리얼리즘5)'은 당대 현실을 서정성의 차원에서 사실적으로 반영하고 있다는 점에서 김유정 소설의 독자성에 주목한 대표적인 연구이다. 이것은 김유정 소설의 서정성이 행동적 저항을 약화시키고 감정적인 반응에 치중하여 역사의식이나 현실 인식이 부족했다는 기존의 평가에 반론을 제기한 것이다. 1930년대 소설이 1920년대의 행동적 서사로부터 인물들의 감정과 정서를 반영하는 주관적인 미학으로 변화한 것에 주목한 연구로 가치가 있다. 김유정 소설의 서정성을 묘사적 측면에서 소설 표현의 한 특성으로 고찰한 연구6)도 있으며 이효석 소설의 서정성과 대비적으로 고찰한 연구도 있다.

김유정은 특히 당대의 궁핍한 현실에서 권력으로부터 소외된 계층들의 기본적인 욕망의 억압 상태를 심리적인 소외의 상태로 포착함으로써 인간 무의식과 본능의 세계를 서사 속에 담아내었다. 특히 이효석이 당대 현실과 인간의 갈등을 성적 욕망의 문제로 다루었다면 김유정은 식욕·성욕·물욕 등 인간의 다양한 욕망들이 극도로 억압될 수밖에 없는 현실을 우회적으로 그려내었다. 반문명적이며 반도시적인 김유정의 인물들은 근대적 현실과는 불화를 겪으며 기본적인 욕망의 결핍된 소외를 경험하지만 이들은 세계와의 화합을 향한 서정적 전망을 설정하고 있다는 점에서 근대 소설의 서사적 인물과는 다르다. 김유정은 세계의 부정성에 물들지 않은 인

---

4) 미하일 바흐찐/전승희·서정화·박유미 옮김, 『장편소설과 민중언어』, (창작과 비
   평사, 1988) pp.111-140.
5) 윤지관, 『민중적 삶과 시적 리얼리즘—김유정론』, 『세계의 문학』, (1988, 여름호)
6) 이익성, 『1930년대 서정적 단편 소설 연구』, (서울대학교 박사 논문, 1994)

물들의 순수성과 현실과의 갈등을 포착하여 타락한 현실을 우회적으로 제시하고 있다.

이와 같이 인물들의 내면 의식과 현실과의 갈등에 따라 서사가 전개되기 때문에 시간의 계기성이 해체된 비유기적 구성을 갖는다. 「동백꽃」, 「봄·봄」, 「산골」 등은 시간의 선조성을 공간의 동시성으로 변형시킨 대표적인 작품이다. 기본적인 욕망이 충족되지 못하는 현실과 불화를 겪는 소외된 자아는 환경과의 대립에도 불구하고 인간애와 같은 진정한 가치를 통해 타자와의 화합과 소통을 갈망하는 서정적 전망을 구축하고 있다.

김유정 소설에 등장하는 인물들은 현실을 합리적으로 인식할 수 없는 인물들이므로 이들은 근대적 삶에 합리적으로 대응하지 못하고 세계와 불화를 겪게 된다. 그들은 변화된 세계에 합리적으로 대응할 수 없는 전근대적 인물이고 부정의 현실과 화합의 관계를 유지하려 한다는 점에서 독특한 인물상을 구현하고 있다. 구체적으로 김유정 소설에서 서정성의 문제가 어떻게 구체적인 작품으로 형상화되었는지 검토하기로 한다.

2. 서정적 주인공과 내면의 화합

「봄·봄」, 「동백꽃」, 「총각과 맹꽁이」, 「산골」 등은 근대적 현실과 인간과의 갈등을 자연과 대상의 화합을 통해 비판적으로 인식하고 있다는 점에서 서정소설의 특징을 보여 주고 있다.

「동백꽃」은 서사적 화자인 나와 점순과의 심리적 갈등을 중심으로 서사가 전개된다. 이 작품은 1인칭 화자의 심리적 추이를 따라 과거와 현재의 시간이 재배열되는 모더니즘적인 구성상의 특징을 보여 준다. 1인칭 화자의 서술적 자아는 경험적 자아를 재구성하여 현재의 자각화된 체험으로 제시하고 있다. 현재의 화자가 4일 전부터 하루 반나절의 시간 동안에 진행된 사건을 자신의 심리적 내면 풍경 속에서 재구성하여 서술하기 때문에 시간의 계기성이 해체된 비유기적인 구성으로 짜여져 있다. 말하자면 주인공인 화자가 점순과의 심리적 갈등의 본질을 자각하는 과정을 그려낸 탐색의 플롯으로 진행된다.

작가는 봄의 계절을 배경으로 젊은 소년, 소녀 사이에서 벌어지는 춘정의 펼쳐짐을 자연과의 조응, 즉 미메시스의 관계를 통해 포착하고 있다. 미메시스의 관계란 인간이 자연 현상을 닮아 동화되는 것을 의미한다. 이 작품은 주인공인 나의 의식의 발전에 따라 삽화적 사건들이 제시되면서 점순과 나 사이의 닭싸움을 둘러싼 갈등의 본질을 주인공이 자각하는 과정으로 진행되고 있다.

여기서 주인공의 서정적 탐색을 전개해 가는 객관적 상관물로서 '수탉(싸움)'이 등장한다. 점순네집 수탉과의 닭싸움에서 피를 흘리고 처참해진 나의 수탉은 주인공의 동일시의 대상으로 볼 수 있다. 화자는 점순이 자신의 닭을 괴롭히는 이유를 심리적으로 탐색하는 과정에서 마침내 점순의 자신에 대한 연정을 자각하게 되는 과정으로 플롯이 진행된다.

현재의 화자 - 나흘전의 감자 사건에 대한 기억을 반추 - 나흘전 저녁 나절의 닭 싸움 대한 사건에 대한 반추 - 어느 하루의 닭 싸움에 대한 기억의 반추 - 현재의 화자가 점순의 감정상태를 자각

이 작품에서 나와 점순 사이의 갈등은 소작인의 아들과 마름집 딸이라는 사회 계층적인 차이로 인하여 젊은 남녀 사이에서 진정한

감정적인 소통이 이루어지지 않기 때문에 발생된다. 화자가 점순에 대한 애정의 감정을 표출하고 싶어도 마름집 딸인 점순과의 소문으로 자기 집의 소작지가 떨어지고 내쫓기는 생존의 위협이 도사리고 있기 때문이다. 화자가 자신의 욕망을 억압할 수밖에 없는 심리적 풍경이 제시되고 있다.

> 그런데 고약한 그 꼴을 하고 가더니 그 뒤로는 나를 보면 잡아 먹으려고 기를 복복 쓰는 것이다. 설혹 주는 감자를 안 받아 먹을 것이 실례라 하면, 즈면 그냥 주었지 [느 집엔 이거 없지]는 다 뭐냐. 그렇잖아도 저희는 마름이고 우리는 그손에서 배재를 얻어 땅을 부치므로 이상 굽신거린다. 우리가 이 마을에 처음 들어와 집이 없어서 곤란으로 지낼 제, 집터를 빌리고 그 위에 집을 또 짓도록 마련해 준 것도 점순네의 호의였다. 그리고 우리 어머니 아버지도 농사 때 양식이 딸리면 점순네한테 가서 부지런히 꾸어 다 먹으면서 인품 그런 집은 다시 없으리라고 침이 마르도록 칭찬하곤 하는 것이다. 그러면서도 열 일곱씩이나 된 것들이 수군수군하고 붙어다니면 동리의 소문이 사납다고 주의를 시켜 준 것도 또 어머니였다. 왜냐하면 내가 점순이하고 일을 저질렀다가는 점순네가 노할 것이고, 그러면 우리는 땅이 떨어지고 집도 내쫓기고 하지 않으면 인 되는 까닭이었다. 그런데 이놈의 계집애가 까닭없이 기를 복복 쓰며 나를 말려 죽이려고 드는 것이다[7].

점순과 나 사이의 소통이 불가능한 원인은 근대 농촌 사회의 전형적인 지배 관계인 마름과 소작인의 사회 계층적 차이 때문이다. 특히 두 사람 사이의 애정 소통이 불가능한 이유를 내포적 작가와

---

7) 이선영 편, 『김유정』, (지학사, 1985), p.160 인용.

내포적 독자는 알고 있지만 순진한 주인공만이 합리적으로 인식할 수 없도록 설정함으로써 아이러니의 시점을 유발한다. 이러한 아이러니의 시점으로 인해 점순과의 사이에서 벌어지는 삽화적 사건들은 해학적 웃음을 유발하게 된다.

몇 번의 닭싸움으로 갈등이 고조된 두 남녀는 마침내 노란 동백꽃이 흐드러지게 핀 자연 공간에서 순수한 자연인으로서 타자와 화합하는 서정적 경험을 하게 된다. 즉 문명사회에서 두 남녀는 마름 집 딸과 소작인의 아들로서 갈등을 겪지만 동백꽃을 배경으로 한 자연 공간에서는 순수한 자연인으로서 화합하게 된 것이다. 이때 자연인으로서 두 남녀는 봄의 계절 현상과 동화하는 것이 가능하다. 이것은 이효석의 「메밀꽃 필 무렵」에서 신화적 공간에서 벌어지는 성처녀와 허생원의 결합과 유사한 자아와 세계의 즉자적인 화합이다. 그러나 자연이라는 순간의 가상 속에서 이루어진 화합은 근대의 가치 규범이 지배하는 삶의 현실에서는 깨어질 수밖에 없음이 결말 부분의 두 주인공의 행동을 통해 암시하고 있다.

> 그리고 뭣에 떠밀렸는지 나의 어깨를 짚은 채 그대로 픽 쓰러진다. 그 바람에 나의 몸뚱이도 겹쳐서 쓰러지며 한창 피어 퍼드러진 노란 동백꽃 속으로 푹 파묻혀 버렸다.
>
> 알싸한, 그리고 향긋한 그 냄새에 나는 땅이 꺼지는 듯이 온 정신이 고만 아찔하였다.
>
> [너 말 마라?]
>
> [그래!]
>
> 조금 있더니 요 아래서,
>
> [점순아! 점순아! 이년이 바느질을 하다 말구 어딜 갔어!] 하고 어딜 갔다 온 듯 싶은 그 어머니가 역정이 대단히 났다.
>
> 점순이가 겁을 잔뜩 집어먹고 꽃밑을 살금살금 기어서 산 알로

내려간 다음 바위를 끼고 엉금엉금 기어서 산 위로 치빼지 않을
수 없었다.8)

자연 공간에서 나와 점순의 화합은 현실에서는 산아래(점순)/산위
(나)로 갈라 설 수밖에 없는 서사적 갈등으로 반전된다. 이 작품은
현실에서 자아와 세계의 극단적 대립을 자연의 공간에서 자아와 세
계의 화합을 통해 역설적으로 환기하고 있다. 이 작품에서도 자연
은 인간과 세계가 존재하는 공간이며, 문명사회는 억압이 존재하는
분열의 공간이다. 김유정의 서정 소설에서도 자연은 반문명성, 반도
시성, 반근대성을 표상하는 의미 공간이다.

점순이 동백꽃의 자연 속에서 주인공인 나를 포용하게 되는 행동
속에서 서정적 주체인 나는 점순을 통해 세계와의 심리적 불화를
극복하고 순간적으로 세계와 화합하는 경험을 하게 된다. 자연에서
의 점순과 나의 서정적 경험은 현실에서 심리적 갈등의 원인을 환
기시킨다. 주인공이 점순과 사랑하는 젊은 남녀로서 진정한 소통적
관계에 이를 수 없는 것은 객관 현실의 부정성에 기인하고 있음을
알 수 있다. 이러한 서정적 주체와 타자와의 대립은 수탉들의 싸움
과 같은 자연의 대상물과 병치되고 있다. 「동백꽃」은 '서정적 리얼
리즘'이라 할 만큼 주인공의 내면의 갈등이 당대 현실의 역사·사
회적인 문맥을 환기시켜 주고 있다.

김유정은 특히 인간의 심리 속에서 벌어지는 욕망과 그 억압 사
이의 역동성을 투시한다. 궁핍하고 억압적인 현실은 인간의 행동적
실천을 좌절시킬 뿐만 아니라 근대적 소외의 새로운 양상을 만들어
내고 있다. 김유정의 소설은 억압적 현실은 욕망과 쾌락을 어떻게

---

8) 이선영 편, 『김유정』, 앞의 책, pp.164-165 인용.

왜곡시키고 훼손시키게 되는가를 의식의 투시를 통해 사실적으로 포착해 내고 있다. 이와 같이 1930년대 소설이 1920년대 소설에 비해 미학상의 변화로서 주목할 만한 것은 행동적인 서사의 객관주의적인 미학으로부터 내면세계의 억압과 갈등을 포착해 내는 주관주의적인 미학으로 기울어지게 된다는 것이다9). 이것은 카프 해산 이후 소설 속에 능동적 주인공을 형상화하기 어렵게 된 문학외적 환경과 맞물려, 인간 의식의 투시를 통해 심리적 갈등을 포착하기 위한 모더니즘 소설의 새로운 미학적 시도로서 주목할 만하다.

「동백꽃」과 같이 봄이라는 계절과 조응하여 세계의 질서에 동화되지 못하는 갈등을 포착한 작품으로 「봄·봄」이 있다. 「봄·봄」도 「동백꽃」과 유사한 인물 설정을 보여 준다. 서정적 작품이 주인공인 나의 심리 세계를 통해서 욕망을 억압해야 하는 경제적 지배의 장치를 투시함으로써 갈등의 원인을 포착해 내고 있다.

마름인 봉필의 데릴사위 겸 머슴인 나는 그의 딸인 점순과의 결혼을 계약으로 삼 년 이상 봉필의 집에서 머슴으로 일하지만 점순이 아직 자라지 않았다는 이유로 봉필의 약속이 지켜지지 않으면서 갈등이 벌어지게 된다. 이 작품도 서정적 주인공인 1인칭 주인공 화자의 의식을 통해 세계의 실상이 투시된다.

내가 여기에 와서 돈 한푼 안 받고 일하기를 삼년하고 꼬박이 일곱달 동안을 했다. 그런데도 미처 못 자랐다니까 이 키는 언제야 자라는 겐지 짜증 영문 모른다. 일을 좀더 잘해야 한다든지, 혹은 밥을 많이 먹는다고 노상 걱정이니까 좀 덜 먹어야 한다든지 하면 나도 얼마든지 할 말이 많다. 허지만 점순이가 안직 어리니까 더 자라야 한다는 여기에는 어째 볼 수 없이 고만 빙빙하

---

9) 신동욱, 『1930년대 한국소설연구』, (한샘출판사, 1994)

고 만다.[10]

　이 작품의 구성상의 특징은 1인칭 화자인 주인공의 심리적 추이를 따라 과거와 현재의 사건이 병치되어 재배열되고 있다는 것이다. 행동의 인과적 연결이 아니라 주인공의 의식의 추이를 따라 자각의 과정이 포착되는 탐색의 플롯으로 짜여져 비유기적인 구성상의 특징을 보여 준다. 현재의 화자는 봉필과 갈등을 벌였던 몇 가지 삽화적 사건들을 자신이 심리적 자각 과정을 따라 독백의 형태로 제시하는 것이다. 이 작품의 화자는 사건을 보고하고 서술하는 것이 사건을 통해 자신의 감정과 의식의 상태를 투영하게 된다. 서정 소설은 서사의 관점이 인물의 의식내부로 응축되는 것이 특징인데[11] 이 작품에서도 1인칭 주인공 화자의 의식이 서사의 공간을 굴절시킨다.

　봄의 계절에 만물의 생명이 개화하면서 점순과 나의 본능 속에서도 성적 욕구의 억압이 극단적 상태까지 이르게 된다. 나의 자연성으로서의 성적 욕망은 바로 당대의 농촌 사회에서 노동력을 착취하기 위한 전략으로서 데릴사위제의 모순을 투시하도록 설정되어 있다.

　　그러나 내가 사실 참 장인님이 미워서 그런 것은 아니다. 그

---

10) 이선영 편, 「김유정」, 앞의 책, p.121 인용.

11) 프리드만에 의하면 일반 서사와 서정 소설의 결정적인 차이는 대상하고 있는 세계의 관점이 다르다는 것이다. 전통적인 소설은 자아와 분리된 외부 세계를 대상화하지만 서정 소설은 자아의 내면세계로 세계의 범위가 응축된다고 한다. 즉 서정 소설에서 세계에 대한 관점은 자아의 내면세계와 동일하다. 서정 소설이 의식의 흐름이나 내적 독백과 같은 모더니즘 소설과 미학적 연관성을 갖는 것도 이와같은 내성적 경향 때문이다. Ralph Freedman, ≪The Lyrical Novel≫, 앞의 책, p.31.

전날, 왜 내가 새고개 맞은 봉우리 화전밭을 혼자 갈고 있지 않
았으냐. 밭 가생이로 돌 적마다 야릇한 꽃내가 물컥물컥 코를 찌
르고 머리 위에서 벌들은 가끔 붕, 붕 소리를 친다. 바위 틈에서
샘물 소리 밖에 안 들리는 산골짜기니까 맑은 하늘의 봄볕은 이
불 속같이 따스하고 꼭 꿈꾸는 것 같다. 나는 몸이 나른하고 몸
살 병은 아직 모르지만 병이 날려구 그러는지 가슴이 울렁울렁하
고 이랬다.12)

봄이 되면 온갖 초목이 물이 오르고 싹이 트고 한다. 사람도
아마 그런가 보다, 하고 며칠내에 부쩍(속으로) 자란 듯싶은 점순
이가 여간 반가운 것이 아니다. 이런 걸 멀쩡하게 안직 어리다구
하니까--13)

만물이 생명을 개화하는 봄의 계절에 인간만은 유기적 생명체로
서 자연성을 억압해야 하는 소외의 상태가 포착된다. 특히 마름집
의 머슴인 나는 근대 지배 책략에 의해 자신의 노동을 착취당할 뿐
만 아니라 성례할 나이가 지났음에도 성적 욕망을 억압해야 하는
근대적 소외의 인간형이다. 야릇한 꽃내가 풍기고 벌들이 윙윙대는
봄의 계절에 인간만은 가슴이 울렁거리며 병이 날 만큼 욕망의 억
압 상태가 극단적인 상태에 이른다.

화자는 봄을 맞아 초목에 물이 오르고 싹이 트는 자연 현상과 인
간의 육체적 성장을 의식 속에 병치하여 욕망의 억압 상태를 자각
하게 된다. 즉 모든 자연물들이 봄의 자연 현상과 조화를 이루지만
인간만은 자연성을 억압해야 하는 소외 상태에 이르게 된 것이다.
이 때 화자의 소외 상태의 원인을 자각하게 하는 매개적 인물은 바

---

12) 이선영 편, 『김유정』, 앞의 책, p.124 인용.
13) 이선영 편, 『김유정』, 앞의 책, p.126 인용.

로 마름의 딸인 점순이다. 점순은 나보다 의식의 상태가 조숙한 인물로서 억압의 책략을 투시하지 못하는 나의 우둔함을 책망하고 그것을 벗어나기 위한 적극적인 행동을 촉구하게 된다.

결국 주인공의 의식의 자각 상태는 주인공의 적극적인 반항을 유발하게 된다. 특히 순박하고 순진한 주인공의 행동은 희화화되어 있어서 비판적 의미까지는 성취하지 못하고 있으나 당대 농촌 사회에서 인간 욕망과 억압의 실체를 우회적으로 투시하고 있다.

3. 왜곡된 욕망과 자연으로부터의 소외

제국주의 식민지로서의 파행적인 근대화 과정에서 중심으로부터 밀려난 소외 계층들은 인간의 기본적인 욕망인 식욕과 성욕, 물욕이 극도로 억압된 상태에 이르게 된다. 이러한 욕망의 과도한 억압은 그 반작용으로 욕망의 왜곡된 흐름을 낳게 된다. 김유정의 소설에는 식민지 농촌의 빈궁한 현실에서 인간의 기본적인 욕망이 억압되어 비정상적인 식욕과 물질적 탐욕으로 드러나고 있다. 이 때 근대의 권력은 인간의 기본적인 욕망을 억압하는 미시적인 관점에서 작용하고 있음을 알 수 있다. 인간의 왜곡된 욕망은 자연과의 화합을 훼손시켜 인간이 자연으로부터 소외되어 가는 과정을 보여 주고 있다.

김유정의 작품에는 궁핍한 현실 속에서 자연성으로서 인간의 욕망이 어떻게 억압되어 있으며 인간 소외의 양상이 어떻게 드러나는지를 포착하고 있는데 그 대표적인 작품이 「총각과 맹꽁이」이다.

「총각과 맹꽁이」는 순수한 자연의 생명체로서 인간과 맹꽁이를 은유적 관점으로 병치하여 농촌 청년의 극도로 억압된 심리적 상태를 투시하고 있다. 홀어머니와 살아가는 덕만은 여름날 두더지처럼 밭일을 하여도 한 해 농사로 지주에게 줄 도지쌀도 마련하기 힘들 만큼의 경제적 빈궁에 처한 가난한 농촌의 노총각이다. 노총각인 덕만은 생존을 위한 물질이 결핍되어 현실과 심리적으로 대립하는 소외된 인간이다. 덕만은 동네에 들병이가 왔다는 소문을 듣고 장가를 들 욕심으로 친구 뭉태를 시켜 들병이를 불러들인다. 이것은 덕만이 자신의 심리적인 결핍을 해결하기 위해 적극적인 행동을 전개하는 과정이다.

> 약물같이 개운한 밤이다. 버들 사이로 달빛은 해맑다. 목이 터지라고 맹꽁이는 노래부른다. 암숫놈이 의좋게 주고받는 사랑의 노래이었다. <u>이 소리를 들으매 불현듯 울화가 터졌다. 여지껏 누르고 눌러오던 총각의 쿠더분한 울분이 모조리 폭발하였다.</u> 에이 하치 못한 인생! 하고 제 몸을 착하고 난 뒤 계집의 앞으로 달려들어 무릎을 꿇었다. 두손을 공손히 무릎위에 얹었다. 그 행동이 너무나 쑥스럽고 남다르므로 벗들은 눈이 컸다[14].

달밤의 자연 공간에서 맹꽁이 암수가 의좋게 노래하는 장면을 맹꽁이와 욕망이 억압 되어 극도에 달한 덕만과 대비되고 있다. 작가의 은유적 관점은 다른 자연물들과 인간을 병치한다. 암수의 맹꽁이는 자연의 질서에 조응하여 세계와 화합하지만 인간만은 자연의 소외의 상태를 경험하게 된다. 덕만은 맹꽁이와의 대비를 통해서 '불현 듯 울화가 터지고 여지껏 눌러오던 총각의 후더분한 울분이 모조리 폭발하는' 만큼 심리적 소외감을 느낀다. 들병이에게 장가를 들려는 덕만의 계획은 마침내 좌절되고 가난한 농촌 청년은 노

---

14) 이선영 편, 『김유정』, 앞의 책, p.17 인용.

동의 고통 속에서 기본적인 쾌락조차도 허용되지 않은 억압 상태에 이르게 된다.

덕만의 욕구 충족의 좌절은 특히 덕만이 세계와의 갈등에 합리적으로 대응할 수 없어서 희화적으로 그려진다. 덕만의 순진성은 환경과의 대립을 서사적으로 해결할 수 없는 특성이기도 하다. 근대적 현실과 불화를 겪는 인물들은 현실과의 갈등을 합리적으로 해결할 수 없기 때문에 한이나 내면의 울분과 같은 감정으로 내면화할 수밖에 없다.

> 그리고 제집으로 설렁설렁 언덕을 내려간다. 그러나 맹꽁이는 여전히 소리를 끌어올린다. 골창에서 가장 비웃는 듯이 음충맞게 [맹!]하면 간드러지게 [꽁!] 하고 간드러지게 받아 넘긴다.[15]

[맹!], [꽁!]하고 암수의 맹꽁이가 화답하는 것과는 대조적으로 덕만은 자연과 동화될 수 없는 소외를 울분과 같은 심리적인 갈등으로 내면화하는 인간형이다. 김유정은 당대의 궁핍한 농촌 현실 속에서 인간 욕망의 억압과 쾌락의 결핍이 어떻게 인간을 소외시키는가를 서정적인 문체로 투시하고 있다. 작품의 배경 묘사로 등장하는 의성어나 의태어의 음악성이 배려된 서정적 언어는 작품의 어조를 통일시키게 된다. 그러므로 「소낙비」에서는 자연의 현상과 주인공의 운명을 은유적 관점으로 병합하고 있으며 「총각과 맹꽁이」에서도 시적 언어가 작품의 정조를 통일시키면서 총각과 맹꽁이의 운명을 병치한다. 이처럼 서정적인 언어는 인간과 자연과의 상호 침투를 가능하게 하는 주술적 언어이다.

---

15) 이선영 편, 『김유정』, 앞의 책, p.20 인용.

특히 작가의 은유적 관점은 다른 자연물들과의 대비를 통해 근대적 삶과 불화를 겪고 있는 인물들의 심리적 갈등을 투시한다. 서정시에서처럼 울분, 욕망의 억압, 한과 같은 인간의 감정적인 정조로 통일할 수 있는 삽화적 사건들을 선택적으로 제시하여 근대적 인간들의 소외를 조명하기 때문에 근대 소설의 행동의 완결성을 성취하는 서사의 플롯은 해체되어 있다.

「산골」도 젊은 남녀의 사랑이 당대의 사회 계층적인 차이로 좌절되면서 한 소녀의 내면세계에 남은 아픈 서정을 한의 감정으로 통일하여 제시하고 있는 작품이다. 이 작품의 구성상 특징은 시간의 연속성이 해체된 공간 구성이라는 점이다. 「산골」은 이효석의 「북국점경」과 같이 '산', '마을', '돌', '물'의 독립된 부분들이 시의 연처럼 하나의 작품 속에 병치되어 있다. 화자는 서정적 관점으로 독립된 부분들을 상상력에 의해 통합시키고 있기 때문이다.

　　머리 위에서 굽어보던 햇님이 서쪽을 기울어 나무에 긴 꼬리가 달렸건만 나물 뜯을 생각은 않고 이쁜이는 붉은 잣나무 허리에 등을 비겨대고 먼 하늘만 이렇게 하염없이 바라보고 섰다.
　　하늘은 맑게 개이고 이쪽저쪽으로 뭉글뭉글 피어오른 흰 꽃송이는 곱게도 움직인다. 저것도 구름인지 학들은 쌍쌍이 짝을 짓고 그 새로 날아들며 끼리끼리 어르는 소리가 이 수풍가지 멀리 흘러내린다.
　　갖가지 나무들은 사방에 잎이 우겄고 땡뺕에 그 잎을 펴들고 너훌너훌 바람과 아울러 산골의 향기를 자랑한다.
　　그 공중에는 날으는 꾀꼬리가 어여쁘고 ― 노란 날개를 파닥이고 이 가지 저 가지로 옮아 앉으며 흥에 겨운 행복을 노래 부른다.
　　―고오이! 고이고오이!

　　요렇게 아양스리 노래도 부르고—

　　—담배먹구 꼴비어!

　　맞은 쪽 저 바위 밑은 필시 호랑님의 드나드는 굴이리라. 음침
한 그 위에는 가시덤불 다래넝쿨이 어지러이 엉클리어 지붕이 되
어 있고 이것도 돌이랄지 연록색 털복숭이는 올망졸망 놓였고 그
리고 오늘두 어김없이 뻐꾸기는 날아와 그 잔 등에 다리를 머무
르며—

　　—뻐꾹! 뻐꾹! 뻑뻐꾹!

　　어느덧 이쁜이는 눈시울에 구슬방울이 맺히기 시작한다. 그리
고 나물바구니가 툭, 하고 땅에 떨어지자 두 손에 펴들은 치마폭
으로 그새 얼굴을 폭 가리고는 이쁜이는 후룩후룩 마냥 느끼며
울고 섰다.16)

　　전지적 화자의 은유적 관점은 산골의 자연 공간 속에 하늘—구름
—바람—나무들—쌍쌍이 노니는 학—행복에 겨워 노래를 부르는 꾀
꼬리—뻐꾸기—흐느끼는 이쁜이를 나란히 병치하고 있다. 이 장면
에서도 다른 자연물들이 자연과 동화하여 누리는 행복감과는 대조
적으로 이쁜이는 이성의 상대자(도련님)를 만나지 못하여 자연과
화합할 수 없는 소외된 인간형으로 등장한다. 다른 자연물들이 누
리는 세계와의 화합과는 대조적으로 이쁜이는 자연인이 될 수 없는
근대적 현실과 불화를 겪게 된다.

　　이 작품에서 화자는 현재의 이쁜이의 심리적 추이에 따라 도련님
과의 만남, 마님과 갈등이 벌어졌던 과거의 사건이 재배열되고 있
다. 그러므로 현재의 시간과 과거의 시간이 병치되면서 소설의 플
롯이 짧게 압축되고 있다. 이쁜이의 소외의 원인은 바로 신분 구조
의 산물인 주인집 도련님과 종의 딸 사이의 이룰 수 없는 사랑의

────────

16) 이선영 편, 『김유정』, 앞의 책, pp.87-88 인용.

관계 때문이다. 특히 화자는 이쁜이의 내면을 선택적 전지의 관점으로 투시하여 이쁜의 심리적 갈등을 사실적으로 그려내고 있다. 이쁜이는 마님의 강압에도 불구하고 도련님과의 사랑을 성취함으로써 신분 상승에 대한 기대 욕망을 드러내기도 한다. 이것은 이쁜이가 근대적 신분 제도의 모순과 한계를 합리적으로 이해할 수 없는 순진성과 전근대적 의식을 소유하고 있기 때문이다.

이처럼 이쁜이는 환경과의 갈등을 합리적으로 해결할 수 없는 인물이기 때문에 욕망의 좌절에 대해 한이나 서러움과 같은 감정으로 대응하고 있다. 작가는 주인공의 심리적 욕망과 좌절을 의식을 통해 투시하면서 인물과 근대적 삶과의 갈등을 포착하고 있다.

왜곡된 욕망의 심리 상태를 그린 작품으로 「떡」이 있다. 떡에는 화자가 등장하여 '사람이 떡을 먹은 것이 아니라 떡이 사람을 먹은' 옥이라는 여자 아이에 얽힌 이야기를 소개한다.

> 원래 사람이 떡을 먹는다. 이것은 떡이 사람을 먹는 이야기다. 다시말해 사람 즉 떡에게 먹힌 이야기렸다. 좀 황당한 소리인 듯 싶으나 그 사람이란게 역황당한 존재라 하릴 없다. 인제 겨우 일곱 살 난 계집으로 게다가 겨울이 왔건만 솜옷하나 못 얻어 입고 겹저고리 두렝리로 떨고 있눈 옥이 말이다. 이것도 완전한 사람으로 칠는지 혹은 말는지! 그건 내가 알 바 아니다. 하여튼 그애 아버지가 동리에서 제일 가난한 그리고 게으르기가 곰같다는 바로 덕히다.[17]

옥이는 동리에서 제일 가난한 덕히의 딸로서 한 겨울이 왔지만 솜옷하나 얻어 입지 못하고 몇 끼를 굶고 지낼 만큼 기본적인 욕망

---

17) 김유정, 『김유정 전집』, (한림대 출판부, 1989), p.203 인용.

이 결핍된 아이다. 어느 날 동네 부자집 잔치 소식을 듣고 찾아간 옥이는 고깃국밥, 시루팥떡, 백설기, 꿀바른 주억 떡 등 도저히 먹을 수 없는 엄청난 양의 음식을 먹고는 토사가 나 모두 토하고 병으로 앓아누웠다는 이야기이다.

화자는 자신의 관점에 따라 이야기를 편집하여 서술하기 때문에 이 작품도 시간의 계기성을 따르는 유기적 구성이 해체되어 있다. 옥이와 같은 과도한 탐욕은 일상적으로 배고픔에 시달리는 궁핍한 현실 속에서 억압될 수밖에 없었던 식욕이 한꺼번에 폭발한 것이다. 옥이의 비정상적인 욕망은 옥이에게 정상적인 식욕을 만족시켜 주지 못한 현실을 환기시킨다.

「금」, 「금따는 콩밭」, 「노다지」와 같은 작품은 한꺼번에 일확천금을 노리는 허황된 물욕의 한 양상을 그리고 있다. 금을 소재로 한 작품에서 왜곡된 물욕은 정상적인 노력으로는 궁핍한 현실을 벗어날 수 있는 희망이 보이지 않는 시대에 극단적인 방법을 선택한 인물들의 현실 대응 방식이다. 과도한 욕망은 궁핍한 현실에 대한 심리적 대응 방식인 것이다.

「금따는 콩밭」의 영식 부부는 콩밭에서 금이 날 것이라는 친구의 꾐에 빠져 한 해 농사를 그만 두고 콩밭을 파보았지만 금은 나오지 않고 꾸어다 먹은 식량만 빚으로 늘어가는 위기의 상황에 처한다.

> 땅속 저 밑은 늘 음침하다.
> 고달픈 간드렛불. 맥없이 푸르끼하다.
> 밤과 달라서 낮엔 되우 흐릿하였다.
> 겉으로 황토 장벽으로 앞뒤 좌우가 콕 막힌 좁직안 구뎅이. 흡
> 사히 무덤 속같이 귀중중하다. 싸늘한 침묵, 쿠더브레한 흙내와
> 징그러운 냉기만이 그속에 자욱하다.

곡괭이는 뻔질 흙을 이르집는다. 암팡스러이 내려쪼며
퍽 퍽 퍼억
이렇게 메떠러진 소리뿐.
그러나 간간 우수수하고 벽이 헐린다.18)

　인용문은 화자가 콩밭에서 금을 캐기 위해 안간힘을 쓰는 영식의 의식으로 포착한 부분이다. 황금의 물욕에 의해 영식의 훼손된 의식은 자연의 전원적 행복감을 느끼지 못하고 자연으로부터 소외되어 가는 심리적인 과정이 펼쳐진다. 농민인 영식이 흙으로부터 경건한 생명력을 느끼는 것이 아니라 무덤과 같은 죽음의 냉기를 느끼는 것은 땅을 노동의 대상으로 보지 않고 투기의 대상으로 바라보기 때문이다. 영식 부부의 비정상적인 금에 대한 탐욕은 열심히 농사를 지어도 생활이 보장되지 않는 농촌의 궁핍한 현실과 가난으로부터 벗어날 수 있는 합리적인 방법이 없는 환경과의 대립에서 발생된 욕망의 왜곡된 형태이다. 왜곡된 인간의 욕망은 자연과 조화로운 질서를 이루었던 전원적인 행복을 파괴하고 인간의 내면성을 훼손시켜 인간을 자연으로부터 소외시키는 요인으로 등장하고 있다.

　이상에서 살펴 본 바와 같이 김유정의 소설은 인간과 환경과의 갈등을 현실과의 불화나 소외로 그려내고 있다. 이때 서사 공간 안에 인물들의 섬세한 감성 세계를 포착하기 위해서는 개념적이며 논리적인 서사의 언어보다는 형용사와 부사어와 같은 감각적인 서정 언어를 구사한다. 특히 이효석이 작가의 자아를 반영하고 있는 화자가 서정적 주체로 등장하고 있다면, 김유정은 당대의 궁핍한 현

---

18) 이선영 편, 『김유정』, 앞의 책, p.48 인용.

실로부터 소외된 인물들을 주체로 설정하여 환경과의 갈등을 그들의 생활 서정으로 포착하였다. 이처럼 김유정은 식민지 근대화에 대한 비판적 인식을 당대의 농민, 유랑민, 들병이 같은 근대의 중심으로부터 밀려난 변두리적 인물들의 갈등으로 표현하였기 때문에 서정성의 특성을 보여 주게 된다.

Ⅵ. 박태원 소설의 모더니티와 서정적 특성
— 박태원론 —

1. 모더니즘의 이념적 배경과 서정 소설

근대 소설은 인간의 역사 발전 단계에서 주체와 객체의 동일성이 확립되고, 이를 기초로 주체가 객체를 전체성에 입각하여 형상화할 수 있다는 사실주의 정신에 의해 발생한 것이다. 근대 합리주의는 시간의 연속적 흐름을 전제하는 서사의 인과적 흐름에 기초하여 근대 소설을 확립시켰다고 볼 수 있다. 루카치가 소설의 이론에서 소설의 발생을 자본주의의 발흥과 연관시켜 설명하고 있는 것도 이런 근거에 연유한다.[1]

그러나 점차 이성에 바탕을 둔 근대적 세계관이 한계를 드러내면서 인간의 합리적 이성에 대한 믿음에 회의가 나타나기 시작한다. 먼저 주체의 통합적 자아가 해체되고 이로 인한 주체와 객체의 동일성의 상실은 객관적 진리에 대한 총체적인 회의로 나타나게 된다. 루카치가 지적한 것처럼 총체성을 포기하고 현실의 파편화된 단면을 그리는 것으로 요약되는 모더니즘[2]은 인간 이성과 역사의

---

1) 루카치/반성완 역, 『소설의 이론』, (심설당, 1985)
2) 루카치/ 한국예술연구회편, 『우리 시대의 리얼리즘』, (인간사, 1986), pp.25-27.

진보에 대한 근본적인 회의로부터 시작된다.

모더니즘적인 인식론이란 무엇인가? 근대적 인식론의 기반을 전복하는 것으로 총체성에 대한 회의, 이성적 인식에 대한 회의, 근대적 전통에 대한 회의라 할 수 있다[3]. 먼저 모더니즘은 근대의 합리적인 시간 인식을 거부한다. 흄의 불연속적 세계관으로 대표되는 모더니즘의 시간 인식은 이제까지 사실주의의 기초가 된 연속적이며 계기적인 시간 인식을 부정하고 있다. 시간의 선조성(線條性)을 부정하는 단절의 원리가 나타나게 되며 통일성과 총체성을 부정하는 비합리적 인식이 모더니즘의 중심 개념으로 등장한다. 모더니즘에서 대상에 대한 모호성, 불확실성, 추상성, 언어에 있어서의 의미를 포기하는 경향으로 나아가게 되는 것도 합리성을 부정하기 위한 한 방편으로 볼 수 있다.

모더니즘의 인식론의 변화는 문학의 질료적 변화를 가장 먼저 요구하게 되며 매체 혁신의 방법으로 형식 실험, 표현 기법의 낯설게 하기를 추구하게 된다. 그러므로 시간의 연속적 흐름을 해체하는 단절의 언어는 모더니즘 문학의 문체적 특징으로 주목할 만 하다. 모더니즘의 단절된 인식은 <과거-현재-미래>의 선조적 시간에 기초한 근대 소설의 서사적 플롯을 해체하는 것으로 문학 장르상의 변화를 가져 왔다.

근대성에 대한 회의론은 주체의 인상적인 체험을 중시하는 인상주의 경향으로 나타나기도 한다. 회화 기법으로 처음 등장한 인상주의는 주체가 대상을 지각하는 순간의 감각적 사실성을 중시하며 모더니즘의 이념적 배경과 연결되어 있다[4]. 인상주의에서 주체의

---

3) M. 칼리니스쿠/ 이영욱 외 옮김, 『모더니티의 다섯 얼굴』, (시각과 언어, 1993)
4) 신희교, 「인상주의」, 『신문예사조론』, (우리문학사, 1994), p.203.

대상에 대한 인상이란 단절적이며 파편화된 인식으로 전개된다. 모더니즘에서 감각적인 언어가 중시되는 것도 외적 대상에 대한 주체의 '순간의 인상'을 포착하여 기록하기 때문이다.

모더니즘에서는 자연적 시간보다는, 자아의 심리적 시간으로서 경험적 시간이5) 전면으로 나타나게 된다. 자아는 내면 의식 속에서 과거, 현재, 미래의 모든 인상적 지각 내용을 환기해 낼 수 있기 때문에 의식의 흐름에 따라 전개되는 모더니즘에서는 시간의 병치가 가능하다. 이때 시간의 연속적 구조는 사라지고 과거, 현재, 미래가 역동적으로 융합되어 동시적으로 체험된다. 과거, 현재, 미래가 동시에 나타나는 시간이란 더 이상 시간 개념이 아닌 '공간 그 자체'6)로 인식된다고 한다. 그러므로 모더니즘은 시간의 연속성을 전제하는 서사적 인식보다는 공간의 동시적 현상에 의해 자아와 세계가 순간적으로 융합되는 서정적 인식을 통해 이루어진다.

의식 흐름류의 모더니즘 소설이 현실의 파편화된 단면을 순간적으로 포착할 때 화자가 이미지나 은유적 관점을 사용하는 경우 서정적 소설의 특징을 잘 드러내게 된다. 박태원의 「소설가 구보씨의 일일」은 화자의 인식이 시적 이미지나 은유적 관점에서 나타나는 일반적인 서정적 소설은 아니다. 그러나 서사적 플롯이 해체되는 공간 구성법과 세계를 수동적으로 지각하는 주인공이 등장하고 있으며 인물의 의식이 직접적인 감정 표출처럼 현재적으로 재현되고 있다는 점에서 서정적 특징을 보여 주고 있다. 이것은 근대의 행동적인 서사로부터 인물과 환경의 대립이 심리적 갈등으로 표현되는 모더니즘 소설의 특징을 보여 주고 있어 1930년대 소설의 미학적인

---

5) 이승훈, 『문학과 시간』, (이우출판사, 1983), p.5면.
6) 오세영, 『현대문학의 본질과 공간화 지향』, (문학사상, 1986.4), p.225.

변화로써 중요한 의미를 갖게 된다.

1930년대 소설 속에 '서정성'은 광범위하게 나타나며 특히 시간의 병치에 의해 서사적 플롯을 해체하여 소설 장르에 변화를 가져오게 된다. 이러한 장르 해체 현상은 '반소설이나 반산문'으로 평가받을 만큼 서사성이 양화되어있다. 특히 박태원, 최명익의 모더니즘 소설들은 공간의 전환을 따라 소설의 플롯이 구성되고 행동적인 주인공이 아닌 수동적인 지각자로서 서정적 인물이 등장하고 있다는 점에서 소설 미학적인 변화를 보여 주고 있다.

모더니즘 소설의 서정적 특징은 구체적으로 어떻게 나타나는가? 모더니즘은 사물이나 현상을 파악하는데 연속적인 시간의 흐름을 파괴시켜 공간의 동시적 현상으로 인식하는 것이 특징이다. 서사적 거리는 주체가 객체에 대해 일정한 시간적 거리를 확보하기 때문에 가능한 것이다.7) 즉 주체는 하나의 현상을 과거에 일어난 확고하고 고정된 사실로써 인지할 수 있을 때만 객체에 대한 서사적 거리를 유지할 수 있다. 계기적 시간 질서의 파괴는 서사적 거리의 상실을 의미하며 거리의 소멸로 인해 주체는 객체를 상호 융합되는 순간의 상태성으로 지각하게 된다. 이러한 주체와 객체가 순간적으로 융합되는 순간의 의식이란 서정적 인식의 근원적인 현상이다.

주체와 대상의 순간적인 융합은 이미지 언어와 같은 시적 언어로 표현된다. 서정성을 통해 정서적인 느낌을 받게 되는 것은 객체와 융합되어 상태성으로 존재하는 인물의 내면 의식이 서정적 언어를 통해 재현되기 때문이다. 이와 같이 인간의 내면 의식을 외부로 드러내는 방법으로는 이미지의 언어에 의한 감각적인 표현법이 있고, 의식의 흐름이나 자유 연상과 같이 시간을 병치하면서 지속적으로

---

7) 볼프강카이져/ 김윤섭 역, 『언어예술작품론』, (시인사, 1988), p.540.

의식을 포착하는 방법이 있다. 의식의 흐름이나 내적 독백으로 구성되는 모더니즘 소설에서 과거, 현재의 시간을 병치하는 경우는 서술 대상과 주체 사이의 서사적 거리가 소멸되기 때문에 독자에게 심리적 거리가 가깝게 느껴진다. 서정 소설에서 주체가 객체를 어떻게 인식하는가 하는 인식의 순간에 대한 현재적이고 직접적인 기록이 가능한 근거가 여기에 있다.

근대적 자아가 데카르트적인 의식의 확실성을 구성하는 존재로서 객체를 하나의 완전한 대상으로 형상화할 수 있다면, 모더니즘의 주체는 단순히 의식 속에 지각된 외부 대상에 대한 인상을 기술하는 존재로 나타나게 된다. 이로 인해 모더니즘의 인식은 '주관적인 개별성'8)의 차원에 머물게 된다. 이때 언어는 더 이상 객관적 대상을 의미화하는 것이 아니라 시적 텍스트처럼 주체의 내면세계의 정서를 표현하게 된다.

서사성의 해체를 가장 직접적으로 나타내는 것은 이 시기의 모더니즘 소설에서 산문 언어가 해체되는 현상이다. 박태원의 소설에서도 컴마의 사용, 행의 잦은 교체에 의한 단절된 구문적 특징이 나타나고 있는데 이런 구문적 특징 또한 산문의 서사성이 해체되고 있음을 보여 주는 것이다.

2. 수동적인 지각자로서의 서정적 주인공

1930년대 모더니즘 소설을 창작한 박태원의 소설에도 주체의 소외 문제를 다룬 일군의 작품들이 있어 이 시기의 한국 모더니즘 문학의 한 흐름을 조명할 수 있다. 구인회의 일원이었던 박태원은 실

---

8) 최혜실, 『한국모더니즘 소설연구』, (민지사, 1992), pp.40-43.

험성과 기교위주의 모더니즘 작품을 창작한 바 있으며 미적 자의식이 강렬했던 실험적인 작가로 알려져 있다. 그러나 모더니즘 작품들은 얼마간 작가의 실험성을 의도한 기교주의적 측면 반근대로의 지향성을 갖는 미학적인 대응 방식이다. 그는 주체와 현실의 관계가 급격히 개선된 해방 후 리얼리즘 작품을 창작하게 되었으며 월북 후 그의 전체 작품 경향은 급진적인 리얼리즘 작품 계열로 선회하고 있다. 박태원의 모더니즘 소설은 당대 현실 속에서 주체의 소외 문제를 실험적 형식을 통해 그려내고 있다.

주체의 세계로부터의 소외 문제를 다룬 박태원 소설에는 두 가지 인물군이 등장한다. 경제적 능력을 상실한 룸펜 지식인과 카운팅 파트너로 등장하는 카페 여급 주인공들이다. 이와 같은 스테레오타입화된 인물군의 설정은 가치전도된 당대 현실을 압축하여 보여주고 있다. 지식인이 경제력을 가질 수 없는 현실은 역설적으로 생존을 위해 여성이 몸을 상품화할 수밖에 없는 극단적 상황을 만들어낸다. 지식과 노동력이 있는 남자는 룸펜이 되고, 특별한 노동의 기술이 없는 여성은 생존을 위해 카페 여급이 될 수밖에 없는 전도된 세상이 식민지 근대화의 부정적인 현실로 포착되고 있다.

식민지 현실은 근대적 지식인에게 지식을 상품화함으로써 자기 보존적인 생존을 유지할 수 있는 기회 자체를 완전히 박탈하게 된다. 「사흘 굶은 봄날」에서와 같이 지식인에게 닥친 폭압적인 현실은 생존자체의 위기로 나타나기 때문에 룸펜 지식인은 현실과의 갈등에 대한 합리적인 문제 해결 방식을 찾을 수 없다. 그들은 환경에 즉해 있는 인물로서 울분, 분노 또는 세계와의 단절로 인한 고독과 외로움 등의 감정으로 대응하는 양상을 보여준다.

타락한 시대에 타락한 방법으로 부정의 현실에 적응해 가는 카페 여급 주인공들 속물화된 세계와 심리적 갈등을 겪는 소외적 인물로 등장한다. 이들은 근대화된 세계를 합리적으로 대응할 수 있을 만한 지적 수준을 갖지 못하고 환경과 감정적으로 대면할 수밖에 없다는 점에서 룸펜 주인공과 같이 환경에 즉해 있는 인물로 볼 수 있다.

이러한 서정적 경향 때문에 이 시기의 박태원 소설은 인물의 행동이 의식에 종속되는 모더니즘적 특징을 나타내고 있다. 이러한 주관적 의식이 강조된 소설들은 객관 미학에 기초한 소설의 현상으로 해석할 수 있다. 그러므로 1930년대는 서정 소설로 유형화할 수 있는 소설의 등장9)뿐만 아니라 광범위하게 소설 작품 속에서 주관적인 특징이 드러나고 있다.

박태원 소설의 미적 모더니티는 인해 서사적 플롯이 해체되면서 공간의 몽타쥬 기법이나 시간을 오버랩하는 형식적 특징을 나타낸다. 서사의 관점이 인물의 행동으로부터 내면 의식으로 옮겨지기 때문에 세계를 수동적으로 지각하는 주인공으로서 서정적 인물이 등장한다.

1934년 조선 중앙일보에 연재된 박태원의 「소설가 구보씨의 일일」은 주인공인 소설가 구보씨가 정오에 집을 나와 경성 거리를 이리저리 배회하다 새벽 2시에 귀가하는 원점 회귀의 구조로 되어 있다. 이때 시간의 연속적 흐름에 따라 사건이 전개되는 것이 아니라 공간의 병합에 의한 몽타쥬 수법으로 구성되고 있다. 이러한 플롯의 변화는 이 작품이 주인공의 행동을 서술하기보다는 내면 의식에 따라 전개되고 있음을 의미하는 것이기도 하다.

---

9) 김해옥, 「1930녀대 서정 소설의 발생 배경과 문학적 성격에 관한 연구」, 『한양 어문 연구』 12집, pp.237-239.

이 작품은 주인공과 환경과의 교섭이 잘 드러나지 않은 작품으로 알려져 있는데10) 이것은 행동의 인과성을 전제로 한 플롯이 해체되고 있기 때문이다. 오히려 이 작품은 인물의 심리적 계기를 따라 플롯이 짜여지기 때문에 환경과 인물의 내면 의식의 교섭 관계가 잘 드러난다. 주인공은 행동이 아닌 주관적인 의식으로 세계와 교호하며 이때 서사의 관점은 인물의 행동으로부터 내면 의식으로 옮겨진다. 물론 구보가 세계와 행동으로 교섭하지 못하는 것은 그의 의지이기보다는 삶의 이상을 펼칠 수 없는 현실에 원인이 있다. 그는 세계에 대한 뚜렷한 목표가 없기 때문에 행동의 목적이 없고 이 때문에 자연히 주관 의식에 몰두하는 서정적 인물이 된다.

구보가 자신의 집에서 산책을 떠나게 되는 심리적 계기는 작품 서두 부분의 어머니의 의식을 통해 제시되고 있다. 그는 동경 유학까지 다녀온 지식인이지만 현재 무직자이다. 경제적 궁핍은 구보가 당대 현실과 심리적인 불화를 겪는 주요 원인이며 일정한 목적없이 경성 거리를 배회하는 행동의 심리적 계기가 되고 있다.

이러한 구보의 의식은 일제 식민지 시대 지식인의 경제적·윤리적·사회적 소외 현상에 의한 산책자의 정신 구조11)로 파악되기도 하였다. 여기서 산책자란 현실과의 불화를 행동으로 표출할 수 없는 경우 의식과 현실의 교호 작용을 통해 갈등을 드러내는 인물로서 문학적 의미가 있다. 모더니즘 소설이 '의식의 사실주의나 심리적 리얼리즘'으로 불려지는 이유가 여기에 있다.

그러므로 이 작품의 주인공인 구보는 서사적 주인공으로서 행동하는 인물일 뿐만 아니라 의식 속에 세계나 환경을 인식하는 수동

---

10) 나병철, 『전환기의 근대 문학』, (두레시대, 1995), p.28.
11) 최혜실, 「"소설가 구보씨의 일일"에 나타난 산책자 연구」, (관악어문연구 제13집, 1988), pp.195-205.

적인 지각자로서 서정적 인물이 된다.

　　구보는 골목을 전차길로 향하여 걸어나오며, 그 십 분이란 시간이 얼마만한 영향을 자기에게 줄 것인가, 생각한다.
　　한길 위에 사람들은 바쁘게 또 일 있게 오고갔다. 구보는 포도 위에 서서, 문득, 자기도 창작을 위하여 어디, 예(例)하면 서소문정 방면이라도 답사할까 생각한다. '모데로노로지오'를 게을리하기 이미 오래다.
　　그러나 그러한 생각과 함께 구보는 격렬한 두통을 느끼며, 이제 한 걸음도 더 옮길 수 없는 것 같은 피로를 전신에 깨닫는다. 구보는 얼마동안을 망연히 그곳, 한길 위에 서 있었다[12].

　밑줄 친 '걸어나오다'라는 구보의 행위는 '생각하다'라는 의식의 과정으로 이어진다. 또한 사람들의 오고 가는 모습과 같은 외부 세계에 대한 관찰 (생각하다—느끼다—깨닫다)과 같은 의식의 관념화 과정으로 이어진다. 즉 외부의 움직임이나 사건이 모두 주인공의 의식 세계로 귀착되는 것이다. 인용문에서 (1)골목을 걸어나오다 (2) 포도 위에 서다 (3) 한길 위에 서 있다와 같은 그의 3가지 행위 사이에는 서사적 인과성이 없다. 다만 의식의 펼쳐짐과 연상에 의해 거리를 배회하는 구보의 심리적 계기만이 드러날 뿐이다. 이러한 특징은 이 작품의 플롯이 행동과 사건의 인과성에 기초한 것이 아니라 주인공의 의식에 나타난 심리적 계기를 따라 구성되고 있음을 보여 준다.

　그러므로 작품 전체의 서술은 구보의 걷는 행위와 보는 행위가 외부 세계에 대한 관찰과 사색을 통한 '생각하는' 의식의 사유 행

---

12) 박태원, 『소설가 구보씨의 일일』, (깊은샘, 1994), p.36 인용.

위로 전환되는 과정이라 할 수 있다. 구보의 행동은 인과성에 의한 서사적 관점이 아니라 관찰을 통해 정신적인 사색을 완성하기 위한 과정으로 진행한다.

이 작품이 원점 회귀의 구조로 되어 있는 것은 구보씨의 하루 일상인 산책의 여로를 따라 그의 정신적인 사색 과정이 완성되기 때문이다. 구보는 행동으로 환경과 교섭하는 능동적 인물이 아니라 산책하면서 세계를 탐색하는 수동적인 지각자로서 이효석의 「산」이나 「들」의 주인공과 매우 유사하다. 그러나 그의 의식 안에서 포착된 대상과 자아의 융합이 시적 이미지나 은유로 나타나지 않고 일상적인 언어의 연상으로 펼쳐진다는 점이 다를 뿐이다.

그런데 서정시에 있어서 이미지나 은유, 상징의 언어를 사용하지 않고 서정적 자아의 직설적인 감정 토로도 서정적인 상태를 지각하게 해준다. 즉 모든 서정시가 이미지의 언어나 비유, 상징의 언어로 쓰여지는 것은 아니라는 점이다. 예를 들면 김소월의 「초혼」의 경우 이미지와 같은 시적 언어로 표현하지 않고서도 서정적 자아의 격앙된 감정을 직설적으로 토로함으로써 서정적인 감동을 유발하고 있다. 소설에서도 이미지나 은유, 상징으로 표현되지 않은 화자의 의식 내용은 직접적인 감정의 표출로 나타나는 경우 서정적인 부분으로 해석할 수 있다. 이때 의식의 흐름이나 내적 독백 전체가 서정적 특징과 연관되는 것은 아니다. 서술 대상과 주체 사이의 서사적 거리가 소멸된 주인공의 의식 내용만이 서정시의 직접적인 감정 노출처럼 서정성을 유발하게 된다.

주인공의 내적 결핍감은 산책의 과정에서 의식 속에서 전개되는 연상의 내용을 통해서도 드러난다. 집을 나온 구보가 인상깊은 장면으로 포착하고 있는 것은 백화점 앞에서 한 가족이 일상적인 행

복감에 젖어 있는 모습이다. 왜 구보는 경성의 여러 가지 거리의
풍물 중에서 한 가족의 행복한 일상의 모습을 포착하게 되는가? 이
것은 현재의 생활과 심리적으로 불화를 겪고 있는 구보의 의식과
연결되어 있다. 여기서 고독이란 욕망의 결핍 상태로서, 그 충족을
갈망하게 되는 구보는 경성 거리의 산책자로 등장하여 세계와 대면
하게 되는 것이다.

　정오에 그의 집을 나선 구보는 뚜렷한 행동의 목표가 없이 의식
의 연상이 펼쳐지는 데로 발길을 옮겨 가게 된다.

　　(1) 광화문통 그 멋없이 넓고 그 쓸쓸한 길을 아무렇게나 걸어
가며, 문득, 자기는 혹은, 위선자가 아니었나 하고, 구보는 생각하
여 본다. 그것은 역시 자기의 약한 기질에 근원 할 게다. 아아, 온
갖 악은 인성의 약함에서, 그리고 온갖 불행이……
　　(2) 또다시 너무나 가엾은 여자의 뒷모양이 보였다. 레인코트
위에 빗물은 흘러내리고 우산도 없이 모자 안 쓴 머리가 비에 젖
어 애닲다. 기운 없이, 기운 있을 수 없이, 축 늘어진 두 어깨. 주
머니에 두 팔을 꽂고, 고개를 숙여 내디디는 한 걸음, 또 한 걸음,
그 조그맣고 약한 발에 아무러한 자신도 없다. (3)뒤 따라 그에게
로 달려가야 옳았다. 달려들어 그의 조그만 어깨를 으스러져라
잡고, 이제까지 한 나의 말은 모두 거짓이었다고, 나는 결코 이
사랑을 단념할 수 없노라고, 이 사랑을 위해서는 모든 장애와 싸
워 가자고, 그렇게 말하고, 그리고 이슬비 내리는 동경 거리에 두
사람은 무한한 감격에 울었어야만 옳았다.
　　구보는 발 앞에 조약돌을 힘껏 찼다. 격렬한 감정을, 진정한 욕
구를, 힘껏 억제 할 수 있었다는 데서 그는 값없는 자랑을 갖으
려 하였었는지도 모른다.13)

---

13) 박태원, 「소설가 구보씨의 일일」, 앞의 책, p.59 인용.

이 작품에서 화자에 의해 서술되는 의식의 내용은 지속적으로 과거와 현재의 시간을 넘나들면서 사건을 병치하고 있다. 즉 거리를 산책하는 구보는 과거의 사건을 회상하며 현재의 연상을 전개하고 있다. (1)은 현재의 사건이며 (2)는 동경에서 애인과의 결별을 회상하는 과거의 장면이다. 그런데 (2)에서 과거의 사건이 마치 현재 진행되는 상황처럼 '애닮다' '없다'의 현재형 시제로 표현되고 있다. 반면에 (3)은 현재 화자의 의식 안에서 진행되는 자아 성찰의 행위지만 (2)의 현재형 시제에 비하여 '옳았다'와 같은 과거의 시제로 서술되고 있다. 이것은 화자의 의식 안에서 현재와 과거의 시간이 순서 없이 병치되기 때문이다.

이러한 시간의 병치로 인해 이 작품에서 시간의 연속적 흐름의 파기 때문에 독자는 화자의 의식 내용에 대해 서사적 거리를 유지할 수 없게 된다. 이때 독자는 마치 구보의 의식을 자신도 공유하는 것처럼 서술자의 의식과 심리적인 거리가 밀착된다. 이것이 서술자의 중개 없이 소설에서만 가능한 인물의 의식의 직접적이고도 현재적인 재현 방법이다.

구보가 백화점 앞을 지나 전차를 타는 행동도 행복을 찾기 위한 심리적 계기에 의해 이루어진다. 전차 안에서 우연히 맞선을 보았던 옛 여자를 만나게 되고 그 여자를 통해 자신의 내면에 있는 고독의 실체를 탐색하게 된다. 여자를 통해 고독감으로부터 벗어나고 싶은 구보의 욕망은 짝사랑했던 친구의 누이와 동경에서 헤어진 여인에 대한 과거의 회상으로 이어진다.

이곳을 나와, 그러나, 그들은 한길 위에 우두커니 선다. 역시 좁은 서울이었다. 동경이면, 이러한 때 구보는 우선 은좌(銀座)로

라도 같게다. <사실 그는 여자를 돌아보고, 은좌로 가서 차라도
안 잡수시렵니까, 그렇게 말하고 싶었었다.> 그러나, 순간에 지금,
마악 보았을 따름인 영화의 한 장면을 생각해 내고, 구보는 제가
취할 행동에 자신을 가질 수 없었을지도 모른다. <규중 처자를
꼬여 오페라 구경을 하고, 밤늦게 다시 자동차를 몰아 어느 별장
으로 향하던 불량 청년, 언뜻 생각하면 그의 옆얼굴과 구보의 것
과의 사이에 일맥상통한 점이 있었던 듯도 싶었다.> 구보는 쓰디
쓰게 웃고 그러나 그러한 것은 어떻든, 은좌가 아니라도 어디 이
근처에서 차나 먹고…… <u>참 내정신좀 보아</u>. 벗은 갑자기 소리치
고 자기가 이 시각에 꼭 만나야 할 사람이 있음을 말하고, 그리
고 이제 구보가 혼자서 외로울 것을 알고 있으므로, 그는 미안한
표정을 지었다.[14]

인용 부분은 벗과 함께 설렁탕 집을 나온 구보가 거리를 걸으면
서 사색하는 내용이다. 그런데 < >의 동경에서 겪었던 과거의 심
리적 경험이 현재의 의식 내용과 서사적 맥락의 연결없이 자연스럽
게 혼합하여 제시되고 있다. 밑줄 친 부분(참 내정신 좀 보아)은 인
물의 발화를 서술자의 중개 없이 지문 속에 섞어 직접 인용하는 간
접 화법으로 볼 수 있다. 이 작품에서 지문과 혼합된 대화 내용이
많은데 인물(벗)의 발화가 구보의 청각적인 지각 내용인 것처럼 제
시되기 때문에 독자가 구보의 의식을 직접적으로 공유할 수 있게
하는 효과를 갖고 있다. 구문의 연속성이 파괴되는 문체적 특징은
서정적 언어의 일반적 특징으로 볼 수 있다. 빈도수가 높은 쉼표나
행갈이는 주인공의 의식이 단절되고 있음을 나타내면서 세계와의
단절감을 표현한 것이다.

구보의 의식 안에 포착된 경성역을 떠도는 서울의 고독한 군상들

---

14) 박태원, 「소설가 구보씨의 일일」, 『앞의 책』, p.57 인용.

은 식민지의 궁핍한 현실과 구보의 심리적 갈등을 심화시킨다. 그러나 천진난만한 소년과의 만남을 통해 마침내 구보는 속물화된 현실에 물들지 않는 인간의 순수한 내면성이 살아 있음을 자각하고 부정의 현실과 화해하게 된다. 분열된 삶과의 진정한 교섭을 갈망하는 구보의 심리적인 전환은 여로의 탐색을 마치고 어머니를 찾아 집으로 향하는 행동으로 암시되고 있다.

이와 같이 이 작품의 전반적 구성은 서정적 소설의 일반적 형태인 자아의 자각 단계를 거쳐 의식의 사유 과정을 완성해 가는 탐색의 플롯으로 구성되고 있다. 이 작품에서 서사적 플롯의 해체는 자아의 서정적 인식으로서의 심리적 플롯으로 대체되고 있다. 「소설가 구보씨의 일일」은 서사의 관점이 인물의 행동을 그리는 것으로부터 의식의 흐름을 탐색하는 과정으로 옮겨오면서 모더니즘적인 미학적 특징을 보여 주고 있다.

이 작품에서 구보와 현실과의 갈등은 '고독', '외로움'과 같은 감정 양상들로 표출지만 구보의 의식은 타자와의 소통과 세계와의 화합을 열망한다. 구보는 어린애의 천진난만함, 어머니의 모성애와 같은 인간의 근원적인 가치에 대한 인식으로 세계와 불화를 극복하고 화합을 갈망하는 서정적 전망을 구축하고 있다.

박태원은 식민지 근대화로 인한 당대 현실의 부정성에 대한 대안으로서 타자, 세계와의 소통을 가능하게 하는 인간애에 기초한 화합을 시도하고 있다. 박태원의 모더니즘 소설에서 주체 소외의 문제는 서구 모더니즘 소설처럼 통합적 자아가 해체되는 인간성의 파탄이기보다는 생존 자체를 위협하는 외적 현실의 핍진성에 근본적인 원인이 있다고 하겠다.

3. 소통에의 갈망과 타자와의 화합

「딱한 사람들」은 두 인물의 내면 의식을 통해 현실에 대한 갈등을 포착한 작품이다. 이 작품의 공간적 배경은 일본으로 순구와 진수라는 조선인 고학생의 극심한 경제적 궁핍을 그리고 있다. 두 인물이 놓인 환경이 식민 종주국인 일본이라는 점때문에 이 작품이 「소설가 구보씨의 일일」에 비해 훨씬 더 환경과의 갈등이 첨예하게 드러난 이유이다. 두 인물이 갈등을 겪는 근원적인 원인은 식민지 근대화의 파행성으로 인해 지식인이 경제적 능력을 가질 수 없는 당대의 역사, 사회적인 상황과 관련되어 있다.

주인공인 순구와 진수는 절친한 친구 사이였으나 몇 달 째 계속되는 룸펜 생활로 인하여 끼니를 거를 만큼 극심한 경제적 곤란을 겪게 된다. 이러한 궁핍한 생활은 친구간의 인간관계마저 소원하게 만들어 타자와의 소통을 불가능하게 만든다. 두 인물은 이상을 펼칠 수 없는 현실에 대하여 분노와 울분의 감정 상태로 극심한 소외를 경험하게 된다. 이때 소외의 원인은 두 사람의 성격이나 본질적인 인간관계의 파탄에서 기인한 것은 아니다. 그것은 직업을 가질 수 없는 현실, 삶의 이상을 펼칠 수 없는 현실 때문이며 적극적인 삶의 자세를 가질 수 없는 나약한 건강 상태 때문이다. 즉 두 인물이 식민지 자본주의 현실에 합리적으로 적응하지 못하는 무력감은 세계로부터 극심한 소외를 경험하는 심리적 갈등으로 표출된다.

……순구는 자기가 실상은 직업을 얻기를 원하지 않은 것이나 아닐까 하고 생각하였다. 그럴 리가 없지, 그럴 리가 없지. 황망하게 그것을 부인하려고 하였으나 그러나 순구는 자기가 구직 문제와 마주 대하여 섰을 때, 일찍이 정열을 가져보지 못하였다는

사실을 아무리 싫어도 시인하지 않을 수 없었다. 그가 신문의 삼
행 광고를 더듬는 그 태도에는 그 심정에는 분명히 불순한 분자
가 섞여 있었다. 그것은 전혀 순구가 자기 자신을 속이기 위하여
서의 행위에 지나지 않는지도 몰랐다. 나는 결코 일하기를 싫어
하는 자가 아니다. 일을 얻기 위하여 내 딴은 노력하고 있다. 그
러나 구하여도 내게 차례가 올 일이란 하나도 없지 않으냐 하고
단순히 그러한 구실을 얻기 위하여, 그래 순구는 삼행광고를 더
듬어 보는 것인 듯 싶었다. 까닭에 그가 자기 앞에 던져진 취직
의 기회가 없다는 것을 알 때마다 그의 입속을 새어 나오는 한숨
은 결코 절망의 것이 아니라, 일종 안도에 가까운 것이었다. 뿐만
아니라, 그는 자기 자신 응모자의 한사람으로 참여할 수 있는, 그
러한 종류의 일자리에 대하여도 교묘한 이유를 생각해내어 그 기
회에서 자기 자신을 피하여 오고 피하여 오고 하였던 것이 아닌
가. 그것은 진실한 생활에서의 도피가 아닐 수 없다……. <u>이틀째
의 굶음과 흥분과 감격과 그리고 매질하는 마음과…… 어느 틈엔
가 눈물이 두 줄 순구의 영양 불량으로 여위고 핏기 없는 빰 위
를 흘러 내리려고 한다.</u>15)

  일본 땅에서 조선인 고학생에게 그의 능력에 맞는 적당한 직업이
주어지지 않는다. 이들 또한 이러한 현실에 대해 합리적인 해결 방
식을 찾을 수 없기 때문에 인물과 환경과의 심리적 갈등은 극대화
된다. 지식인으로서의 이상을 펼칠 수 없는 현실에 대한 무력감은
흥분, 감격, 매질하는 마음과 같은 양가적인 감정 상태로 나타나고
있다. 순구는 신문의 구직란에서 운전수, 외판원, 배달원의 광고를
보지만 자신에게 맞는 직업을 구하지 못하여 끼니를 굶는 현실 속
에서도 구직을 포기할 수밖에 없다.

---

15) 박태원, 「딱한 사람들」, 앞의 책, pp.136-137 인용.

순구와 진수가 세계에 합리적으로 대응할 수 없는 것은 인물의 인격적인 파탄에 원인이 있는 것이 아니라 능력에 맞는 일과 경제력을 허락하지 않는 식민지 왜곡된 현실 때문이다. 두 인물은 행동으로 세계와 교섭하는 것이 불가능하기 때문에 그 갈등을 내면화할 수밖에 없다. 이것은 이 작품이 서사성이 해체되고 서정적인 경향으로 기울게 하는 특징이다.

그러므로 전체 작품에서 두 인물은 행동에 특별한 방향이 없으며 또한 행동 자체도 세계와 직접 교호하지도 못한다. 두 인물은 의식으로 세계와 교섭하는 내성적인 경향을 지니며 행동이 약화되고 내 의식에 몰두하는 인물로 등장한다. 그러므로 작품의 초두 부분은 먼저 순구의 의식으로 초점화되어 순구의 내 의식의 심리적 계기를 따라 전개되고 있다. 이 작품도 시간의 계기적 흐름에 의한 플롯이 아니라 하숙방과 공원의 공간 전환에 의해 몽타쥬 기법으로 구성되는 특징을 보여 주고 있다.

> ……진수는 불결한 데서나 같이 그 얼굴에서 시선을 거두고, 그리고 못마땅하여 하는 으으음 소리를 냈다. 그 불쾌한 얼굴은 왜 나의 눈앞에 있나. 왜 나로 하여금 잊었던 얼굴을 생각해 내게 하나. 설혹 한 이레를 굶었다 손 치더라도, 이 하루의 아침이 내게 주는 감격을, 그 짧은 동안의 감격을, 그것은 대체 무슨 권리를 가져 그렇게도 쉽사리 빼앗아 가나…… <진수는 그곳에 분노조차 느끼며, 다시 한 번 순구의 얼굴을 돌아본다. 주근깨가 약간 있는, 그 창백한 조그만 얼굴은 그의 꿈속에서 무엇을 보았을까. 이번에는 그의 입가에 몽롱한 웃음을 띠고 있다.> 그것은, 본래는, 미소였을 게다. 그러나 영양불량의 얼굴 위에 그것은, 몹시 천한 느낌을 주었다.16)

---

16) 박태원, 「딱한 사람들」, 앞의 책, p.144 인용.

< >은 진수가 공원 벤취에서 순구와 과거의 생활 장면을 회상하는 부분이지만 현재 시제에 의해 진행되는 장면으로 제시되어 있다. 이것은 이 부분이 순구의 의식에 따라 전개되고 있기 때문인데 순구의 의식 안에서 현재와 과거의 시간이 순서 없이 병치되고 있음을 알 수 있다. 이때 시간의 병치로 인해 화자에 의해 서술되는 순구의 의식 내용은 서사적 거리가 소멸된다. 그러므로 독자는 서술의 중개성이 없는 현재적이고도 직접적인 재현으로 순구의 의식을 공유할 수 있게 된다. 인물 의식의 현재적이고도 직접적인 재현은 마치 서정시에서 서정적 자아가 직접적으로 감정을 토로하는 것처럼 인물의 감정 내용에 대하여 서정성을 유발하게 된다.

이 작품은 두 주인공의 우울과 분노의 감정 양상으로 작품 전체의 정조가 통일되면서 핍진한 현실에 대한 갈등을 서정적으로 표출하고 있다. 그러므로 「딱한 사람들」은 인과성을 전제로 한 인물의 행동이나 특별한 사건이 등장하지 않고 두 인물의 내면 의식을 따라 전개되는 심리적 추이만이 포착되고 있다. 말하자면 이 작품에 등장하는 인물은 행동적인 인물이 아니라 내면으로 환경과 교섭하는 수동적 지각자로서의 서정적 주인공으로 볼 수 있다. 그러므로 등장인물들이 겪게 되는 세계와의 단절로 인한 소외의 문제는 모두 의식을 통해 포착된다. 온종일 배고픔과 함께 말이 그리울 만큼 타자와의 소통이 필요했던 진수는 친구인 순구의 존재를 자각하게 된다. 그리고 진수는 감추었던 한 개의 담배를 나누어 피우며 순구와의 인간적 관계를 회복하는 화해로 결말 되고 있다.

수동적인 두 주인공은 현실과의 갈등을 내면 의식으로 표출하고 있으며 피로, 분노와 같은 감정 상태로 세계에 반응하게 된다. 순구와 진수에게 적극적인 행동이 부족한 것은 자신의 의지이기보다는 삶의 이상을 가질 수 없는 당대의 피폐한 현실에 원인이 있다. 특히 결말 부분의 진수가 순구와 극적으로 화해하는 장면에서 그들의 인간관계의 단절이 두 사람의 성격적 대립이기보다는 생존 자체를 위협하는 현실에 기인하고 있음을 알 수 있다.

「딱한 사람들」과 같이 행동성이 약화된 수동적 인물이 등장하여 의식을 통해 세계에 대한 탐색 과정을 보여 준 작품으로 「거리」가 있다. 이 작품은 주인공이 자신의 의식을 서술하는 일인칭 주인공 시점으로 체험적 자아와 서술적 자아의 의식의 긴장을 통해 주인공의 의식 내부가 지속적으로 초점화된다. 그러므로 이 작품 전체는 주인공의 의식 내용으로 채워지면서 현실과 주인공의 내면 사이에서 끝없이 벌어지는 갈등이 잘 포착되고 있다.

「거리」의 주인공도 경제적으로 무능력한 현실 부적응자이다. 이러한 사회적 위치 때문에 그는 가족이나 친구들로부터 극심한 소외감을 느끼게 된다. 형의 죽음 이후 가족 부양 의무를 떠맡게 되지만 작가로서 룸펜 생활을 하게 된 그는 도리어 어머니와 형수의 부양을 받게 된다. 주인공은 룸펜이라는 사회적 위치 때문에 진정한 인간관계를 맺지 못하고 오히려 친구들의 배려가 자신의 가난과 비굴함만을 지각하도록 해 준다. 뚜렷한 행동의 목적을 갖지 못한 주인공은 거리를 배회하다 우연히 약국의 젊은 점원을 알게 된다. 이 젊은 점원은 「천변풍경」의 소년 화자처럼 만화경적으로 세태의 변화된 실상에 대한 지식을 보고하는 기능을 맡고 있다. 약국 점원으로부터 듣게 된 세계에 대한 정보를 통해 주인공은 현실은 인간들 사이의 진실한 관계가 파괴된 속물화된 세계임을 알게 된다.

어느 날 안집 기생들과 어머니 사이에서 벌어진 싸움의 진상을 통해 자신의 경제적 무능력은 결국 어머니와 형수와의 인간 관계에서 소외당하는 원인임을 깨닫고 모든 인간관계가 사물화되어 가고 있음을 자각하게 된다. 세계와의 단절로 인해 죽음을 꿈꾸던 주인공은 속물화된 가족, 벗들로부터 벗어나고 싶은 격렬한 충동을 느낀다. 주인공은 진정한 인간관계를 기대할 수 없는 현실과 증오와 불쾌, 우울과 같은 감정으로 갈등하게 된다.

이 작품에서도 수동적 주인공은 행동의 특별한 목적이 없이 주인공의 의식을 집중적으로 초점화하여 자아의 자각 단계를 제시하고 있다. 그러나 이 작품의 주인공은 현실에 대해 우울, 불쾌와 같은 감정적인 반응만 하는 것이 아니라 상황에 대해 논쟁적이며 지적인 사고를 병행함으로써 그 자신이 대립하고 있는 현실을 전체적으로 인식하는 수준까지 이르게 된다. 그러므로 이 작품의 주인공은 단순히 변두리적 인물로 현실을 인식하는데 머무르지 않고 세계의 전체상을 인지하는 중심적 인물로 부상하고 있다. 이때 '거리'는 사물화된 현실에 의해 진정한 인간관계가 깨짐으로써 생겨난 자아와 타자 사이에 놓인 거리를 비유하고 있다.

「거리」에서 작가의 서정적 전망이 분명히 드러나지 않는 이유는 주인공이 부정적인 세계와 긴장을 끝까지 견지하고 있기 때문이다. 즉 물화된 세계에서 친구, 가족 등 타자와의 진정한 소통이 이루어질 수 없음을 자각한 서정적 주체는 부정의 현실과 심리적으로 대결하는 양상을 결말 부분까지 보여 주고 있다.

4. 내성화된 인물과 심리적 갈등

「길은 어둡고」, 「성탄제」, 「비량」 등의 작품에 등장하는 인물들도 현실과의 갈등을 행동이 아닌 정서, 감정과 같이 심리적으로 반응한다는 점에서 서정적 특징을 보여 준다. 카페 여급이 주인공으로

등장하는 작품들은 룸펜 주인공 소설처럼 인물들이 부정의 현실과
심리적인 부조화를 겪게 된다. 이 작품 중에서 서정성과 모더니즘
적인 특징이 가장 잘 드러나는 작품은 「길은 어둡고」이다.

> 등불 없는 길은 어둡고, 낮부터 내린 때아닌 비에, 골목안은 골
> 라 디딜 마른 구석 하나 없이 질척거린다.
> 옆구리 미어진 구두는 그렇게도 쉽사리 흙물을 용납하고, 어느
> 틈엔가 비는 또 진눈깨비로 변하여, 우산의 준비가 없는 머리와
> 어깨는 진저리치게 젖는다. 뉘집에선가 서투른 풍금이 찬미가를
> 타는가 싶다.
> 겁 집어먹은 발끝으로 향이(香伊)는 어둠 속에 길을 더듬으며,
> 마음은 금방 울 것 같았다. 금방 터져 나오려는 울음은 목구멍
> 너머에 눌러 둔 채, 향이는 그래도 자기 앞에는 그 길밖에 없는
> 듯이, 또 있어도 하는 수 없이, 어둠 속을 안으로 안으로 더듬어
> 들어갔다……17)

도입 부분은 남자와 헤어지기를 결심한 주인공인 향이가 마음을
바꾸어 다시 집으로 돌아오는 장면이다. 비오는 날 어두운 골목길
의 음산한 이미지와 현실과의 갈등을 억누르는 향이의 내면 묘사는
앞으로 향이의 앞날이 결코 밝지 않으리라는 암시로 볼 수 있다.
화자는 주인공의 운명을 서사적 줄거리로 제시하기보다는 '등불없
는 어두운 골목'의 배경 묘사의 상징성을 통해 암시하고 있다.
전지적 시점으로 서술되는 이 작품에서 현재의 장면 묘사는 시간
을 이동하여 향이의 의식을 따라 그의 과거를 요약, 압축하여 서술
하고 있는데 향이의 과거를 서술하는 부분은 과거의 사건인데도 현
재화된 장면으로 제시되고 있다. 그러니까 이 작품에서도 현재와

---

17) 박태원, 「길은 어둡고」, 앞의 책, p.179 인용.

과거의 시간이 병치되면서 시간의 연속적 흐름을 파기하기 때문에 서사적 플롯이 해체된다.

「길은 어둡고」의 서두 부분의 장면 묘사는 작품 결말 부분(같은 책, 197-198면)에도 동일하게 반복되므로 서정시에서와 같이 첫연과 끝연이 반복되는 수미 상관적(首尾相關的)인 구조의 특징을 보여 준다. 이와 같이 처음과 결말이 서정시의 연처럼 반복되는 것은 전체적인 성조를 통일하기 위해서인데 이 작품에서 주인공의 운명은 비극적인 정조로 통일된다.

주인공인 향이가 살아가는 근대적 도시의 생태학적 환경은 현실과의 갈등을 감정(울음)으로 표출할 수밖에 없는 서정적인 인물들이 합리적으로 대응할 수 없는 속물화된 세계이다. 향이는 변화된 세태 속에서 생존을 위해 성을 팔지만 처음 몸을 허락한 한 남자에게 순정을 지키려는 전근대적인 가치를 고수한다. 향이와 현실과의 갈등은 이미 물화된 세계 속에 편입되었지만 아직도 전근대적 의식으로 세계와 교섭하기 때문에 세계와의 갈등에 합리적으로 대응할 수 없다는데 원인이 있다. 그러므로 향이는 환경에 대한 행동적 반응이 약화되고 갈등을 울음과 같은 감정으로 내면화하는 수동적인 인물로 형상화된다.

「성탄제」라는 작품에서도 두 자매가 가족의 생계를 위해 카페 여급으로 전락하게 되는 궁핍한 현실을 그리고 있다. 이 작품에 등장하는 두 주인공은 가족의 생계를 위해 어쩔 수 없이 여급 생활을 하지만 가족들로부터 소외되는 아이러니한 상황이 설정된다. 이 작품에서 화자는 인물들과 상황을 요약적으로 서술하다가 영이와 순이라는 두 인물의 의식을 화자의 개입 없이 극화하여 보여 주고 있다. 이러한 서술 시점상의 특징은 인물의 내면 의식을 초점화하면서 두 인물의 심리적 갈등 관계와 위기를 극적으로 포착하기 위한 서사 전략으로 볼 수 있다.

작품의 도입 부분에서 초점화된 영이의 현재 의식과 작품 결말 부분의 영이의 의식은 현재의 시간으로 직접 연결되어 있다. 즉 서사의 줄거리는 현재의 영이의 의식 안에서 회상되는 과거의 사건을 통해 영이와 순이의 갈등 관계가 요약하여 서술된다. 그런데 인물의 의식 내용이 현재화된 장면으로 제시되어 현재와 과거의 시간이 순서없이 병치되고 서사적 플롯은 해체되는 양상을 보여준다.

순이는 언니의 직업이 카페 여급인 것을 부끄럽게 여기지만 영이는 가족을 부양하고 동생의 학비까지 대주는 자신의 위치에 대해 당당하다. 두 자매의 갈등은 이렇게 서로 자기의 입장에서 문제를 바라보기 때문인데 두 인물의 심리적 대립 양상을 극화함으로써 직접적이고도 현실감 있게 제시된다. 마침내 영이가 임신하여 출산하게 되면서 더 이상 여급 생활이 불가능해지자 극적 전환이 이루어진다. 이 때 순이는 학교를 그만 두게 되고 마침내 자신이 그렇게 혐오하던 언니와 같은 여급 생활로 전락하게 된다.

영이는 생각난 듯이 곁에 드러누운 어머니와 또 아버지의 얼굴을 차례로 바라보았다. 그들은 물론 지금 건넌방에서 순이의 몸 위에 일어나고 있는 일을 알고 있을 게다. 그러나, 그들은 이미 놀라지 않고 또 슬퍼하지 않는다.

－그것이 인생이란 것이냐?

갑자기 몸이 으시시 추웠다. 영이는 베개를 고쳐 베고 눈을 감았다. 어인 까닭도 없이 운동회 날 본 순이의 모양이 눈앞에 서언하다. 이윽이 그것을 보고 있다, 영이는 한숨을 쉬었다.

－너마저 집안 식구에게 짜장면을 해다 주게 됐니? 너마저 너마저……

영이의 좀 여윈 뺨위를 뜨거운 눈물이 주울줄 흘러내렸다.[18)

인용된 작품 결말 부분에서 언니의 동생에 대한 분노와 증오는 오히려 자신과 같이 생활의 희생양이 된 동생에 대한 동정과 사랑으로 바뀐다. 집안 식구들에게 짜장면을 사주기 위해, 즉 생존을 해결하기 위해 자신의 몸을 상품화할 수밖에 없는 당대 여급의 사회학적 상황이 현실과의 연관성 속에서 영이의 의식을 통해 포착된다. 영이가 순이와 화해하는 장면의 감정적인 비애는 두 사람의 악화된 관계가 생활적인 곤란에 원인이 있음을 암시하고 있다. 가족 관계에 나타난 인간관계의 파탄은 그들의 성격적인 문제이기보다는 열악한 삶의 현실 때문임을 알 수 있다.

카페 여급과 룸펜 지식인이 하나의 서사 공간에 등장하는 작품으로 「비량」이 있다. 이 작품은 위의 작품에 비해 비교적 인물의 행동이 잘 드러나는데 주인공은 환경에 대한 행동적 반응보다 심리적인 반응이 강화된 인물로 등장한다. 승호라는 룸펜 지식인의 의식을 초점화 하면서 서술되어 그의 의식과 현실과의 갈등이 포착되고 있다. 그러므로 이 작품에서 인물의 행동은 세계를 내적으로 지각하기 위한 세계에 대한 탐색 행위로 진행되고 있다.

승호와 영자 두 사람은 사랑하는 사이로 동거하게 되지만 승호가 직장을 잃고 룸펜이 되면서 두 사람의 관계는 점차 소원해진다. 승호는 혼담이 오가던 조건 좋은 여자가 있었으나 인간적 의리를 지키기 위해 그 동안 사귀었던 여급 출신의 영자를 선택하게 된다.

그러나 승호가 경제적으로 무능해지면서 영자와의 갈등이 시작된다. 영자는 생활비를 벌기 위해 다시 여급 생활을 시작하면서 점

---

18) 박태원, 「성탄제」, 앞의 책, pp.87-88 인용.

차 속물화되어 간다. 승호는 영자와의 진정한 소통을 원하며 경제적인 의존 상태를 벗어나기 위해 노력하지만 직업을 가질 수 없는 현실과 불화를 겪게 된다. 승호는 점차 삶에 대해 자신감을 잃게 되고 이상을 펼칠 수 없는 현실에 울분의 감정을 느끼게 된다. 마침내 승호는 영자가 자신 앞에서 다른 남자에게 몸을 파는 장면을 목격하고 속물화된 현실과 심리적 갈등을 경험한다.

> '나는 돈을 쓰고, 너는 돈을 벌고……'
> 그 생각에 일종 괴기한 마음의 유열을 느끼며,
> '네가 오늘밤에, 적어도 육환을 벌지 못하면, 결국 우리의 결손이다. 밑져서는 안되지.'
> 그리고, 승호는 한바탕 껄껄대고 웃으려 한 것이, 나온 것은, 뜻밖에도 울음으로, 술집 주인과 또 아이가, 어리둥절한 채, 잠깐 동안은 어찌 할 바를 모르게스리, 그는, 쉬지 않고 뺨 위를 흘러내리는 눈물을 씻으려고도 안하고 엉엉 소리조차 내어, 오직 울었다[19].

지식인인 승호가 일자리와 경제력을 가질 수 없는 현실은 영자가 두 사람의 생존을 위해 몸을 상품화할 수밖에 없는 극단적 상황으로 치닫게 한다. 지식과 노동력이 있는 남자는 룸펜이 되고, 특별한 노동의 기술이 없는 여성은 생존을 위해 카페 여급이 될 수밖에 없는 전도된 세상이 식민지 근대화된 현실이다. 승호가 지식인 특유의 현실 인식과 자아 성찰로서 현실의 모순을 자각하는 과정이 그의 의식을 통해 투시되고 있다. 승호는 부정의 현실에 대해 행동으로 교섭하는 길이 차단됨으로써 결국 눈물과 같은 감정적인 비애로

---

19) 박태원, 「비량」, 앞의 책, p.218 인용.

갈등을 내면화 할 수밖에 없다.

이상에서 살펴 본 바와 같이 박태원의 모더니즘 소설은 식민지 도시화 과정에서 현실에 대해 합리적으로 대응할 수 없는 룸펜 주인공과 카페 여급이 등장하여 주체 소외의 문제를 심리적인 관점에서 제시하고 있다. 이때 미적 모더니티는 시간의 공간화 현상으로 인해 서사적 플롯이 해체되고 세계를 수동적으로 지각하는 주인공으로서 서정적 인물이 등장하고 있는 점이다. 이러한 서정적 인물들은 세계에 대해 행동으로 대응하는 것이 아니라 정서적, 감정적으로 대응하기 때문에 의식이나 내면의 흐름에 따라 현실의 단편적인 인상을 포착하는 양상을 보여 준다.

특히 식민지 도시화, 근대화는 주체를 억압하는 현실로 작용하기 때문에 인물들은 환경에 행동적으로 대응하지 못하고 변두리적 인물이 되어 세계에 감정적으로 반응하는 양상이 잘 드러나고 있다. 「소설가 구보씨의 일일」에서는 이상을 펼칠 수 없는 현실과 불화를 겪고 있는 서정적 인물인 구보의 의식이 내면의 투시를 통해 포착되고 있다. 주인공은 결말 부분에서 모성애와 같은 진정한 가치를 통하여 세계와의 화합에 대한 열망을 제시하고 있다. 「딱한 사람들」, 「거리」 등에서는 궁핍한 현실 때문에 타자와 소통이 단절된 고독한 개인들의 소외감이 펼쳐지고 있다.

이들이 타자와 소통이 불가능한 것은 굶주림과 같은 극한 생존 환경과 피폐한 현실 때문이다. 속물화된 자본주의 사회에서 경제력을 가질 수 없는 것은 생존은 물론 인격적인 존재로서 기본적인 가치마저 박탈당하게 된다. 이들은 점진적으로 타자와의 소통이 단절된 원인을 자각하게 되고 마침내 진정한 인간애를 통해 타자와 화합하는 결말이 제시되고 있다.

「성탄제」, 「길은 어둡고」와 같은 작품에서는 가족의 생계를 위해 몸을 상품화할 수밖에 없는 식민지 근대화의 희생양들이 등장한다. 이들은 정상적인 노동력을 가진 남성들이 직업과 경제력을 가질 수 없는 현실 때문에 카페 여급으로 전락하는 인물들이다. 「길은 어둡고」의 카페 여급 향이는 성이 상품화된 속물적인 세계에서도 진정한 인간적인 소통을 열망함으로써 현실로부터 소외될 수밖에 없게 된다.

박태원의 모더니즘 소설에서 반근대성의 이념은 오히려 전근대적 가치로 회귀하는 양상을 보여 주기도 한다. 「윤초시의 상경」, 「최노인 초록」, 「골목안」과 같은 박태원의 후기 소설은 역사적 소재로 회귀하거나, 전근대적 인물을 등장시켜 근대화에 의해 잃어버린 가치를 '있어야 할 아름다움'으로 그리고 있다. 이것은 근대의 현실과 갈등을 겪는 주체가 세계와 화합했던 과거의 삶을 내면으로 동경하면서 전근대성을 '있어야 할 아름다움의 가치'로 인식하고 있기 때문이다.

모더니즘 작품은 서사성의 해체에 따라 환경과의 교섭이 잘 드러나지 않기 때문에 세계의 상실과 인격의 해체를 가져[20]온다. 그러나 이것은 서사의 관점이 인물의 행동이 아닌 의식으로 옮겨 오면서 주체가 인식하는 세계의 지각 내용을 기록한 것이다. 즉 이 시기의 소설 속에 나타나는 모더니즘적인 특징들은 소설의 객관적인 미학이 주관적인 미학으로 경도된 것이라 볼 수 있다. 「소설가 구보씨의 일일」은 식민지 시대의 룸펜 지식인이 주인공으로 등장하여 삶의 이상을 펼칠 수 없는 궁핍한 현실과 서정적 주체의 심리적 갈등을 사실적으로 제시하고 있다. 이 시기의 모더니즘 소설은 식민

---

20) 루카치/한국예술연구회 편, 『우리 시대의 리얼리즘론』, 앞의 책, pp.24-28.

지 도시화된 현실에 대한 갈등을 의식의 첨예한 긴장 관계로 표현하고 있으며 이것은 한국 현대 소설의 미학적 변화로서 중요한 의미를 갖게 된다.

서구 모더니즘 소설과 비교할 때 박태원 소설에서 주체 소외의 문제는 자아의 분열 양상이기보다는 당대 현실의 폭압성 때문에 상대적으로 주체가 위축되는 현상임이 주목된다. 이와 같이 주체와 현실 사이의 힘의 균형이 깨지면서 주체가 내면 안으로 침잠하여 서정적 인식으로 기울어지는 것은 박태원 소설의 특징이면서 1930년대 한국 소설사의 한 흐름을 보여준다. 특히 서정적 주체는 현실의 부정성에도 불구하고 인간애를 통한 타자, 세계와의 소통을 열망하고 세계와의 화합을 시도하기 때문에 한국 모더니즘 소설에는 주체와 객체를 융합하는 서정적 특성이 반영된다고 하겠다.

Ⅶ. 1950년대 소설의 서정적 인식
-황순원 론-

1.생명에 대한 외경과 전통적 가치의 재인식

(1) 황순원 소설의 서정적 특징

황순원의 소설은 시적 언어와 서술적 자아가 시점 상에서 노출되는 리리시즘의 경향 때문에 서정 소설로 평가받아 왔다.[1] 황순원의 소설은 톤이나 이미지, 무드 전반에 있어서 시가 배합되는 것이 특징이다.[2]

황순원 소설의 서정적 특성은 그가 제시한 소설 창작 방법에서도 잘 나타나고 있다.

> 오늘의 소설은 리얼리즘이어야 한다고 한다. 그렇더라도 로맨티시즘을 옳게 거치지 않은 작가의 리얼리즘 작품을 나는 신용하지 않는다. 그림에서 데생을 옳게 거치치 않는 화가의 비구상을 신용하지 않듯이. 소설에서 우리가 감동하게 되는 것은 그 작품 속에 깔려있는 시와 마주치기 때문이다.[3]

---

1) 송하섭, 『한국현대소설의 서정성 연구』, (단국대학교 출판부1989), pp.109-111.
2) 이재선, 『한국현대소설사』((홍성사, 1980), pp.404~405.
3) 황순원, 「말과 삶과 자유 Ⅱ」, (현대문학,1986), p.60.

이효석이 시적 경지를 지향하는 소설 창작관과 유사하게 황순원은 리얼리즘이 낭만적인 서정과 결합되어야 소설의 감동력을 높일 수 있다고 보았다. 이효석과 황순원의 유사점은 실제로 이들이 시를 습작한 이후에 소설가로 활동했다는 이력에서도 나타난다.

황순원의 소설에서 「학」, 「목 넘이 마을의 개」나 「이리도」는 인간의 운명을 동물에 비유하는 특성을 보여 주었다. 이와 같은 인간과 동물의 병치는 서사의 계열적 구조에 은유적 관점을 혼합하는 인식론적 특징에 의해 나타나는 것이다. 말하자면 인물의 운명과 동물의 운명을 시적 은유로 병치하기 때문이다.

황순원의 소설 속의 회상적인 시간 구조 또한 서사적 자아의 의식 속에서 현재와 과거의 시간이 병치되면서 서사적 전개가 이루어지면서 나타난다. 이것은 인간과 동물의 병치와 같이 서사의 계열적 구성에 시의 은유적 관점이 혼합되어 구성되는 서정 소설의 특징으로 볼 수 있다. 욕망이 결핍된 현재의 자아는 늘 과거를 아름다운 이상향을 동경하게 되며 그 심리적 거리에 서정성이 유발된다.

황순원의 초기 작품들은 「소나기」에서 처럼 유년이나 동화적인 세계인 유년기에 그 기조를 두고 있는 작품이 많다. 에밀 슈타이거는 인간의 성숙의 단계에 따라 서정, 서사, 극 문학을 분류하고 있다. 서정적인 것은 인간의 유년기, 서사적인 것은 청년기, 극적인 것은 노년기의 삶에 대한 태도에서 나온다고 설명하고 있다.

여기서 프로이드나 라깡의 정신분석학적 관점에서 유년기 의식에 대한 해석을 참고할 필요가 있다. 유아기의 인간은 거울 단계와 같이 자아와 타자사이의 거리가 없다. 거울단계처럼 자아가 대상에 자기를 투사하는 것이 유년기 의식의 특징이다. 바로 인간이 대상을 서정적으로 인식한다는 것은 자아와 대상이 거리 없이 상호 융합되는 것을 말한다. 황순원 소설에 등장하는 소년 주인공들은 대부분 타자에 대한 적대감을 모르는 순진무구한 유년기의 의식을 소유하고 있으며 그들의 순진무구성은 자아를 타자에 확장하는 인간 생명 존중 사상으로 나타나고 있다.

이와 같이 자아와 타자사이의 적대적인 거리와 대립을 알지 못하는 주인공들의 의식은 대상과 상호 융합되어 자아 투사가 이루어지는 유년기의 인간 의식을 보여준다. 그러므로 황순원 소설의 서정성은 작중 인물들의 대상을 인식하는 태도로부터 유발된다고 볼 수 있다.

그의 작품에는「기러기」,「병든 나비」,「노새」,「두꺼비」,「목 넘이 마을의 개」,「솔개와 고양이와 매와」,「학」,「불가사리」,「송아지」,「소라」 등 많은 작품에 동물들이[4] 등장하고 있다. 이것은 작가의 생명 존중 사상을 나타낸 것으로서 이러한 생태적 사유는 인간 중심적인 서구의 세계관과는 달리 인간과 동물, 식물이 상호 소통하는 생명 존중 사상을 보여주고 있다. 자아와 대상의 상호융합이라는 측면에서 자연 대상으로서의 동물 소재는 황순원 소설의 서정적 특성과 관련이 있다

황순원 소설의 서정적인 요소들은 그의 시적 문체와 소설 언어의 간결성과 집약성에서도 찾을 수 있다.

사실주의적인 의미에 있어서의 세부묘사 같은 것을 대담하게 생략해 버리고 표현 대상의 단적인 인상을 포착함으로써 그 이미지를 선명하게 부각시키는데 주력하는 것도 그의 이런 지적 절제의 자세에서 연유되는 것이다. 그의 문장에서 고전적인 우아미를

---

4) 송하섭, [한국현대소설의 서정성 연구], 앞의 책, pp.114-115

느낄 수 있는 것도, 그의 작중 현실에서 언제나 시적 향기 같은
것을 느낄 수 있는 것도 그 때문이다.[5]

이처럼 세부적인 묘사를 과감히 생략하고 집약적인 인상을 포착
하여 이미지를 선명히 부각시키는 것이 황순원 소설의 문체적 특성
이다. 이러한 언어 특징은 그의 소설을 시적으로 만드는 중요한 요
소로 작용하고 있다.

황순원은 진정한 가치를 상실한 근대에 대응할 만한 이념으로서
전통적인 가치를 재인식하거나 정신의 순결함을 간직한 변두리적
인물들의 고통을 담아 현실의 부정성을 우회적으로 표현하였다. 「
그늘」, 「늪」, 「닭제」, 「별」은 근대의 위기에 대한 대안으로서 근대
의 타락한 가치에 대응할 만한 정신으로서 전근대적인 것 속에 내
재한 가치를 재인식시켜주고 있다. 이처럼 현실에 대한 심리적 결
핍감 때문에 과거를 낭만적으로 동경하는 것은 서정성을 유발하는
근거가 된다.

이 시기에 작가는 근대의 권력으로부터 소외된 변두리적 인물들
을 등장시켜 이들에 대한 작가의 연민과 경외감을 표현하고 있다.
근대의 중심으로부터 밀려난 변두리적(전근대적) 인물[6]들은 근대의
역사적 흐름과는 절연된 농사꾼의 아내, 광대, 달구지꾼, 독짓는 늙
은이 등이다. 이들은 변화된 현실에 합리적으로 대응할 수밖에 없
기 때문에 환경과의 대결에서는 패배할 수밖에 없다. 그러나 이들
이 간직하고 있는 내면의 진정성은 오히려 부정의 현실에 대응할
수 있는 정신적 가치로 승화되고 있다. 작가는 자연의 숭고함을 체
현하는 전근대적 인물들을 낭만적으로 미화하여 근대의 폭력적인

---

5) 천이두, 「종합에의 의지」, 『황순원 전집12 』앞의 책, p.129
6) 김해옥, 『한국 현대서정 소설론』, (새미, 1999), p.195

힘을 반어적으로 환기시키고 있다.

「그늘」에서 작가는 몰락한 양반의 후예인 남도 사내에 대한 애정과 모멸을 통해 일제 말기의 곤궁에 처한 민족의 현실에 대한 작가의 연민을 표현하고 있다. 황순원의 소설이 서정적인 경향을 띠는 것은 이처럼 작가가 인물이나 대상에 자신의 주관적인 감정을 투영하여 표현하고 있기 때문이다. 「그늘」에서도 상민들의 도덕적 우위를 발견함으로써 근대의 중심으로부터 소외된 주변적 인물들의 내면의 순수성을 순결한 가치로 승화시키고 있다.

「늪」에서는 타락한 근대적 세계에 대항할 힘을 전근대적인 농경 사회 속에서 찾고 있다. 그것은 자연친화적이고 소박한 삶의 모습을 지니는 가치이지만 일제 말기에 붕괴되거나 사라져가는 이상적인 것들에 대한 동경을 표현한 것이다.

「별」과 「닭제」는 소년들이 성장하기 위해 겪는 시련과 고통을 담은 성장 소설들이다. 이 작품들에서는 순진한 소년들이 현실과 화해할 수 없는 이상을 동경하는 과정을 통해 이상을 실현할 수 없는 내면의 고통을 보여주고 있다. 「별」의 소년은 모성이 결핍된 존재의 아픔을 어머니를 닮았다는 누이에 대한 증오로서 해소하고 있다.

> 그러나 아이의 눈에는 그제야 눈물이 괴었다. 어느새 어두워지는 하늘에 별이 돋았다가 눈물 괸 아이의 눈에 내려왔다. 아이는 지금 자기의 오른쪽 눈에 내려온 별이 돌아간 어머니라고 느끼면서, 그럼 왼쪽 눈에 내려온 별은 죽은 누이가 아니냐는 생각에 미치자 아무래도 누이는 어머니와 같은 아름다운 별이 되어서는 안된다고 머리를 옆으로 저으며 눈을 감아 눈속의 별을 몰아내었다.[7]

---

7) 황순원, 「별」, 『황순원전집 1』, (문학과 지성사,1980), p.173 인용

이 작품에서 소년의 고통은 의식 속에 그려진 아름다운 어머니의 이미지와 현실 속에 존재하는 추한 누이의 이미지를 화해시킬 수 없다는데 있다. 누이는 어머니와 같은 아름다운 별이 되어서는 안 된다고 눈 속의 별을 몰아내려는 소년의 의지는 어머니로 표상되는 이상과 누이로 표상되는 추악한 현실이 결코 화합할 수 없음을 나타내는 것이다. 이처럼 이상과 현실의 극단적인 불화는 작가가 동경하는 삶의 이상이 부정의 현실 속에서는 결코 실현될 수 없음을 표현한 것으로 볼 수 있다.

작가는 소외된 계층을 대상화하는 것이 아니라 이들을 심미적인 가치로 낭만화시킴으로써 근대의 부정성에 대응할 만한 이상적인 가치를 보여주려 하였다. 1944년 작가가 마지막에 쓴 「눈」에서도 고향과 할아버지, 아버지등 전근대적인 인물의 숭고함을 그려 근대의 타락한 시대에 소멸되어 가는 전통적인 가치에 대한 안타까운 동경을 표현하였다.

2. 「소나기」와 「학」을 통해 본 서정적 인식

황순원의 「학」은 1953년에 발표되었으며 이전의 소년 주인공이 등장하는 성장소설과는 달리 남북의 이념적 대립에 의해 벌어지는 인간들의 배신과 음모, 반인도적 행위로 인한 행복한 삶의 분열과 파괴 현상을 다루었다.

「학」은 어린 시절의 단짝 친구인 성삼과 덕재가 한국전쟁으로 인하여 서로 다른 이념을 갖게 되어 대립하게 되는 이야기이다. 한국전쟁당시 삼팔선 접경의 어느 마을에서 성삼은 국군의 신분으로 어린 시절의 친구인 덕재를 호송하게 된다. 성삼과 어린 시절 단짝 친구이던 덕재는 농민 동맹 부위원장을 지낸 만큼 공산주의 사상을 가졌으며 자유주의자인 성삼과 이념적으로 갈등하게 된다. 성삼과 덕재의 관계를 통해 과거의 평화로운 삶을 유지하던 마을 공동체가 전쟁후의 이념적 갈등이라는 정신적 휴유증을 앓고 있는 광경이 그려지고 있다. 이 마을사람들은 전형적인 농민으로서 갈등을 원하지 않지만 전후의 상황은 이데올로기라는 절대 권력을 행사하며 이들을 분열시키고 공동체 의식을 파괴시킨다. 성삼과 덕재는 자연의 평화로움을 상실한 채 전쟁의 폭력에 의해 고립감을 맞보게 된다. 성삼과 덕재는 자신들이 선택한 권력, 즉 전체주의 이데올로기를 통해 서로를 지배하기 위해 갈등한다. 그러나 성삼이 제안한 학 사냥은 그들을 동심의 세계인 과거의 기억 속으로 되돌아 갈 수 있도록 하며 두 사람이 인간애를 회복하여 화해할 수 있는 가능성을 열어준다.

> "애, 우리 학사냥이나 한번 하구 가자."
> 성삼이가 불쑥 이런 말을 했다.
> 덕재는 무슨 영문이니 몰라 어리둥절해있는데,
> "내 이걸루 올가밀 만들어 놀게 너 학을 몰아 오너라'"
> 포승줄을 풀어주더니, 어느새, 성삼이는 잡풀 새로 가는 걸음을 쳤다.[8]

성삼이가 덕재에게 학 사냥을 제안하는 결말에서 두 사람의 갈등이 인간애로 반전되는 극적 상황이 제시되고 이념적 대립을 넘어선 보편적인 사랑의 가치가 구현된 것이라는 암시가 있다. 이데올로기에 의한 분열과 대립의 세계를 지양하고 자연의 회복을 통해 조화

---

8) 황순원, 『황순원 전집 3』, (문학과 지성사), 1993, p.55

로운 세상을 이루기를 갈망하는 작가의 서정적 전망이 '학'의 상징성을 통해 제시된다. 9) 이 작품의 서정성은 작품 결말 부분의 극적 반전의 상황을 통해 제시된다. 농촌의 마을 공동체의 삶 속에 문명의 산물인 전쟁의 포화는 인간성을 파괴하고 이념적 대립을 만들어 낸다. 그러나 작가는 인간의 내면 속에 남아있는 진정한 인간애, 생명존중 사상을 통하여 인간적 갈등을 극복하고 화해가 이루어지도록 설정하고 있다. 이 작품에서 서사적 대립의 극적 해결은 객관적 상관물로 제시된 '학'의 상징성을 통해 이루어진다.

황순원의 소나기는 1953년 5월 『신문학지』에 발표되었다. 소년, 소녀들의 순수한 사랑 이야기를 성장 소설의 형식을 통해 보여주고 있다. 이 작품은 이효석의 「고사리」에서와 같이 자연 생명으로서의 소년들이 인간의 내면적으로 성숙하가는 과정을 서정적 필치로 담고 있다. 소년과 소녀의 행복한 만남과 헤어짐(죽음)이 '소나기'라는 자연 현상을 통해 매개되면서 극적 반전의 형식을 통해 전개되고 있다. 성장과정에서 필연적으로 경험하게 되는 통과의례로서의 만남과 헤어짐의 시련은 소년에게 세계에 대한 새로운 인식을 제공해준다. 이것은 소년이 개인적 자아에서 사회적 자아로서 성숙해가는 하나의 내적 계기가 된다. 여기서 '소나기'라는 자연 현상은 헤어짐과 상실의 통과의례로서 소녀의 죽음이라는 비극적 사건을 예고하고 있다. 작가는 이 작품을 통하여 주인공들이 성인의 길에 진입해가는 과정을 보여주며 시련이라는 통과 의식을 거쳐 성숙해가는 주인공의 의식을 투시하고 있다.

소녀의 오른쪽 무릎에 핏방울이 내맺혔다. 소년은 저도 모르게

---

9) 김윤정, 『한국현대소설과 현대성의 미학』, (국학자료원, 1998), pp.149-150

생채기에 입술을 가져다 대고 빨기 시작했다. 그러다가 무슨 생각을 했는지 홱 일어나 저쪽으로 달려간다.

좀 만에 숨이 차 돌아온 소년은,

"이걸 바르면 낫는다."

송진을 생채기에 문질러 바르고는 그 달음으로 칡덩굴 있는 데로 내려가 꽃 많이 달린 몇 줄기를 이빨로 끊어 가지고 올라온다. 그러고는,

"저기 송아지가 있다. 그리 가보자."

누렁 송아지였다. 아직 코뚜레도 꿰지 않았다.

소년이 고삐를 바투잡아 쥐고 등을 긁어 주는 척 훌쩍 올라탔다. 송아지가 껑충거리며 돌아간다.

소녀의 흰 얼굴이, 분홍 스웨터가, 남색 스커트가 안고 있는 꽃과 함께 범벅이 된다. 모두가 하나의 큰 꽃 묶음 같다. 어지럽다. 그러나 내리지 않으리라. 자랑스러웠다. 이것만은 소녀가 흉내내지 못할 자기 혼자만이 할 수 있는 일인 것이다.

"너희들 예서 뭣들 하느냐?"

농부 하나가 억새풀 사이로 올라왔다.

송아지 등에서 뛰어내렸다. 어린 송아지를 타서 허리가 상하면 어쩌느냐고 꾸지람을 들을 것만 같다.

그런데 나룻이 긴 농부는 소녀 편을 한번 훑어보고는 그저 송아지 고삐를 풀어내면서,

"어서들 집으로 가거라. 소나기 올라."

참 먹장 구름 한 장이 머리 위에 와 있다. 갑자기 사면이 소란스러워진 것 같다. 바람이 우수수 소리를 내며 지나간다. 삽시간에 주위가 보랏빛으로 변했다.

이 부분에서 시각적 이미지의 언어인 '흰', '분홍', '남색', '보랏빛'을 통해 작가가 수채화처럼 대상을 수필적으로 묘사하고 있음을 알 수 있다. 이미지의 언어는 자아와 대상이 만나는 순간의 상태성

을 언어로 표현한 것으로 독자 수용 미학적으로 서정성을 유발한다. 특히 어린 소년, 소녀들의 미성숙한 상태는 '아직 코뚜레도 꿰지 않은 누런 송아지'로 비유되고 있다. 이효석의 「메밀 꽃 필무렵」에서 허생원이 늙은 나귀에 비유되고 있는 것처럼 인간과 동물이 은유적 관점에 의해 병치되고 있다. 억새풀과 누렁 송아지와 소년, 소녀, 농부가 병치되는 장면은 자연의 공간속에서 생명 유기체의 공존을 상징적으로 제시하고 있다.

이와 같이 문명 공간에서의 분열을 경험하지 못한 원초적 인간들이 자연 공간에서 세계와 화합하는 강인한 생명 정신을 표현한 작품으로 「소나기」가 있다. 이 작품에서도 화자의 서술이 인물의 관점과 혼합되고 있다. 그러므로 모티브의 반복에 의해 인물이 의식의 성장을 자각 단계로 그려나간 성장 소설10)로 볼 수 있다.

성장 소설에서는 서술적 자아와 체험적 자아 사이의 긴장이 소설의 의미 구조를 형성하게 된다. 인용한 부분에서 현재와 과거의 시제가 혼합되고 있다. 현재형 시제는 화자의 인식이 서사적 거리 없이 직접 제시되는 특징을 보여준다. 특히 이 부분의 현재형 서술 시제는 서술 주체와 대상 사이의 거리를 단축시켜 서정성을 유발한다.

「소나기」의 언어적 특징은 이미지, 간략한 문장, 빈번한 행갈이 등이 문장 시적 정서를 유발한다. 그의 문장미는 이미 한국 산문 문체의 모범으로 정평이 나 있는데 서정성과 절제로 충만하며, 작가의 세심하면서도 주관을 개입시키지 않는 묘사가 특징이며 11) "사실주의적인 의미에 있어서의 세부묘사를 대담하게 생략해 버리

---

10) 이재선, 『한국현대소설사』, 앞의 책, p.471
11) 이재선, 『한국현대소설사』, 앞의 책 p. 26.

고 표현대상의 단적인 인상을 포착함으로써 그 이미지를 선명하게
부각시킨"[12] 점이 특징이다.

「소나기」나 「학」은 순수한 인본주의를 주제화한 작품으로 황순
원 문학이 지향하는 인간의 순수성을 옹호하고자 하는 정신이 깃들
어 있다. 여기서 인본주의는 자아가 타자와 대립하는 것이 아니라
자아의 존재를 확장해서 타자와 상호 소통하는 생명 정신이며 이것
은 황순원 소설에서 근원적으로 자아와 세계가 화합하는 서정적 전
망으로 나타난다.

동물의 상징적 장치가 서사적 형상화의 중요한 매체로 등장하고
있는 것도 황순원 문학의 특징이다. 「메밀꽃 필 무렵」이나 「동백꽃
」에서와 같이 「학」에서도 동물이 제시된다. 「메밀꽃 필 무렵」의 경
우는 늙은 나귀가 주인공과 동일시되는 것처럼 소나기의 소년, 소
녀 주인공들은 누런 송아지로 비유된다. 「목넘이 마을의 개」에서는
일제 시대 삶의 터전 을 잃고 떠도는 유랑민의 현실을 '떠돌이개'
로 상징적으로 표현하고 있다.「동백꽃」에서 닭이 주인공의 감정을
표시하는 도구로 되어 있다면 「학」에서의 학은 갈등을 해소시키는
상징적인 것으로 제시되고 있음이다.

이것은 황순원의 생명 사상이 우주의 생명을 유기적으로 확대하
여 인간과 동물, 식물의 경계를 해체하는 자연 생명에 대한 외경심
의 표현으로 볼 수 있다. 이러한 황순원 소설의 서정적 전망은 그
의 소설에서 시적 언어와 서정적 특징으로 실현되고 있으며 이것은
1930년대 서정 소설의 전통을 계승하여 한국 현대 서정 소설의 계
보를 형성하고 있는 것으로 볼 수 있다.

---

12) 천이두, 「종합에의 의지」, 앞의 책. p. 129

VIII. 결 론
—한국문학 속의 서정 소설의 전개 양상—

한국 현대 서정 소설은 식민자본주의의 도시화·근대화를 비판하는 반근대성의 이념을 구현하고 있기 때문에 형식적으로 근대 서사를 해체하는 미적 모더니티를 보여 주고 있다. 서정 소설에서 자연 기호가 많이 등장하는 것은 도시화·문명화를 비판하는 반근대성의 이념을 반어적으로 자연의 원초성을 환기시켜 표현하기 때문이다. 세계와의 화합이 불가능한 시대에 서정시처럼 주체와 객체의 합일을 유토피아로 그려내는 문학 자체가 세계와 화합이 불가능한 현실과의 간극을 역설적으로 표현하게 된다. 1930년대 서정 소설은 자아와 세계의 화합을 미적 가상으로 내어 피폐한 현실을 반어적으로 환기하고 있다.

서정 소설은 특히 삶과 예술을 분리시키고 예술의 자율성을 통해 객관 현실에서 가능하지 않은 자아와 세계의 합일(미메시스)을 유토피아를 그려낸다. 서정 소설에서 만들어진 순간의 총체성은 작품 현실이 실제 현실과 부조화하고 미적 가상 자체가 현실과 대립하게 된다.

서정 소설은 '소설을 배반한 소설' 이나 '반서사'로 불릴 만큼 근대의 거대 서사가 해체되는 양상을 보여 주고 있다. 서정 소설에서는 서사성(시간의 계기성)이 서정성의 은유적 관점(공간의 동시성)에 의해 변형된다. 이때 시간의 연속성과 인과율에 기초한 근대 소설의 유기적 구성은 '반소설(anti-novel)'로 불릴 만큼 공간적 구성으로 해체되어 소설 미학의 큰 변화를 보여 주었다. 특히 서정 소설의 짧은 문장과 시적인 감각 언어들은 선형적이며 개념적인 산문 언어를 해체하기도 하였다.

서정 소설의 미학과 현실과의 괴리감은 바로 미적 모더니티와 사회적 모더니티가 대립되는 모더니즘 문학의 특성이다. 이것은 모더니즘시대에 예술이 자율성을 통해 부정의 현실에 대응하는 미학적 방식이다.

1930년대 서정 소설은 식민지 근대화의 유토피아를 현실 속에서 예술의 가상을 통해 제시하는 것 자체가 현실과 예술의 부조화를 드러낸 것이다. 한국 서정 소설에 나타난 심미성과 역사성의 부조화는 정상적으로 근대화가 진행된 서구 자본주의 국가와는 다른 양상을 보여 준다. 이효석, 김유정, 이태준으로 분류되는 일련의 작품에서 보여 준 서사 언어의 해체와 극단의 심미성은 제국주의 식민지로 파행적인 근대화 과정을 겪어야 했던 한국 문학사의 특수성을 보여 주고 있다.

문학은 언어의 구조물인 이상 당대의 소설 미학상에 나타나는 변화의 조짐은 가장 먼저 언어의 조직을 통해 나타났다. 이 시기에 발표된 이효석, 이태준, 김유정의 짧은 서정 단편 소설은 근대의 거대 서사 담론을 해체하는 징후들을 보여 주고 있다. 서사의 선형적인 산문 언어는 행과 같은 짧은 시적 언어로 해체되고 논리적, 개념적 언어들은 형용사, 부사어와 같은 감각 언어로 대치되어 인간의 감성 영역을 표현하였다.

서정 소설의 언어를 통해 '향토성, 원시성'을 느낄 수는 있는 것은 서정이란 자연 대상이나 인간에 대한 직접적인 생활 정서로서 우리의 순수한 감각 언어를 통하지 않고는 표현할 수 없기 때문이다. 근대는 서구화의 또 다른 이름으로, 근대화를 통해 유입된 외래의 서구 사상과 이념, 이를 담고 있는 개념어들이 근대 서사의 언어 속에 침윤되었다면, 이들 작가들에 의해 '서정성'을 표현하기 위해 쓰였던 순수한 우리 말 형용사, 부사의 감각 언어들은 외래적 개념어를 순화하는 과정이기도 하였다.

이들 작가의 작품들은 반영론의 관점에서 더 이상 소설 속에 현실을 담아내기 위한 '사회적 총체성'을 문제삼지 않는다. 당대의 서정 소설의 작가들은 보편적 이념을 대표하는 주체가 아니라 우연적이며 고통 받는 경험적인 주체의 감정 세계를 소설 속에 담아냄으로써 보편성에 의해 억압되었던 내면 의식을 표현하게 되었다. 이 때 근대적 개인의 소외는 사회 구조와 같은 거시적 관점이 아니라 개별 주체의 결핍된 욕망으로 포착된다. 이렇게 개인의 욕구의 좌절을 투시하면서 이들 작가들에게는 개인적 심리와 연관된 쾌락주의적 충동이 전면에 부각되었다.13) 이 시기의 서정 소설에서 환경과의 대립은 쾌락과 욕망의 분배를 둘러싼 개별인의 심리적 갈등으로 포착하고 있기 때문이다.

이효석의 소설은 '소설을 가장 서정시에 근접시킨 형태'의 서정 소설의 전범을 보여 주고 있다. 그는 '소설을 배반한 소설가'14)라 불릴 만큼 의도적으로 근대 서사의 유기적 구성을 해체시키고 있

---

13) 아도르노/M 제이 지음, 『아도르노』, 최승일 옮김, (지성의 샘, 1995), pp.122-123
14) 김동리, 「산문과 반 산문」, 『이효석 전집 8』, (창미사, 1990), p.59 인용

다. 이효석의 초기 작품들은 도시화와 문명을 비판하는 반근대성을
표현하였다. 중기 작품에서는 시적 상상력을 통해 인간과 세계가
미메시스하는 서정적 화합을 그려내었다. 이 후 객관 현실에 악화
될수록 그의 작품 세계는 극단적인 탐미성을 보여줌으로써 현실과
예술적 심미성 사이의 부조화를 보여주었다.

"소설은 인물의 발견이다[15]" 할 만큼 인물 위주로 소설을 썼던
이태준은 근대화의 역사적 격동 속에서 능동적으로 대처하지 못한
소외된 사회 계층들의 인물을 선택적으로 제시하면서 인물의 서정
을 통해 당대 현실을 우회적으로 포착하는 서정 소설의 한 영역을
개척하였다. 작가와 유사한 서정적 주체가 등장하여 인물들의 운명
이나 삶에 대한 관찰과 사색을 제시한다. 서정적 주체가 근대화의
비인간성을 각성하는 '서정적 순간'을 그리는 것이 초기 문학의 한
특징을 이루고 있다.

삶의 본질과 근원적 모순을 자각하는 탐색의 플롯은 주체의 감상
적 정조를 따라 전개되기 때문에 사건의 인과율에 기초한 서사의
유기적 구성을 해체한다. 이태준의 초기 소설은 근대의 역사적 격
변기에 변두리적 인물들에 대한 작가의 사색, 관찰을 주관적 서정
으로 표출하고 있다. 이태준은 제국주의 식민지로 전락한 근대화된
현실에 대한 반감을 전근대적 삶에 대한 동경으로 반어적으로 표현
함으로써 상고주의나 딜레탕티즘의 제재적 특성을 드러내기도 하였
다.

김유정 소설에 등장하는 인물들은 역사의 중심으로부터 밀려난
주변적인 인물들이다. 이들은 근대화된 현실에 합리적으로 대응할
수 없는 전근대적인 인물들로써 이 순수한 내면 의식은 오히려 타

---

15) 이태준, 「역사」, 『이태준 문학전집 15』, (서음 출판사, 1988), p.176

락한 현실의 부정성을 반어적으로 폭로하고 있다. 그의 작품은 시적 리얼리즘16)이라 불릴 만큼 서정적 인물들의 내면 의식을 시적 언어로 담아내었다. 「동백꽃」에서 주인공이 동백꽃이 만발한 자연 공간에서 세계와 화합하는 '미적 가상'을 그려냄으로써 문명의 공간에서의 주인공과 세계의 대립을 역설적으로 환기시키는 서정 소설의 정수를 보여 주었다.

박태원의 소설은 「소설가 구보씨의 일일」에서처럼 경성 거리를 산책하는 산책자로서의 서정적 주인공을 등장시킨다. 그의 소설에는 부정의 현실에 대한 감정적인 울분과 정서를 직접 표출함으로써 서사의 공간이 주인공의 서정적인 정조로 고양되도록 형상화된다.

1950년대 소설에도 전후의 위기 상황과 이데올로기의 극단적 대립 속에서 현실의 분열을 통합하고자 하는 열망으로 표현하였다. 황순원은 「학」과 같은 작품에서 시적 상상력을 동원하여 분열된 현실을 통합하고자 하였다.

이것은 화자의 직설적인 감정토로로 서정성을 유발하는 김소월의 '초혼'처럼 화자의 내면 정서를 직접 재현하여 서정성의 정조를 유발하게 된다. 특히 부정의 현실에서 세계와 화합할 수 없는 주인공들은 의식 속의 주관화된 세계와 화합하는 서정적 순간을 지향하면서 주체와 객체의 화합에 대한 내면의 동경을 표현하였다. 그의 소설에 등장하는 수동적인 지각자로서의 서정적 주인공은 근대 리얼리즘 소설에서 환경과 대결하는 능동적, 적극적 주인공과 대비된다.

한국소설사에서 서정성이 강화된 시기는 무력한 주체가 대결할 수 없을 만큼 시대의 억압이 강화된 현실이 작용한다. 1930년대, 제

---

16) 윤지관, 「민중적 삶과 시적 리얼리즘-김유정론」, 『세계의 문학』, 1988, 여름호

국주의의 식민지 탄압이 심해지면서 서사 문학 속에서 현실에 대한 총체적 반영이 어렵게 되자 현실과의 갈등을 내면화하는 방법으로 서정성이 강화되었다. 또한 1950년대 소설에도 전후의 위기 상황과 이데올로기의 대립 속에서 시적 상상력을 동원하여 분열된 현실을 통합하고자 하였다.

그러나 포스트모더니즘이나 탈근대성의 문학에서는 인간의 내면 의식 속에 그려지던 유토피아마저 사라지고 만다. 이것은 인간이 내면 속에 삶의 이상을 가질 수 없을 만큼 세계가 분열되었으며 주체 또한 해체의 위기에 직면하고 있음을 보여준다. 이 때 주체로서의 인간은 자연 기호나 시적 상상력을 통해 세계와의 화합을 갈망하는 서정적 전망조차 확립할 수 없게 된다. 이러한 해체론의 현실을 돌아볼 때 한국 현대 서정 소설에서 그려진 자아와 세계의 화합을 향한 열망은 인간이 예술의 가상을 통해 부정의 현실에 대응했던 실천방식이었음을 알 수 있다.

참고 문헌

〈참고자료〉

김 현·김윤식, 한국문학사, 민음사, 1981
김동리, 문학과 인간, 청춘사, 1959
김상태, 문체의 이론과 해석, 새문사, 1982,
김우종, 한국현대소설사, 성문각, 1979
김윤식, 한국근대문학사상비판, 일지사, 1978
_____, 한국문학사논고, 법문사, 1973
김현 편, 장르의 이론, 문학과 지성사, 1987
나병철, 전환기의 근대 문학, 두레시대, 1995
_____, 모더니즘과 포스트모더니즘을 넘어서, 소명출판사, 1999
랠프 프리드만, 신동욱 역, 서정소설론, 현대문학, 1989
로저 파울러, 김정신 역, 언어학과 소설, 문학과 지성사, 1985
루카치, 반성완역, 소설의 이론, 심설당, 1985
_____, 한국 예술연구회편, 우리시대의 리얼리즘, 인간사, 1986.
_____, 반성완/심희섭 역, 영혼과 형식, 심설당, 1988
마샬 버먼/윤호병외 옮김, 현대성의 경험, 현대미학사, 1994
백 철, 조선신문학사조사, 수선사, 1953
_____, 한국신문학발달사, 박영사, 1975
볼프강 카이저, 김윤섭 역, 언어예술작품론, 시인사, 1988
상허문학회지음, 근대문학과 구인회, 깊은샘, 1995

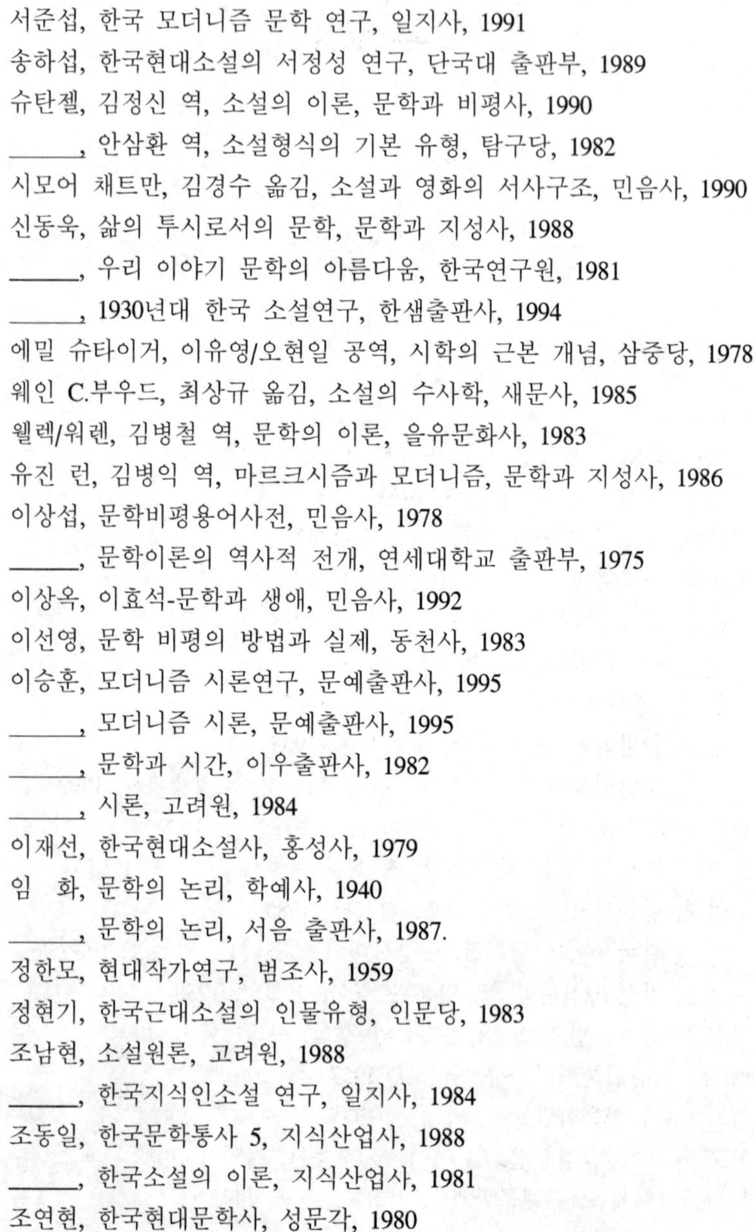

서준섭, 한국 모더니즘 문학 연구, 일지사, 1991

송하섭, 한국현대소설의 서정성 연구, 단국대 출판부, 1989

슈탄젤, 김정신 역, 소설의 이론, 문학과 비평사, 1990

______, 안삼환 역, 소설형식의 기본 유형, 탐구당, 1982

시모어 채트만, 김경수 옮김, 소설과 영화의 서사구조, 민음사, 1990

신동욱, 삶의 투시로서의 문학, 문학과 지성사, 1988

______, 우리 이야기 문학의 아름다움, 한국연구원, 1981

______, 1930년대 한국 소설연구, 한샘출판사, 1994

에밀 슈타이거, 이유영/오현일 공역, 시학의 근본 개념, 삼중당, 1978

웨인 C.부우드, 최상규 옮김, 소설의 수사학, 새문사, 1985

웰렉/워렌, 김병철 역, 문학의 이론, 을유문화사, 1983

유진 런, 김병익 역, 마르크시즘과 모더니즘, 문학과 지성사, 1986

이상섭, 문학비평용어사전, 민음사, 1978

______, 문학이론의 역사적 전개, 연세대학교 출판부, 1975

이상옥, 이효석-문학과 생애, 민음사, 1992

이선영, 문학 비평의 방법과 실제, 동천사, 1983

이승훈, 모더니즘 시론연구, 문예출판사, 1995

______, 모더니즘 시론, 문예출판사, 1995

______, 문학과 시간, 이우출판사, 1982

______, 시론, 고려원, 1984

이재선, 한국현대소설사, 홍성사, 1979

임 화, 문학의 논리, 학예사, 1940

______, 문학의 논리, 서음 출판사, 1987.

정한모, 현대작가연구, 범조사, 1959

정현기, 한국근대소설의 인물유형, 인문당, 1983

조남현, 소설원론, 고려원, 1988

______, 한국지식인소설 연구, 일지사, 1984

조동일, 한국문학통사 5, 지식산업사, 1988

______, 한국소설의 이론, 지식산업사, 1981

조연현, 한국현대문학사, 성문각, 1980

_____, 한국현대작가론, 청운출판사, 1965

챨스 E.메이, 최상규 역, 단편소설의 이론, 정음사, 1990

최혜실, 한국 모더니즘 소설연구, 민지사, 1992

칼 하인츠보러/최문규 옮김, 절대적 현존, 문학동네, 1998

퍼시 러보오크, 송 욱 역, 소설 기술론, 일조각, 1977

폴 헤르나디, 김준오 역, 장르론, 문장, 1983

필립 휠라이트, 김태옥 역, 은유와 실재, 문학과 지성사, 1982

한국산업사회연구회현, 탈 현대사회사상의 궤적, 새길, 1995

헤겔, 최동호 역, 헤겔시학, 열음사, 1986

호르크 하이머, 아도르노/김유동역, 계몽의 변증법, 문예출판사, 1995

A.A 멘딜로우, 최상규 역, 시간과 소설, 대방출판사, 1983

A.아이스테이손/임옥희 옮김, 모더니즘 문학론, 현대미학사, 1996

M. 갈리니스쿠/ 이영욱외 옮김, 모더니티의 다섯 얼굴, 시각과 언어,
        1993.

N.프라이, 임철규 역, 비평의 해부, 한길사, 1983

S.리몬 케넌, 최상규 역, 소설의 시학, 문학과 지성사, 1987

T.W. 아도르노/ 홍승용역, 미학이론, 문학과 지성사, 1984

Ralph Freedman, 《The Lyrical Novel》, Princeton University Press,1971.

James Frazer, 《The New Golden Bough》, Mentor Book, 1964

Jeffrey R.Smitten and Ann Daghistany eds., 《Spatial Form in Narrative》,
        Cornell University Press, 1981

Norman Friedman, 《Form And Meaning in Fiction》,
        The University of Georgia Press, 1975

P. Wheelwright, 《Metaphor and Reality》, Indiana University, 1968

Robert Scholes\Robert Kellog, 《The Nature of Narative》, Oxford
        University Press, 1979

Seymour Chatman ed., 《Literary Style》, Oxford University Press, 1979

Wallace Martin, 《Recent Theories of Narrative》, Cornell University
        Press, 1986

이효석 연구

이효석 전집, I-V권, 춘조사, 1965
이효석 전집, 1-8권, 창미사, 1983

권정호, 이효석 소설연구, 성균관대 대학원 박사 논문, 1989
김남천, 秋收期의 作壇, 문장, 1940. 11
______, 효석과 나, 춘추, 1942. 6
______, 이효석 著, <花粉>의 性모랄, 동아일보, 1939.11.30
김동리, 산문과 반산문 ─ 이효석론, 민성, 1948. 8
김시태, 구인회 연구, 국문학 논문선 10, 민중서관
김영기, Lyricism의 한계, 현대문학, 1969. 7
______, 이효석론, 현대문학, 1970. 11
______, 이효석연구, 현대문학, 1972. 11
______, 한국적 리리시즘의 한계, 현대문학, 1969. 1
김우종, 순수문학의 환상적 기법, 수필문학, 1973. 2
______, 화려한 순수에의 미몽, 문학사상, 1974. 2
김윤식, 모더니즘의 정신사적 기반, 문학과 지성, 1977, 겨울
김종철, 교외 거주인의 행복한 의식, 문학사상, 1974. 2
김 현, 이효석과 <花粉>, 사상계, 1966. 3
김해옥, 이효석 소설연구 ─ 서정 소설의 특성을 중심으로 ─ 연세대 대
        학원 박사논문, 1993
______, 1930년대 서정 소설의 발생 배경과 문학적 성격에 관한 연구,
        한양어문, 12집
나병철, 이효석의 서정소설 연구, 연세어문학, 1987. 12
명계웅, 이효석 연구, 현대문학, 1970. 11
______, 이효석론, 현대문학, 1970. 7
박철희, 엑조티시즘의 수사학, 문학사상, 1974. 2

신동욱, 이효석 소설에 관한 연구, 동방학지 49집, 1985

오세영, 현대문학의 본질과 공간화 지향, 문학사상, 1986, 4,5

유순영, 이효석 소설의 인물 유형 연구, 한양대 대학원 박사 논문, 1992

유진오, 이효석과 나, 조광, 1942. 7

______, 작가 이효석론, 국민문학, 1942. 7

윤병로, 1930년대 소설의 연구-<메밀 꽃 필 무렵>, <땡볕>, <무녀도>를 중심으로, 대동문화연구, 23집, 1989

______, 이효석의 생애와 작품, 여원, 1960. 9

______, 푸른 꽃이 슬프다는 <花粉>, 여원, 1962. 3

이상섭, 애욕문학으로서의 특질, 문학사상, 1974. 2

______, 이효석 문학 전부를 다시 읽는다, 세계의 문학, 1984, 봄

이상신, 이효석 문체의 기호론적 연구, 이화여대 대학원 박사 논문, 1989

______, 이효석의 심미주의, 문학과 지성, 1977, 봄

______, 한 동반 작가의 변신, 세계의 문학, 4호

이선영, 일제 식민지 시대의 소설과 사회, 한국사학 3, 정신문화연구원, 1980

이혜경, 산협의 연구, 현상과 인식, 1981, 봄

임헌영, 시적 구도의 산문-이효석, 한국단편문학대전집, 동화출판사, 1976

정명환, 위장된 순응주의, 창작과 비평, 1968, 겨울호, 1969, 봄호

정한모, 문체로 본 동인과 효석, 문학예술, 1951. 5

______, 이효석과 안톤 체홉의 거리, 이숭녕박사 회갑기념 논문집, 탑출판사, 1977

______, 효석과 Exoticism, 국어국문학, 1956. 12

______, 효석문학의 서구적 소재 연구, 국어국문학, 1984

주종연, 문학에 있어서의 性의 문제, 국어국문학, 1970. 5

______, 이효석 <메밀꽃 필 무렵>, 문학사상, 1977. 12

______, 이효석 소설의 원천에 관한 고찰, 이숭녕박사회갑기념 논문

집, 탑출판사, 1977

______, 이효석 연구, 서울대 대학원, 1965

______, 이효석 작품의 몇개의 Motive에 대하여, 성심여대 논문집, 1969. 6

______, 이효석의 초기 작품고, 국민대학논문집, 1977. 4

채 훈, 전기 이효석 작품고, 숙명여대 청파문학, 1874. 2

한광구, 박목월의 시에 나타난 시간과 공간 연구, 한양대 대학원 박사 논문, 1990

이태준 연구

이태준 전집, 깊은 샘, 1988

이태준, 문장강화,

백 철, 신문학사조사, 백양당, 1948

이재선, 한국현대 소설사, 홍성사, 1979

정한숙, 한국현대 문학사, 고려대 출판부, 1982

김현·김윤식, 한국문학사, 민음사, 1973,

김윤식, 근대문학사상 비판, 일지사, 1978

민충환, 이태준 소설의 이해, 백산출판사, 1992

송인화, 상허 이태준 단편 소설연구, 연세대 석사논문, 1990

이익상, 1930년대 서정적 단편소설 연구, 서울대 박사논문, 1994

김해옥, 1930년대 서정 소설의 발생 배경과 문학적 성격에 관한 연구, 한양어문, 12집

하정일, '계몽의 내면화와 자기 확인의 서사', 근대문학과 구인회, 깊은 샘, 1996

Ralph Freedman, ≪The Lyrical Novel≫, Princeton University Press, 1971

김유정 연구

이선영편, 김유정, 지학사, 1985
김유정 전집, 한림대 출판부, 1989
조연현, 한국현대소설의 이해, 일지사, 1969
구인환, 한국근대소설연구, 삼영사, 1978
김해옥, 1930년대 서정 소설의 발생 배경과 문학적 성격에 관한 연구,
        한양어문, 12집
신동욱, 1930년대 한국소설연구, 한샘출판사, 1994
미하일 바흐찐／전승희, 서정화, 박유희 옮김, 장편 소설과 민중언어,
        창작과 비평사, 1988
조진기, '김유정 소설의 현실수용', 한국현대 소설연구, 학문사, 1984
윤지관, '민중적 삶과 시적 리얼리즘', 세계의 문학, 1988, 여름호
이익상, 1930년대 서정적 단편 소설연구, 서울대 박사논문, 1994
Ralph Freedman, ≪The Lyrical Novel≫, Princeton University Press,
        1971.

박태원 연구

임 화, 문학의 논리, 서음 출판사, 1987.
박태원, 소설가 구보씨의 일일, 깊은샘, 1994.
강진호외, 박태원 소설 연구, 깊은샘, 1995.
루카치／반성완역, 소설의 이론, 심설당, 1985.
_____, ／한국 예술연구회편, 우리시대의 리얼리즘, 인간사, 1986.
이승훈, 모더니즘 시론연구, 문예출판사, 1995.
M. 갈리니스쿠／이영욱외 옮김, 모더니티의 다섯 얼굴, 시각과 언어,
        1993.
랠프 프리드만／신동욱 옮김, 서정소설론, 현대문학사, 1989.
서준섭, 한국모더니즘 문학 연구, 일지사, 1991.

최혜실, 한국모더니즘 소설 연구, 민지사, 1992.

나병철, 전환기의 근대문학, 두레시대, 1995.

문흥술, 의사 탈근대성과 모더니즘, 외국문학, 1994, 봄호

김해옥, 1930년대 모더니즘 소설의 서정적 경향에 대한 연구, 한국학
　　　논집, 1996, 2

______, 1930년대 서정 소설의 발생 배경과 문학적 성격에 관한 연구,
　　　한양어문, 12집

Ralph Freedman, ≪The Lyrical Novel≫, Princeton University Press,
　　　1971.

황순원 연구

송하섭, 한국현대소설의 서정성 연구, 단국대학교 출판부

황순원, 말과 삶과 자유 Ⅱ, 현대문학,,1986

황순원, 별」, 황순원 전집 1, 문학과 지성사, 1993

황순원, 황순원 전집 3, 문학과 지성사, 1993,

천이두, 종합에의 의지, 황순원 전집12 ,문학과 지성사, 1980

김해옥, 한국 현대서정 소설론, 새미, 1999

김해옥 , 생태인문학의 가능성과 이효석의 「산」을 통해 본 생태학적 상
　　　상력, 한국언어문화, 2002

김해옥, 일제강점기 후기 소설, 한국현대문학사, 집문당, 2004

김윤정, 한국현대소설과 현대성의 미학, 국학자료원, 1998

M. 갈리니스쿠／이영욱외 옮김, 모더니티의 다섯 얼굴, 시각과
언어, 1993.

　랠프 프리드만／신동욱 옮김, 서정소설론, 현대문학사, 1

이효석 작품 연보

소 설

작품	발표지	발표연도
旅人	매일신보	1925.2.1
荒野	매일신보	1925.8.2
누구의 罪	매일신보	1925.8.23
나는 말 못했다.	매일신보	1925.9.23
달의 파란 웃음	매일신보	1926.1.1
哄笑	매일신보	1926.1.10
필요	매일신보	1926.1.24
노인의 죽음	매일신보	1926.2.14
街路의 妖術師	매일신보	1926.4.4
주리면	청년	1927.3
도시와 유령	조선지광	1928.7
행진곡	조선문예	1929.6
기우	조선지광	1929.6
노령근해	조선강단	1930.1
깨뜨려진 홍등	대중공론	1930.4
추억	신소설	1930.5
상륙	대중공론	1930.6

마작철학	조선일보	1930.8.9-20
弱齡 記	삼천리	1930.9
北國私信	신소설	1930.9
하르빈	삼천리	1930.9
오후의 諧調	신흥	1931.7
北國通信	삼천리	1931
프렐류드	동광	1931.12-1932.2
北國點景	삼천리	1932.3
오리온과 능금	삼천리	1932.3
10월에 피는 능금꽃	삼천리	1933.1
朱利耶	신여성	1933.4
豚	조선문학	1933.4
수탉	삼천리	1933.11
가을의 抒情	삼천리	1933.12
마음의 意匠	매일신보	1934.1.3-1.8
일기	삼천리	1934.11
수난	중앙	1934.12
聖水賦	조선일보	1935.7
계절	중앙	1935.7
뎃상	조선일보	1935.10.11-10.31
산	삼천리	1936.11
분녀	중앙	1936.1-2
들	신동아	1936.3
천사와 산문시	사해공론	1936.4
인간산문	조광	1936.7
석류	여성	1936.8
고사리	사해공론	1936.9

메밀 꽃 필 무렵	조광	1936.10
낙엽기	백광	1937.1
성찬	여성	1937.4
마음에 남는 풍경	조선문학	1937.5
삽화	백광	1937.6
개살구	조광	1937.10
거리의 목가	여성	1937.10-1938.4
장미 병들다	삼천리문학	1938.1
겨울이야기	동아일보	1938.3
幕	동아일보	1938.5.5-5.14
공상구락부	광업조선	1938.9
부록	사해공론	1938.9
해바라기	조광	1938.10
가을과 산양	야담	1938.12
花粉	조광	1939.1
山精	문장	1939.2
황제	문장	1939.7
향수	여성	1939.9
一票의 功能	인문평론	1939.10
사냥		
旅愁	동아일보	
1939.11.29-12.28		
화분	인문사	1939
녹색탑	국민일보	1940.11
창공	매일신보	1940.1.25-7.28
괴로운 길	삼천리	1940.7
은은한 빛	문예	1940.7
봄의상		

소복과 청자		
哈爾濱	문장	1940.10
라오콘의 후예	문장	1941.2
산협	춘추	1941.5
엉경퀴의 장	국민문학	1941.11
벽공무한	박문서관	1941
일요일	삼천리	1942.1
풀잎	춘추	1942.1
書翰	조광	1942.6
皇帝	국민문학	1942.8
萬甫	춘추	1943

시

봄	매일신보	1925.1.18
겨울시장	청량	1926.3.16
겨울식탁	청량	1926.3.16
겨울 숲	청량	1926.3.16
거머리 같은 마음	청량	1926.3.16
夜市	학지광	1926.5
오후	학지광	1926.5
저녁때	학지광	1926.5
6월의 아침	청량	1927.1.31
마을 숲에서	청량	1927.1.31
집으로 돌아가자	청량	1927.1.31
하나의 미소	청량	1927.1.31

빨간 꽃	청량	1927.1.31
노인의 죽음	청량	1927.1.31
님이여 어디로	문우	1927.11
살인	문우	1927.11

시나리오

火輪	중외일보	1929
출범시대	동아일보	1931.2.28-4.1

희 곡

歷史	문장	1939. 12

번역물

출항자	현대평론	1927.9
기원후의 비너스	신흥	1930.4

평론 및 잡문

新年 三願-1930년대 문단에 대한 희망과 건의	조선문단	1930.1
시나리오에 대한 중요한 술어	동아일보	

1930.2.24-25

| 「깨뜨려진 홍등」의 평을 읽고 | 중외일보 | |

1930.4.23-24

서점에 비친 도시의 일면상	조선일보	1930.11.14
初雪	해방	1931.1
과거 일년간의 문예	동광	1931.12
'소포크레스'로부터 '고리키'까지	조선일보	1931.1.26-27
無風帶	삼천리	1933.3
북위 42도	매일신보	1933.6.3
최정희씨에게, 장덕조씨에게	매일신보	1933.6.3
'리-알'꿈 —— 문학수첩(1)(2)	매일신보	

1933.8.31-9.1

묘사. 관념 —— 문학수첩(3)(4)(5)	매일신보	1933.9.2-9.5
단상의 가을	동아일보	1933.9.20
창작황동의 왕성과 비평이 천재를 待望	조선일보	

1933.10.4

낭만·리알 중간의 길	조선일보	1934.1.13
두 처녀상	월간매신	1934.9
이등변삼각형의 경우	월간매신	1934.9
近讀短評	중앙	1934.9
설화체와 생활의 발명	조선중앙일보	1937.7.12
여름 3제	중앙	1935.8
작품해부도	조선일보	1935.9.18
낭만주의의 길로-민족문학이냐 계급문학이냐	삼천리	1935.10
地峽의 가을	조선일보	1935.10.5-10.18
산앙	동아일보	1936.1.11
내가 꾸미는 여인	조광	1936.2
北國春信	동아일보	1936.1.11

발발리	중앙	1936.4
6월에야 봄이 오는 북경성의 춘정	조광	1936.4
소재의 빈곤	조선문학	1936.5
바다의 열린 지대	동아일보	1936.6.24
제작과 시절	신동아	1936.6
동해의 여인	신동아	1936.7
모기장	신동아	1936.7
뛰어들 수 없는 거울 속 세계	조선일보	
1936.7.10		
수상록	조선문학	1936.8
그때 그 항구의 밤	조광	1936.8
청포도의 사랑	조선일보	1936.9.29
샹송 도토오느	조광	1936.9
처녀해변의 결혼	여성	1936.9
가을의 探勝處	조광	1936.10
사랑하는 까닭에	여성	1936.10
생활의 기록	조광	1936.10
근실한 편집내용	조광	1936.11
嶺西의 記憶	조광	1936.11
고요한 '동'의 밤	조광	1936.12
전원 교향악의 밤	여성	1936.12
출세작의 로맨스	풍림	1936.12
나의 십년계획	조광	1937.6.1
四溫肆想	조선일보	1937.2.17-2.20
인생관	조광	1937.3
南窓迎陽	조광	1937.4
HOTEL 부근	사행공론	1937.4
화춘의 장	조선일보	1937.5.4-5.8

애돔의 국화송이	여성	1937.5
璸事	백광	1937.5
기교문제	동아일보	1937.6.5
시를 찾는 마음	조선문학	1937.6
나의 수업시대	동아일보	1937.7.25-7.29
피서지 통신	동아일보	1937.7.30-8.8
늪의 신비	조광	1937.7
마치 빈민굴에서 사는 심정	조선일보	1937.8.18
朱乙의 地峽	조광	1937.8
인물이 있는 풍경	조광	1937.9
구도 속의 가을	동아일보	
1937.10.17-10.19		
지성 옹호와 작가의 교양	조선일보	1938.1.1
나의 십년계획	조광	1938.1
우리집의 花盆	조광	1938.1
작가 단편의 자서전	삼천리 문학	938.1
미른의 아침	삼천리 문학	1938.1
건강한 생명력의 추구	조선일보	1938.3.6
현대 단편소설의 상모	조선일보	1938.4.7-4.9
채롱-시골/소설/영화/우유/향연	조선일보	
1938.4.28-5.5		
늪의 신비	조광	1938.6
서구정신과 동방정취	조선일보	1938.7.31-8.2
단편소설-문학강좌	조광	1938.6
문사가 말하는 명영화	삼천리	1938.8
스크린 여왕에게 보내는 편지	조광	
1938.9		
일기일절	동아일보	1938.9.16

임학수편저―팔도풍물시집	조선일보	1938.10.16
낙랑다방기	박문	1938.12
낙엽을 태우면서	조선문학독본	1938.12
문운융성의 변	조광	1939.1
포화된 배열	조광	1939.1
수선화	여성	1939.1
조의 화	국민일보	1939.4.3
느티나무 아래	여성	1939.5
柳京食譜	여성	1939.6
내 소년시대의 꿈	조광	1939.8
마랴 막달라	매일신보	1939.8.3
상하의 윤리	문장	1939.9
외국문학 전공의 변	동아일보	1939.10.29
첫 고료	박문	1939.10
古陶器	조선일보	1939.11.7
哀傷	조선일보	1939.11.9
R의 消息	조광	1939.11
창작 여담	인문평론	1939.12
금년의 수확	조광	1939.12
조선적 성격의 반성	동아일보	1940.1.9
신년 연두서	조광	1940.1
문학진폭 옹호의 변	조광	1940.1
계절의 낙서	신세기	1940.1
이성간의 우정	여성	1940.2
산협의 시	조선일보	1940.7.30
花草	인문평론	1940.8
花草	조광	1940.9
조선문학상을 준다면	조광	1940.9

誤植	박문	1940.9
서울 개조안	삼천리	1940.10
『花粉』과 『蒼空』	조광	1940.10
朱乙가는 길에	삼천리	1940.12
신체재 하의 余의 문학활동 방침	삼천리	1941.1
유진오작 『봄』	인문평론	1941.1
寒食日	신세기	1941.6
명작읽은 작가감회	삼천리	1941.7
草香庵으로	삼천리	1941.7
녹음의 향기	조광	1941.8
非常의 秋와 나의 讀書	매일신보	1941.9.7
사랑의 판도	춘추	1941.11
逍遙	삼천리	1941.12
생활과 창조	매일신보	1942.1.30
세월	조광	1942.1
문학과 국민성	매일신보	1942.3.3-3.6
冬의 旅	조광	1942.3
新 國民文學의 道	국민문학	1942.4
讀書	춘추	1942.5
五月의 空	신세대	1942.
『豊年歌』보던 날밤	대동아	1942.5
花草	신천지	1947.9

찾아보기

(ㄹ)

리얼리즘   12, 18, 69

(ㅁ)

메밀 꽃 필 무렵   85, 114, 117, 120, 152
모더니즘 문학   14, 18
모더니즘   7, 12, 69, 74, 215, 217, 241
몽타쥬 기법   221
문명 공간   129, 252
문명의 공간   118, 145
문명화   12, 30
문장 강화   53
미메시스   13, 88, 198, 258
미의 자율성   19
미적 가상   44, 85
미적 가상의 유토피아   4
미적 모더니티   221
미적 유토피아   12
미적 자율성   5, 41
미적가상   44, 123
미적자율성   5, 41

(ㅂ)

박태원   7, 215, 217, 219, 221
반근대성   7, 12, 30, 167, 168, 258
반근대성의 이념   7, 167, 192, 241
반도시적   196
반문명적   196